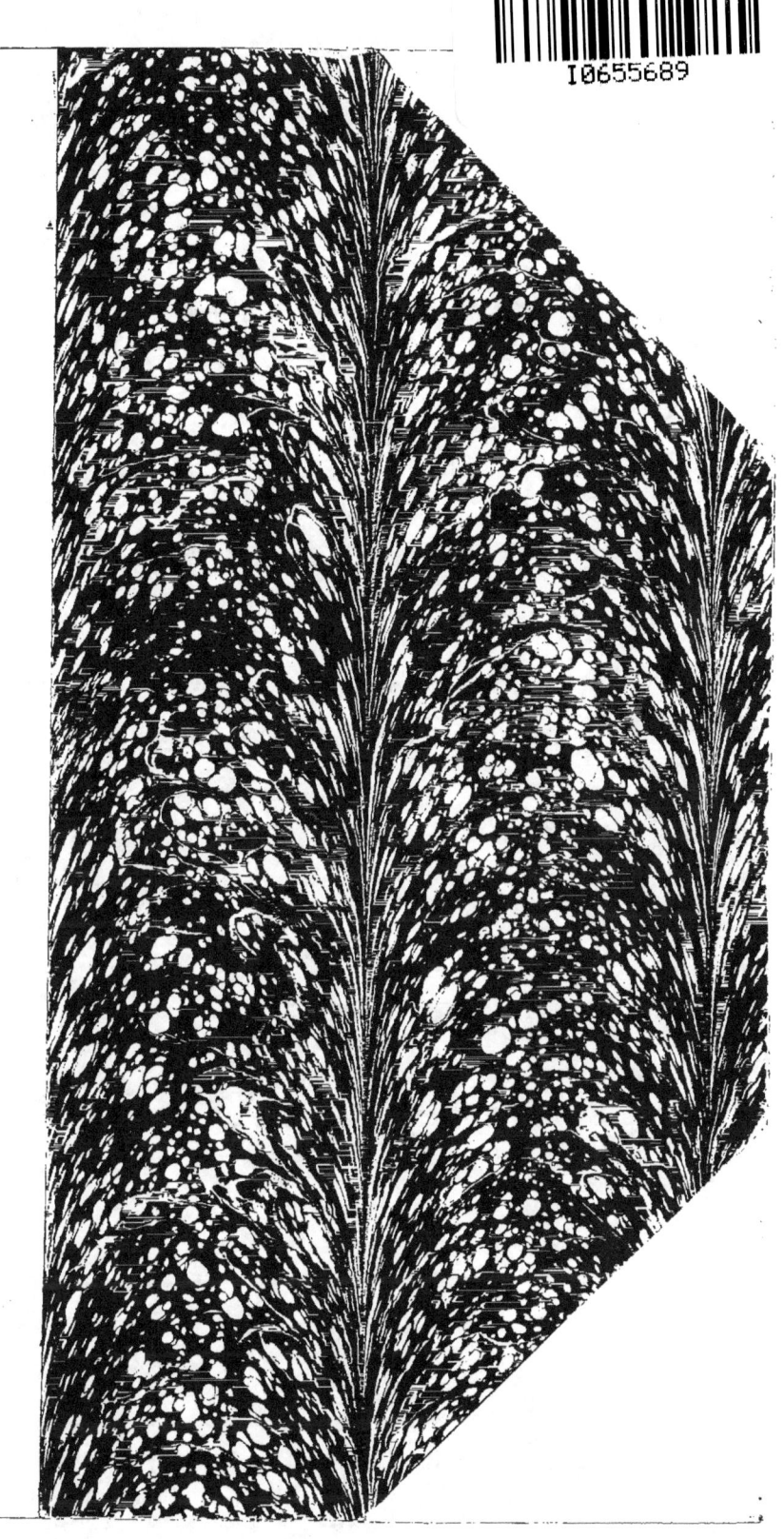

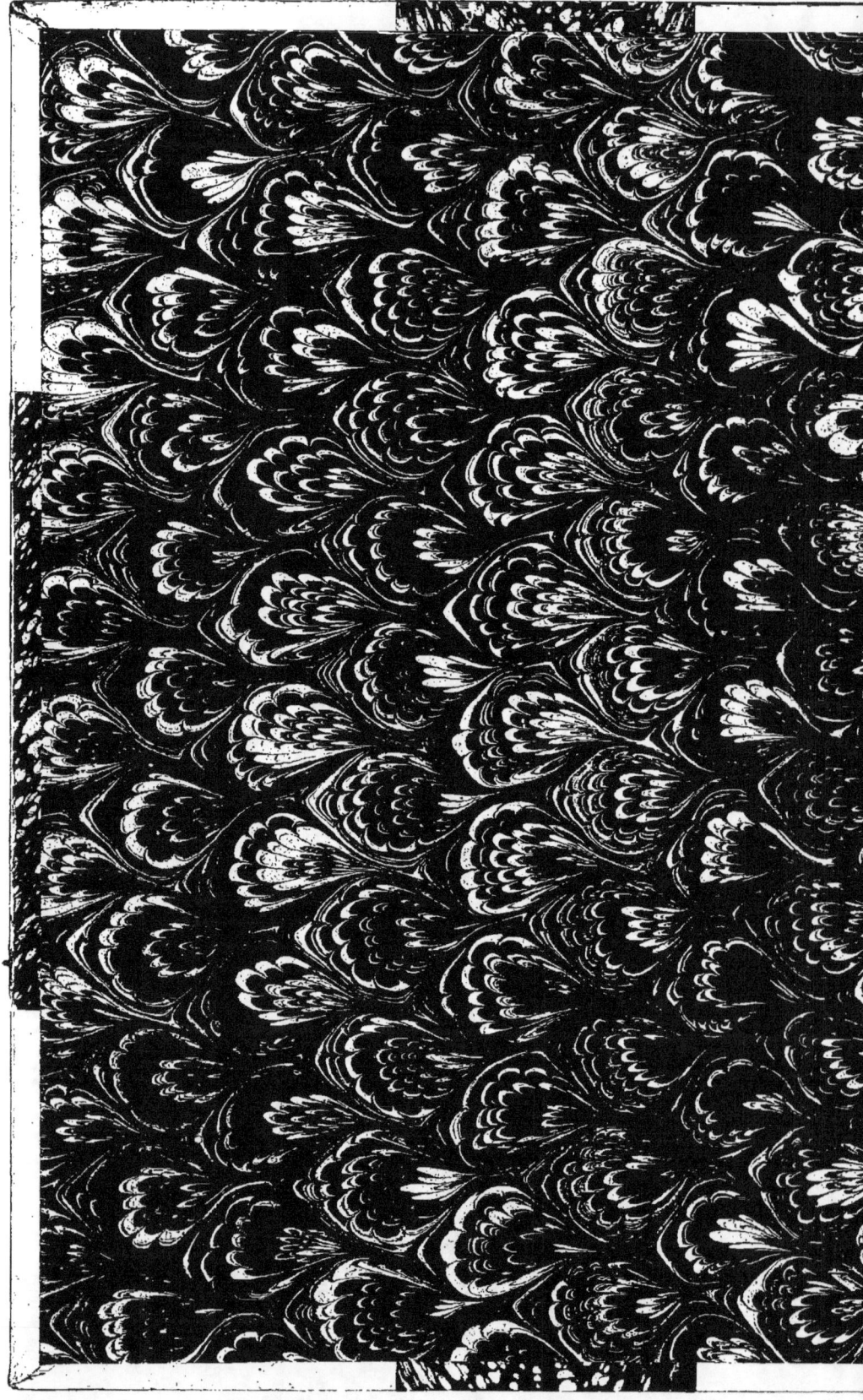

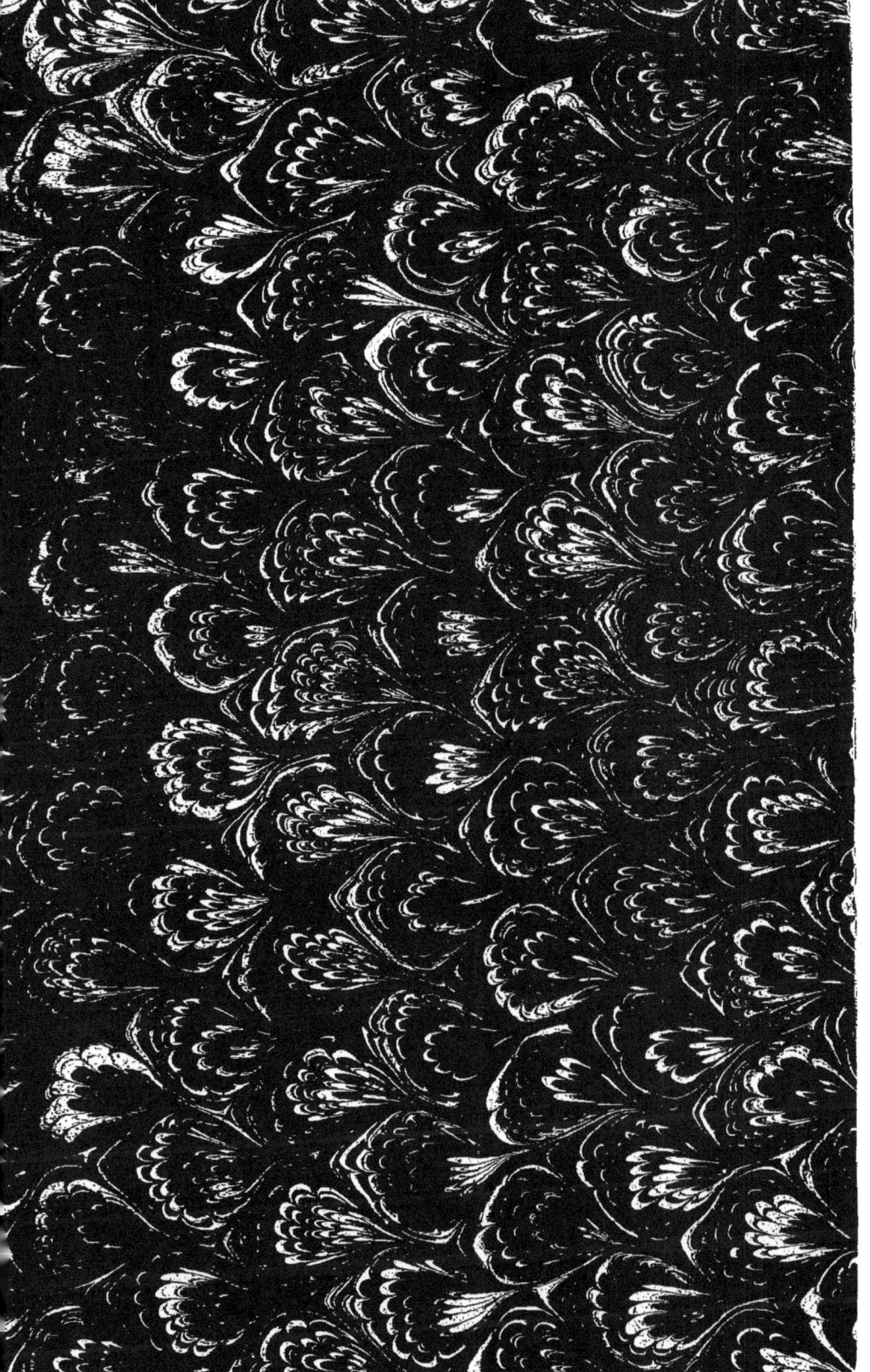

1889

Paris
voici Paris

par

Maurice Du Seigneur

Illustrations par
H. Gerbault

PARIS
LIBRAIRIE DE PARIS
20, BOULEVARD MONTMARTRE, 20

TROISIÈME ÉDITION

Paris

voici Paris

MAURICE DU SEIGNEUR

Paris
voici Paris

Illustrations de H. Gerbault

TROISIÈME ÉDITION

PARIS

BOURLOTON, ÉDITEUR

20, — BOULEVARD MONTMARTRE, — 20

1889

PRÉFACE

Lancé à toute vapeur, l'express file dédaigneux, devant les dernières stations de la voie ferrée ; pfutt! encore une gare de passée, pfutt! encore une autre; bju-hu-hu-hu! il croise un train de marchandises ; les fils télégraphiques descendent et montent, brusquement coupés, dans leur mouvement de vague, par les poteaux où ils s'accrochent ; le sifflet de la locomotive vibre strident et prolongé. Soudain, le voyageur pousse un cri : « Paris, voici Paris ! » Dans l'échancrure d'un talus, se dessine fugace la silhouette des dômes, des clochers et des tours. « Paris, voici Paris ! » On se penche à la portière pour voir ; plus rien.....

Pâle d'émotion, avec un battement de cœur, on cherche ses bagages dans le filet, on sangle, dans les courroies, le paquet de couvertures. Le train passe sur un pont, en ralentissant sa marche, et la grande ville réapparaît voilée d'une brume grisâtre. « Paris, voici Paris! »

Quels multiples sentiments intimes agitent celui qui prononce ces trois mots; s'il vient de l'Étranger ou de la Province, il se les répète avec la curieuse convoitise d'un affamé devant une table de festin; s'il est Parisien, il les murmure avec la tendresse de l'enfant qui retrouve sa mère.

Paris, ville de tous les rêves et de toutes les féeries; Paris, cité de l'héroïsme et de l'intelligence; Paris, capitale des lettres et des arts; Paris, palais du luxe, atelier du travail, foyer du patriotisme, tu es là, avec tes merveilles, tes séductions, tes fascinations. Métropole de la Liberté, de l'Éclectisme, de la Philosophie, tu offres à chacun les plaisirs permis ou le fruit défendu, tu dispenses la gloire ou tu voues au mépris, tu ris des esprits chagrins qui voient tout en noir, et désabuses les optimistes qui voient tout en rose. Généreuse et compatissante Ville, tu as des trésors de charité et d'indulgence : accueillante indistinctement pour tous les enfants du territoire français, tu te laisses conquérir par ceux du Midi et du Nord, de l'Ouest et de l'Est ; ces derniers, même, ont une plus large part dans la distribution de tes tendresses, parce que le sort les a plus éprouvés. Quant à tes propres fils, à ceux qui sont nés sur ton sol, quant aux Parisiens de Paris, tu ne les favorises pas au détriment des autres, ayant la certitude qu'ils sauront s'en tirer seuls ; ce sont des débrouillards ceux-là, ils sont de la race des pierrots, vivant aux fentes des murailles, trouvant du pain sur toutes les fenêtres et de l'amour sous tous les toits.

Pour connaître Paris, il ne suffit pas d'apporter à son étude l'analyse d'un esprit curieux et perspicace, d'entasser documents sur documents, de remonter aux sources de l'Histoire et de tirer des conclusions de l'enchaînement chronologique des faits, il faut surtout avoir vécu de la vie de Paris, avoir été mêlé à tous les mondes et à toutes les castes qui s'y agitent, avoir souffert de ses douleurs et s'être enivré de ses triomphes.

D'autres pourront, aussi bien que le Parisien, faire œuvre d'érudition et de style, décrire les monuments et les splendeurs de la capitale, étudier, dans le détail, les qualités et les vices de sa société, vous montrer des tableaux enfin ; le Parisien, à mon avis, est mieux placé que personne, pour obtenir des vues instantanées, où la vie en marche, agissante et passionnelle, est prise sur le

*fait; c'est du moins ce que l'auteur de ce livre
a prétendu prouver en l'écrivant.*

*L'art moderne ne réside pas dans l'équilibre
d'une composition plus ou moins académique,
dans l'immobilisation des formes ou dans une
conventionnelle distribution des teintes, il est tout
entier dans la traduction colorée et synthétique
du* MOUVEMENT. *Il faut, aujourd'hui, qu'une œuvre
de peinture, de sculpture ou de littérature puisse
vous faire dire : Ça vit, ça remue.*

*Dans l'étude qui suit, je me suis efforcé de
montrer, sous son vrai jour, la Société Parisienne, dans l'activité de ses occupations quoti-
diennes, dans l'accomplissement de ses devoirs,
dans le fonctionnement de ses mœurs.*

*Bon! j'oubliais que nous étions dans le train.....
Nous entrons en gare. — Pan, pan; pan, pan;
pan, pan. — Les wagons ébranlent, en passant,
les plaques tournantes. La locomotive s'arrête.
Tout le monde descend, et je vous crie, à mon
tour : « Paris, voici Paris ! »*

Paris, Avril 1889.

LA RUE

« *Via vita* » : la rue c'est la vie. La vie, qu'est-ce
donc ? — Des affaires et du plaisir. — Vivre c'est produire pour gagner de l'argent, et gagner de l'argent
pour manger, boire, s'amuser, se reproduire... ou faire
semblant. Les accidents de la vie sont, pour la plupart,
des accidents de la rue, le pavé est si glissant.

La rue de Paris est, plus que celle de tout autre ville,
active, commerçante, joyeuse et le reste; pas mal de
femmes y tombent, mais aussi tant d'hommes passent
pour les relever, pas mal de réputations s'y créent,
mais aussi tant de boue les éclabousse ensuite. L'étalage, la parade, l'affiche, le prospectus, la réclame sous
toutes ses formes, portée à dos d'hommes, circulant en
voiture, criée à gueule que veux-tu, allumant le gaz des
ifs, transformant les kiosques en arlequins lumineux,

appelant les rayons de l'électricité à son aide, voilà le
grand ressort moderne faisant mouvoir cette fourmilière de gens pressés, qui se croisent, se heurtent, se
coudoient, se saluent, s'injurient, marchandent, achètent, payent et doivent surtout ; voilà la grande attraction qui amène et arrête la foule des badauds à la devan-
ture des boutiques, ou leur fait lever le nez en l'air.
Paraître, se mettre en évidence, faire parler de soi, tel
est le désir de chacun, aujourd'hui ; ce n'est pas en restant dans sa maison qu'on y parvient ; la rue et le boulevard sont là, et l'on va s'y afficher en personne. On
recherchait le décorum dans l'ancienne société, on
recherche davantage la décoration dans la nôtre. Les
petites rosettes de toutes nuances, aussi étranges
qu'étrangères, qui s'attachent aux boutonnières, ne sont-
elles pas elles-mêmes une sorte de réclame individuelle,
dont les porteurs ressemblent quelque peu aux hommes
sandwichs, qui arpentent nos trottoirs. Et le luxe des
attelages, des équipages, des laquais en livrées ? —
réclame des gens riches. — Et les toilettes tapageuses et
les coiffures excentriques des femmes ? — réclames de
coquettes et de cocottes. « Mais le sentiment d'art,
m'objectera-t-on, vous n'y croyez donc pas ? L'art de la
parure est un sentiment inné chez les peuples policés. »
Oui-da, Joseph Prudhomme ; l'art, aujourd'hui, consiste
à *épater* la galerie.

Comme il est difficile de trouver, chaque jour, une

idée originale, on va décrocher toutes les anciennes défroques des siècles passés, sans se soucier, d'ailleurs, de faire œuvre de restauration archéologique consciencieuse ; on prend à droite, à gauche, mélangeant toutes les époques et tous les styles. Aussi voit-on bâtir,

H. Gerbault

maintenant, quantité d'hôtels fantaisistes, des châteaux de Blois, des pagodes indiennes, des beffrois flamands, des Alhambras, des maisons pompéiennes ou de petits Trianons ; des quartiers entiers, comme celui de la plaine Monceau, deviennent le musée des pastiches. Et le carnaval universel dure, toute l'année, à travers les rues, où l'on nous exhibait, il n'y a pas longtemps encore, des Chinois de Montmartre, des Beni-Moufmouf en burnous, des bergères Watteau, des diables

verts avec leurs cornes et leur queue et leur fourche.
Les brasseries se changent en boutiques de brocanteur,
ornées de tapisseries, de vieilles gravures, de momies
égyptiennes, de vitraux fantastiques ; le service y est
fait par *des dames dans des costumes nouveaux et des
plus variés,* ou par des demoiselles habillées en *sans-
culottes,* lorsque ce ne sont pas des forçats, des académiciens ou même des rois de France qui nous apportent un bock. Quant à nos hommes politiques, ils se
posent en Mirabeau, en Danton, en Robespierre, en
Saint-Just ou en Marat ; ils n'en prennent pas l'habit, il
est vrai, mais ils en reproduisent, aussi fidèlement
qu'ils peuvent, les allures et les gestes, d'après ce qu'ils
ont vu, sur les planches de nos théâtres où l'on joue des
pièces révolutionnaires.

La rue se laisse prendre à ces travestissements, car
elle veut du nouveau, encore du nouveau, toujours du
nouveau, quand bien même ce nouveau ne serait que
du retapé ; et, comme elle adore surtout le clinquant,
l'esbrouffe, le ronflant, la blague à Mangin et l'habit
de Polichinelle, elle acclame, pleine d'enthousiasme, un
beau général, parce qu'il a un beau cheval noir et un
bel habit *avec du dor dessus.* A-t-il l'étoffe d'un
Alexandre ou d'un César ? Que lui importe à cette foule
de la rue ! Il a une barbe blonde, un sourire charmeur,
des boutiques de ferblanterie et de passementerie sur
la poitrine, il promet la réussite de l'opération, affir-

mant que la dent sera arrachée sans douleur. Eh! vas-y
donc, Vert-de-gris, bats ta caisse et tourne la manivelle
de ton orgue! « *Gais et contents, nous allions triom-
phants*..... » — On assiège sa voiture, on le guette
aux gares, quand il part et quand il revient, enton-
nant, sur son passage, des airs de beuglant, endu-
rant, pour lui plaire, les bousculades des gardiens de
la paix, ou se faisant écraser par les chevaux des gendarmes.

Demain, cette même foule parcourra cette même rue,
avec des drapeaux rouges, derrière le corbillard noir des
pauvres, en criant : « Vive la Commune ! » menaçant
le bourgeois, lançant des pierres dans les vitres, cas-
sant les chaises des promenades et des cafés, rempla-
çant les airs boulangistes par la *Carmagnole.*

Pour faire diversion à ces emballements démonstratifs, un gros scandale d'argent ou de mœurs vient-il
défrayer les colonnes de la presse, aussitôt tous les
kiosques sont pris d'assaut ; les porteurs de journaux,
colportant les feuilles encore humides de l'impression,
crient plus fort que jamais, malgré les défenses de
police ; on s'arrache la *France,* le *Temps,* le *Radical,*
l'*Intransigeant....* on se dispute, on s'interpelle, on se
menace.

Puis, tout à coup, les omnibus s'entassent, les
tramways hurlent, les fiacres s'enchevêtrent ; lancés
au grand galop, les tapecus des postes franchissent

quand même, en zigzaguant, tous les obstacles. De grosses voitures, à huit ou dix chevaux en flèche, trimbalent des pierres de taille ou des pièces de charpentes métalliques, rouges de minium ; le pavé est gras, la côte est raide, le fardier n'avance pas, le charretier fait claquer son fouet, en jurant des « *sacré nom de D... de b.... !* ». A l'instant, au risque de se faire écraser, trente personnes poussent à l'arrière du chariot, ou s'attèlent aux rayons des roues... Patatras! un cheval glisse et se casse la jambe ; au moment où le charretier se prépare à dételer son percheron, il le trouve sans bride et sans collier, tiré vers le ruisseau ; des hommes de bonne volonté ont déjà fait la besogne. Alors les badauds, hommes, femmes, enfants, forment le cercle, pressés les uns contre les autres, en attendant l'arrivée de l'équarisseur, badauderie intéressée pour les filous et les amoureux, les uns volent les porte-monnaies, les autres prennent un à-compte. Pourtant la circulation est interrompue, les cochers s'en disent de salées, tout le vocabulaire de l'engueulement y passe, les voyous s'en mêlent, en les excitant : « Xi ! xi ! en chasse Collignon !... va donc, hé carcan ! » Ou bien ce sont des plaisanteries sur les voyageurs impatients qui piétinent dans le fiacre : « Tu sais, v'la ton bourgeois qui va s'suicider dans ta boîte à puces » — « Dis donc, hé l'Urbain! est-ce que c'est un machabée qu'tu trimballes ? » Enfin le déblaiement de la chaussée

s'opère, et l'écoulement normal des passants continue
sur le trottoir.

Voilà la rue que nous
connaissons tous, nous
les Parisiens, la rue
grouillante, pleine de
gens chargés de paquets et de cartons,
pleine de camelots vendant la dernière

question du jour,
des plans de Paris
ou des soldes de librairie, la
rue avec ses fillettes en cheveux qui reportent de l'ou-

vrage, et ses filles maquillées qui en recherchent, avec
ses bourgeois en redingote, le tuyau de poêle sur la tête,
ou ses ouvriers en blouse et en veste ; la rue houleuse,
tumultueuse, mouvementée.

La rue est intéressante à étudier à toute heure de
jour et de nuit ; elle a son fonctionnement quotidien,
normal et régulier, sans distinction de quartier, et ses
aspects particuliers, suivant la
qualité ou la profession de ses
habitants ; à côté de sa prose,
elle a sa poésie aussi, poésie spéciale à l'heure, au jour et à la
saison où l'on s'y promène. La
rue de Paris est le changeant et
complexe décor que nos romanciers modernes ont le plus ex-
ploité, en délayant, suivant les
besoins de la cause, la descrip-

Henry Gerbault

tion de la toile de fond ou celle des portants, en inter-
calant, dans leurs drames ou leurs études psychologi-
ques, le panorama du labyrinthe parisien, vu à vol d'oiseau, à vol d'aigle ou de canard.

Tant que Paris vivra, tant que la grande ville ne
ressemblera pas, de Montmartre à Montrouge, et de
Passy à Vincennes, aux ruines calcinées de la cour des
Comptes, avec des festons de feuillages parasites, on
analysera ses mœurs et ses mystères, le dessus et le
dessous de son panier; le tableau de Paris sera toujours
à refaire pour le littérateur, car ses transformations
sont incessantes.

Par des aperçus généraux, et, en trancrivant des
remarques et des impressions personnelles, je veux
dire, ici, quelle est la rue de Paris en 1889, ce qu'on y
voit de l'aurore au coucher du soleil, et du crépuscule jusqu'à l'aube.

Cinq heures du matin, — vous dormez et ronflez,
bourgeois béats, sous l'édredon en duvet de cygne — la
nuit noire et fraîche enveloppe encore Paris; les hautes
maisons, fermées du trottoir à la toiture, toutes persiennes closes, sont faiblement éclairées, de distance
en distance, par les lanternes à gaz, dont l'ombre portée
forme de dansantes figures géométriques sur les façades
et sur le sol. Pourtant, dans une mansarde, un point
rouge s'allume, puis dans une autre... des carrés de
clarté jaunâtre se découpent dans les combles en zinc

ou en ardoise ; sur le pavé, roulent lourdement les longues voitures cylindriques de la compagnie Lesage, et
de rares fiacres vides se dirigent vers les gares, avec
un cliquetis de vitres secouées.

Au coin d'une rue, voici une boutique dont la porte
s'ouvre ; un gros homme, en gilet de chasse, se frotte les
yeux et toussaille derrière le zinc d'un comptoir, où
brûle une chandelle ; c'est le mastroquet... Lentement,
il retire les volets de clôture, rince des verres, allume
la *lyre*..., il attend ses clients, toute la société des
lève-tôt, biffins, balayeurs, marchands des quatre saisons, maçons et terrassiers, garçons de magasins et
petits employés ; aux uns il servira du *sacré-chien* ou
du *casse-gueule,* aux autres, *un cintième* de blanc, à
ceux-ci un rhum, un kirsch, un marc, ou un *vétéri-
naire*, c'est-à-dire un vulnéraire ; à ceux-là, il versera
un *mêlé-cass'* ou un *pompier* (mélange de cassis et d'eau-
de-vie), ou bien encore un *chocolat* (mélange d'amer
et d'orgeat). Tout cet alcool, plus ou moins frelaté, est
absorbé pour chasser les miasmes des taudis étroits et
des chambrées puantes, pour conjurer les étouffantes
et délétères vapeurs des brouillards du matin. — Et,
dans la pénombre des rues où l'on éteint le gaz, vague-
ment, s'acheminent vers leur travail, des silhouettes
grises qui toussent, crachent et se mouchent. — Plus
loin, derrière les barreaux d'une grille, un flot de
lumière nous arrive ; là, des garçons bouchers frais et

roses nettoient l'étal, astiquent les cuivres des balances ou de la cuve aux têtes de veaux, affûtent leur couteau sur l'affiloir, ou répandent de la sciure fraîche sur le dallage à carreaux blancs et noirs ; cela fait, ils détaillent, découpent et parent les morceaux de viande, avec des précautions d'artistes soigneux, ils placent symétrique-

H. Gerbault

ment, sur le marbre des devantures, les morceaux
de bœuf, de mouton et d'agneau, alignent, sur les
crochets, des régimes de gigots, entortillent les pré-
salés comme des bouquets de fête dans des papiers
festonnés. — Puis, c'est le tour du boulanger à ouvrir
sa boutique, il brosse les pains de quatre livres, range
à leur place les flûtes, les croissants, les petits pains
au beurre et au lait, prépare sa caisse et gronde la
porteuse qui paresse encore sur son matelas.

Le petit jour pointe, les pierrots piaillent sur les
toits et dans les fentes des murailles, les gaziers éteignent les dernières lanternes, les voitures dites ba-
layeuses soulèvent des flots de poussière, dans un
voyage d'aller et retour, le long de chaque rue, formant,
parallèlement au ruisseau, des bourrelets grisâtres de
détritus.

Tout à coup, apparaissent de longues files noires
d'employés et de commis au pas hâtif, de petites ouvrières pâles aux yeux battus, coiffées à la chien, nippées de jupes mal décrottées, avec des bouts de rubans
défraîchis coquettement piqués, d'instinct, dans les cheveux ou sur le corsage. Tout ce peuple, à l'allure
pressée, s'éparpille, de droite et de gauche, dès qu'il
arrive sur un point central, une grande place ou un car-
refour ; et d'autres files humaines, blanches et bleues,
se forment, ce sont les maçons allant vers les chantiers,
ou se dirigeant vers la grève, pour se faire embaucher.

La grève des maçons se tient place Saint-Gervais, devant le portail de l'église, tandis que les peintres en bâtiment, avec leur baluchon sur le dos, piétinent sur la place Baudoyer, devant la mairie. Quant aux terrassiers ils ont, pour rendez-vous, la place même de l'Hôtel-de-Ville.

A sept heures, beaucoup de persiennes s'ouvrent, les concierges traînent, sur le trottoir de la maison dont ils ont la garde, *les poubelles ;* ainsi l'on appelle les boîtes à ordures, en souvenir du préfet de la Seine qui a signé l'ordonnance concernant les chiffonniers et le chiffonnage. Déjà, M. de Rambuteau, sous Louis-Philippe, avait frustré, d'une partie de sa gloire, la mémoire de Vespasien; M. Poubelle n'a rien à lui envier, son nom restera aussi dans l'histoire de Paris ; ah ! quel honneur d'être préfet de la Seine! — De fait, la corporation si pittoresque des chiffonniers s'est bien amoindrie, depuis le dernier règlement, ils continuent à exercer par pure tolérance, et ils n'ont plus le droit d'étaler nos rogatons, pour faire le tri au crochet, suivant leur spécialité. Les chiens errants, qui leur faisaient, jadis, une fameuse concurrence, ont, eux-mêmes, lâché le métier, devant les difficultés qu'ils éprouvent à trouver un os à ronger. — Les lourds tombereaux, dont la cloche tinte, à chaque station, se chargent d'enlever le reste, résidus de toutes sortes, papiers salis, linges suspects et tessons variés. Les filles de l'Alsace et de la Savoie entrent alors en scène, avec leur fanchon sur la tête ; elles balayent le trottoir et la chaussée, poussant, jusqu'aux regards d'égouts, les épaves laissées en route par les tombereaux.

Paris a fait sa toilette, maintenant il va chercher à se nourrir. Dans les quartiers populaires, on voit, de dix en dix pas, sous les portes cochères, à l'entrée sombre des allées, de petits établissements qu'on a surnommés : *Cafés des pieds humides*, ils procurent, pour quelques sous, aux travailleurs, du lait chaud, du café et même de la soupe. Les récipients en fer blanc, où chauffe le liquide, sont généralement fort propres et bien astiqués, les bols, dans lesquels on le verse, dûment essuyés, et, luxe suprême, quelques-uns sont en porcelaine à fleurs. — Les ménagères, les cuisinières, les bonnes de maisons bourgeoises sortent enfin, et attendent, en cancanant, l'arrivée des paysannes qui apportent le lait et les œufs frais. La question du lait est une des plus importantes pour l'alimentation. Toute la nuit, de grandes voitures de laitiers parcourent Paris ; les chevaux, lancés à fond de train, mêlent, au branlebas du fer blanc des pots à lait, le tintement des grelots de leurs colliers. « Clic ! clac ! Hi donc ! » la rue est libre. Je dois ajouter que, lorsque la chaussée est plus peuplée, pendant le jour, le laitier brutal et inconscient, ne modère pas d'un cran l'allure de son cheval ; il écrase, tant pis, il faut qu'il passe ; les journaux signalent journel-

lement, dans leurs faits divers, nombre de gens écra-
bouillés par les laitiers, mais ils ne parlent pas de
tous ceux que leur marchandise empoisonne. On préfère, généralement, le lait apporté par les femmes de la
campagne, ou, mieux encore, on s'approvisionne à des
fermes spéciales qui expédient, chaque matin, du lait
dans des fioles scellées d'un cachet de plomb. Beaucoup
de malades ont recours au lait d'ânesse, ou au lait de
chèvre ; aussi voit-on arriver, au pas de course, l'ânier
qui trait vivement ses bêtes, et reçoit, en échange de la
chaude boisson qui mousse, plusieurs piécettes blanches.
Le chevrier, plus calme, coiffé d'un béret bleu béarnais,
paraît ensuite, en faisant des variations avec son cornet
champêtre ; en tête du troupeau qu'il conduit, marche
le bouc majestueux suivi des infatigables semeuses de
graines brunes, un chien noir s'avance en serre-file,
mais déserte, plus d'une fois, le bataillon des chevrettes,
pour aller dire bonjour aux toutous qui passent et
qui... passent.

A huit heures du matin, toutes les boutiques, sans
exception, sont ouvertes ; les fruitiers, les bouchers, les
charcutiers ne savent à qui répondre. Les garçons épiciers, très affairés, font les galants auprès des bonnes.
« Et avec cela, mademoiselle? — Un kilog. de sucre à
madame. — Un paquet de tapioca, voilà, avec le billet
pour la prime ; si vous gagnez le tableau, mademoiselle Louise, j'irai, moi-même, l'accrocher dans votre

chambre. » — L'épicerie moderne, avec ses chromos encadrées d'or, fait une rude concurrence au Salon de peinture; elle est la reine de la réclame parisienne, et ouvre, chaque jour, sur les nouveaux boulevards, de nouveaux palais. De grandes glaces reflètent à l'infini les merveilles de l'étalage, où la palette sucrée des fondants et des fruits glacés rivalise avec l'arc-en-ciel des savons fins, où les fioles de liqueurs alignent la variété de leurs formes élégantes, en compagnie des flacons de parfums encapuchonnés de peaux blanches et parés de faveurs multicolores. A l'intérieur de la boutique, ce ne sont que pylones de boîtes de conserves, brillant

d'un éclat métallique, pyramides de paquets de bougies, portiques de caisses de biscuits. L'épicerie englobe tout ce qu'elle peut : aujourd'hui, elle vend du vin de toutes les marques, des comestibles, des salaisons, des primeurs, du gibier, des volailles fines, et même du poisson ; demain, elle vendra des pendules et des montres, de la chaussure et des livres de poésie.

Dans les quartiers populaires, on achète de préférence aux marchands ambulants qui roulent leurs charrettes dans le ruisseau. Ne plaignez pas trop

H Gerbault

ces commerçants de la rue, ils ont une recette assurée, comme celle d'un percepteur aux contributions, et sont les protégés du gouvernement; il faut faire jouer de hautes influences, pour obtenir une médaille de vendeur. A la préfecture de police, des centaines de demandes restent chaque jour sans réponse. Pour crier : « *il arrive, il arrive el'maquereau!* » on doit produire je ne sais combien de certificats de bonne vie et mœurs, n'avoir jamais subi de condamnation, et, de plus, avoir des références de son conseiller municipal.

Onze heures sonnent, les maçons vont à la soupe, les petits employés s'engouffrent dans les crémeries, les fillettes assiègent les charcuteries et les marchands de pommes de terre frites. Oh! les frites bien chaudes, dans un morceau des *Bons romans illustrés*! Nana et Phrasie s'en régalent avec passion, en se racontant un tas d'histoires drôles; elles droguent, sous une porte cochère, pour entendre les vocalises d'un chanteur qui a l'habitude des cours aussi bien qu'un diplomate; elles rigolent en se poussant, et en faisant de l'œil aux hommes.

Midi. — La circulation se ralentit, et certains quartiers pleins de mouvement deviennent, soudain, muets et déserts. Paris déjeune et la rue se repose; les omnibus et les tramways passent à de plus longs intervalles, sans voyageurs, pour la plupart.

Cette accalmie dure à peine; la vie reprend bientôt

2

plus intense et plus fiévreuse, d'heure en heure; le
bourgeois sort de chez lui, dès qu'il a bu son café,
vers une heure; il entre chez la marchande de tabac,
et fait la causette, en allumant son cigare, puis il se
dirige vers le quartier où l'appellent ses affaires. Madame sort avec bébé et nounou ; madame, en toilette
très simple, va faire des visites à des amies et aux magasins de nouveautés; elle installe, d'abord, bébé très
pomponné, et nounou très enrubannée, sur des chaises
des Tuileries, des Champs-Élysées ou du Parc-Mon-
ceau, en disant : « Attendez-moi, je vous rejoins
dans une heure. » Nounou sait ce que cela veut dire,
elle aura le temps de causer avec son pays qui est
dans les gardes de Paris, elle pourra débiter, à la femme
de chambre de la rue Taitbout, tous les potins pos-
sibles sur ses maîtres. Elle raconte que Monsieur n'est
guère jaloux pour recevoir comme ça chez lui, trois
fo ispar semaine, ce jeune officier de dragons. « Oh!
Madame est honnête, oh! non, je ne dis pas, mais elle
finira par faire comme les autres, Monsieur est trop
bête! » Et puis, elle énumère ce qu'on mange et ce
qu'on ne mange pas, détaille les attrapages de la cuisinière avec Madame, à propos de la dépense, elle jure
qu'elle quittera la baraque dans quinze jours, si on ne
l'augmente pas de vingt francs, et si on ne lui donne
pas de la bière à son déjeuner. La femme de chambre
de la rue Taitbout lui donne la réplique, et lui en ra-

conte de si fortes, sur la conduite de sa maîtresse, que la nounou en devient rouge et l'interrompt : « Fanny! Fanny! taisez-vous; j'ai fauté, c'est vrai, mais je ne savions pas qu'on l'était si tant qu'ça à Paris. »

Deux heures. — Plus pressée, la foule des mamans, des fillettes et des garçonnets afflue dans les jardins; de pimpantes toilettes circulent sous les arbres; on s'installe sur les chaises, et les jacasseries féminines se donnent le maintien d'un futile ouvrage, auquel on ne fait pas trois points. Les enfants jouent de moins en moins, si ce n'est les tout petits, qui tripotent avec passion le sable et la poussière grise; la grande préoccupation des bambins est l'heure du goûter chez le pâtissier, où l'on dévore les éclairs au chocolat, les babas et les choux à la crême. La balle, le ballon, la toupie et le sabot n'ont pourtant pas perdu de leurs charmes auprès de la marmaille; le sabot, surtout, est en faveur, mais ce jouet populaire s'est embourgeoisé comme le reste, il s'est paré de cabochons en cuivre nickelé, il s'est couvert de paillettes et de coloriages variés. La partie de barres, le cheval fondu, le chat coupé, sont restés l'apanage des pensionnats en promenade. Les petits messieurs, qui font leur éducation avec des répétiteurs, préfèrent ne pas froisser leur veston et ne pas déranger leur cravate ou leur col; ils trouvent plus chic de s'aventurer du côté de la musique, autour de laquelle rôdent la vieille garde et les jeunes recrues.

Cependant, deux jumelles de seize ans, accompagnées par leur institutrice, passent, avec un joli sourire
et un charmant regard bleu d'azur; des flots de cheveux d'or s'échappent de leurs grands chapeaux à la
Rubens. Les hommes, jeunes gens et vieillards, se retournent discrètement pour les voir encore; et elles, innocentes et suaves, ne s'aperçoivent de rien, elles continuent de sourire en causant gaîment ensemble. —
Ah! Paris vicieux, Paris sans cœur et sans foi! tu n'es
donc pas encore si perverti qu'on veut bien le dire,
puisqu'il suffit de deux pures et belles enfants, passant
entre des fleurs et sous un rayon de soleil, pour te ra-
mener au culte du respect, à l'adoration de la beauté,
à la croyance de l'amour chaste.

Quatre heures. — Les voitures de maîtres, équipages ou simples coupés, débouchent sur la place de la
Concorde, par la rue Royale, la rue de Rivoli et le pont
qui est en face de la Chambre des députés : voilà
l'heure du Bois, on monte les Champs-Élysées en files
serrées, les fiacres fermés et découverts renforcent notablement le contingent de la procession roulante.
Dame! tout le monde n'a pas deux cent mille livres de
rente, et l'on fait figure comme on peut. L'allée en bordure, à droite, dans les Champs-Élysées, est remplie
de curieux qui envahissent les chaises; l'allée de gauche
est moins fréquentée, et cela s'explique, car c'est le côté
du retour, qui s'effectue entre chien et loup, au mo-

ment où la silhouette noire de l'Arc-de-Triomphe se
dessine sur un fond d'or et de pourpre. — Alors il est
temps de rentrer, pour les promeneurs, qui s'agglo-
mèrent autour des bureaux d'omnibus. Inutile d'attendre

aux stations intermédiaires, il faut aller aux têtes de lignes pour trouver de la place, et au prix de quelles attentes et de quelles bousculades. Le conducteur, sur sa plate-forme, est forcé de se défendre contre les assiégeants mâles et femelles qui s'écrasent, devant lui, sur le pavé. « Allons les 46, à l'intérieur, qu'est-ce qui a des 46? » ... « Il n'y a plus de 46, les 47! » Une grosse dame chargée d'un énorme paquet, se précipite : « Mais laissez donc passer. » — « Votre numéro, madame? » la voyageuse monte sans rien donner. — « Allons, votre numéro! » — « Eh bien! le voilà, mon numéro. » — « Mais c'est un 97 et nous appelons les 47, allons, il faut descendre. » — « Ma foi non, j'y suis, j'y reste. » — Un loustic ne laisse pas tomber le mot par terre, et crie : « *Vive le Maréchal!* » — un vieux souvenir. — La grosse dame résiste. « Descendra! descendra pas! » crient en riant les malins; le contrôleur s'en mêle et la comédie est finie.

L'heure de l'absinthe a sonné sur les boulevards; les terrasses des cafés se garnissent de consommateurs; tout s'allume, tout s'éclaire, tout resplendit; la flamme jaunâtre du gaz des candélabres alterne avec les colorations rouges, vertes et bleues des kiosques de journaux, et celles de phares plus élevés, blindés à leur base. Chaque boutique rivalise d'éclat et de séduction. Sous les feux des rampes, scintillent les rivières de diamants, les aigrettes de brillants, les colliers de saphirs et

d'émeraudes. Les boutiques des fleuristes se changent en
jardins de féerie ; des brassées de roses, de toutes
nuances, s'étalent dans les hottes dorées et les vases
de verre irisé ; les lilas blancs, montés en gerbes, lan-
cent leurs fusées d'argent, au milieu des frondaisons
des plantes vertes ; toutes les variétés de rhododendrons
et d'azalées, qui semblent être le produit d'une floraison artificielle, mélangent les multiples nuances du
lilas et du violet aux incarnats violents et aux roses tendres ; les anthémis s'étalent en énormes mamelons
neigeux, semés de points d'or. — Plus loin, sur la peluche
miroitante des velours rouges, de frêles statuettes en
marbre exhibent les trésors jumeaux de Pomone, de
quelque côté qu'on regarde ; et puis, ce sont des phalanges d'éphèbes en bronze, des lions à patine verdâtre,
des pendules en onyx incrusté d'émaux, des cloisonnés
du Japon, des lustres entremêlant leurs guirlandes dia-
mantées, leurs festons de cristaux prismatiques et ful-
gurants. — Les changeurs échelonnent des sébiles pleines
de louis, sur un fond de billets de banques étrangères et
de titres de rente ornés de vignettes. — Les marchands
de photographies combinent les réflecteurs, en les bra-
quant sur le décolletage des actrices, le débraillé libertin des irrégulières et les nudités des tableaux du dernier Salon. Quelques sujets patriotiques, souvenirs du
siège ou de la guerre, quelques sujets religieux, têtes
de Christ avec la couronne d'épines ou de Mater Dolo-

rosa aux yeux larmoyants, servent de palliatifs à cette
exhibition profane; les vues de Paris, de Londres, de
Rome, de Venise remplissent les vides; les portraits
des célébrités du moment sont mis en vedette, derrière
des verres grossissants. On voit, le plus souvent : Boulanger, Carnot, Floquet, Zola, Daudet, Sarah Bernhardt,
Pasteur, Mounet-Sully, Paul de Cassagnac, Guillaume II,
le pape Léon XIII, le prince Victor, de Lesseps avec
sa smalah de moutards, Eiffel avec sa tour, Bidel avec
ses lions.....

Les libraires qui vendent nos livres ne sont pas

moins ingénieux dans l'agencement
de leurs étalages, dans l'étagement
des volumes de luxe, sous le gaz des
vitrines : *Vient de paraître*, imprimé
en rouge sur une bande, indique la
nouveauté du jour; les rabais sont
énoncés sur une étiquette; les recueils illustrés de gravures sont ouverts à la bonne page; les couvertures
en couleur, signées Chéret, mettent
la joyeuseté de leur note fantaisiste,
au milieu des titres noirs sur fond
jaune serin. Chaque boutique, enfin,
arrête et retient le passant, en l'en-
gageant à délier sa bourse. Sur le
trottoir, discutent les boursiers, ges-

ticulent les hommes politiques, sifflent les marmitons et
les petits télégraphistes. — Les Nanas en quête d'un dîner,
seules ou par groupes, arpentent le trottoir, de l'Opéra à
la rue Montmartre. Par ci, par là, quelques gamins vicieux,
au teint blême, trop frisés et trop serrés dans des vestons écourtés, êtres abjects décrits par Canler et étu-
diés par Tardieu. Les distributeurs de prospectus continuent leur besogne de la journée, donnant à profusion
des carrés de papiers blancs et rouges, des images de
couleur, des petites cartes satinées, que le passant
distrait reçoit d'une main et jette de l'autre. Les provinciaux et les étrangers se dirigent vers la table d'hôte
du grand hôtel, ou les restaurants à la mode. Des
odeurs de musc, d'opoponax, de verveine traînent
irritantes comme des relents de maisons closes.

Les petites tables rondes des cafés voient se renouve-
ler la galerie des clients. « Un bitter au 15 ! — Garçon, voyez terrasse, un vermouth à l'as ! — L'*Indépendance belge* à Monsieur — l'*Illustration* est en main. »
On saisit, en passant, des bribes de conversations, des
indiscrétions ou des potins de Bourse : « Ah ! mon
cher, quelle guenon que cette Irma, figure-toi... »
— « Je vous l'avais bien dit que c'était un coup monté
par Mayer sur le Panama. » — « Tu sais, le gros Chose
qui était si drôle, qui jouait au billard avec son nez,
eh bien ! il est mort il y a quinze jours. — Puisqu'il
est parti, sa fille en devient un fameux, on m'a dit

qu'il a gagné cinq millions dans la fabrique des caout-
choucs hygiéniques — tu me comprends? » — « Tiens!
bonjour Gustave, te voilà de retour; et Régina? toujours
ensemble? — Ne m'en parle pas, encore en Suisse à
écouter la *Ranz des Vaches*. — Alors c'est toi qui
es le bœuf. »

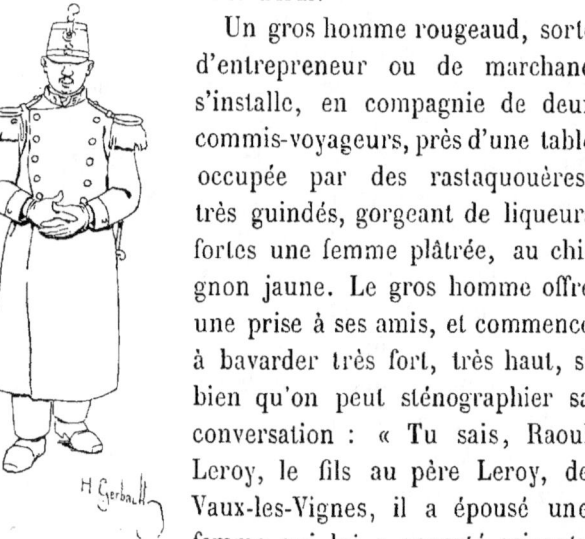

Un gros homme rougeaud, sorte
d'entrepreneur ou de marchand
s'installe, en compagnie de deux
commis-voyageurs, près d'une table
occupée par des rastaquouères,
très guindés, gorgeant de liqueurs
fortes une femme plâtrée, au chignon jaune. Le gros homme offre
une prise à ses amis, et commence
à bavarder très fort, très haut, si
bien qu'on peut sténographier sa
conversation : « Tu sais, Raoul
Leroy, le fils au père Leroy, de
Vaux-les-Vignes, il a épousé une
femme qui lui a apporté soixante
mille francs de dot; il a bouloté les soixante mille
francs, a fichu la femme à la porte, et s'est mis
avec une grue, à qui il a fait un enfant. Il n'est
pas reçu avec sa grue dans la famille, ça se comprend, c'est le droit du père; c'était pas gentil, il est
vrai, de la part de Raoul. Eh bien! maintenant, il

s'est loué une petite maison à Bois-Colombes, il est là avec sa grue, sa petite fille, et il est heureux comme un prince. Quand j'en parle au père Leroy, le père Leroy dit : Que voulez-vous, il est heureux, il ne me demande pas d'argent, je suis content de le savoir content. — Eh bien! vous avez raison, que je lui ai répondu..... »

On politique un peu plus loin, et des mots venimeux et terribles partent en tous sens, comme des flèches empoisonnées : « Ce sont de rudes canailles! ce sont les filous de l'honneur national! — Encore trois pots de vins comme celui-là, et le ministère peut tomber, la fortune du gredin est faite. — Devine où Bombyx a acheté sa croix?.... Chez Nini-la-Caille, elle couchait avec le général. »

Les conversations durent ainsi, toute la soirée, sur les boulevards, se renouvelant avec les consommateurs, et se superposant comme les piles de soucoupes sales. De place en place, les bancs alignés entre les arbres sont occupés par des voyous, des loqueteux et la plèbe des rôdeurs sans domicile.

Des groupes de nez-en-l'air se forment devant les transparents lumineux, où les lampascopes projettent des images quelconques, alternant avec des réclames commerciales.

A la porte des théâtres, des messieurs, en habit noir et cravate blanche, fument sous le courant d'air nocturne; imprudents, ils ont laissé leurs manteaux au vestiaire; une vibration de sonnette électrique annonce la fin de l'entr'acte; ils rentrent, en jetant vivement leur cigarette ou leur trabucos. — Les ramasseurs de bouts de cigares connaissent le coup, ils sont en arrêt. Clairvoyants comme des lynx, adroits comme des singes, ils butinent, avec leur frêle crochet, les épaves de tabacs variés; quand ils en ont réuni un stock assez considérable, ils s'en vont de bonne heure, le matin, sur les berges, au bord de la Seine, faire le tri et le lavage de leur récolte; ils font sécher le tout, au soleil en été, sur un poêle en hiver. Ils écoulent leur marchandise, le plus souvent le matin, autour des Halles et sur la place Maubert.

Une autre industrie de la nuit est celle des petits Italiens, qui portent sur leur tête toute une boutique de statuettes et de bustes en plâtre. La Vénus de Milo, la Diane de Houdon, Henri IV enfant, Léda et son cygne, l'Antinoüs, la Baigneuse de Falconet, les bustes de Victor Hugo et de Garibaldi, de Gambetta et de la République sont donnés à vil prix; l'acheteur en a, d'ailleurs, pour son argent, toute cette statuaire est notablement ratissée, déformée, remplie de bouillons et de coutures maladroitement coupées. Un de ces pauvres mômes, ayant fait choux blanc, rentrait un soir, rue de la Roquette, chez son patron qui allait lui administrer une volée, pour n'avoir rien vendu; il geignait, se lamentait. « Mon bon moussié, disait-il en implorant un viveur assez émêché, mon bon moussié, achetez-moi oune Vénousse, oune baigneuse toute nouille, vous avez le choix, ce sont de belles femmes! » — « Laisse-moi tranquille avec les femmes, ce sont toutes des......, j'en ai assez! » répond le cocodès, et, d'un vigoureux coup de canne, il fait dégringoler tout l'étalage des statuettes, qui se brisent en mille miettes blanches sur le sol. L'enfant se mit à beugler : « Ne pleure pas, gosse, pour combien en avais-tu sur la tête? » — « Pour dix francs, moussié! » — « Tiens, voilà un louis, et une autre fois, ne viens plus m'embêter avec les femmes, j'en ai assez, ce sont toutes des...! » Le rire remplaça les larmes, le petit empocha la pièce d'or, après l'avoir retournée entre ses doigts et regardée au gaz, pour voir si elle était bonne; puis il partit en courant. Quand il fut à vingt pas, il se retourna, et fit un long pied de nez à son sauveur inepte et généreux, en lui criant : « Merci, coglione! »

Voici maintenant la sortie des théâtres. Encapuchonnées dans des burnous algériens, les femmes relèvent leurs jupes, non sans demander à leur mari ou à leur frère qui les accompagne : « Est-ce qu'il pleut? » Le collet de leur manteau relevé, très empêtrés de parapluies et de lorgnettes, dont on les a chargés avec mille recommandations, ceux-ci étendent la main : « Oui, il pleut, justement. » — « Ah! mon Dieu! et Jean, où est-il? — Fais avancer la voiture. — Ces choses-là n'arrivent qu'à moi! — En voilà un théâtre mal construit, où l'on ne peut attendre à couvert. » — Un voyou s'avance, casquette bas : « Votre voiture, mon prince? qui dois-je appeler? » — « Le cocher Jean de la rue Tronchet. » Aussitôt retentissent les appels mélangés de tous les crieurs :. « Le trente-trois soixante-sept! Jean de la Tronchet! le cocher Minot! le cocher du comte Trouillard! » — Et les titis du Paradis se bousculent, en se communiquant leurs impressions : «Il était rien chouette, le vieux, dis, quand il a gueulé : Vous cherchez le meurtrier d'Adèle, eh bien! c'est moi! — Pourquoi qu'il a dit qu'c'était lui, puisqu'il savait bien qu'non. — Oh! la, la, t'es trop bête, t'as rien compris, ça m'étonne pas, tu roupillais tout l'temps. »

Sous la pluie, un jeune homme abrite, avec un entout-cas, une délicieuse brunette, dont il presse vivement la main. (L'époux est absent à la recherche d'un fiacre.) « A demain, n'est-ce pas? » dit-il, — « A demain, Armand, à Sainte-Clotilde, près de la chapelle des Saints-Anges. »

L'averse tombe plus fort, fine, serrée, implacable; la chaussée est encombrée, comme en plein jour, par

les voitures ; les dessus d'omnibus sont aussi complets
que les intérieurs ; les victimes de l'impériale se tiennent
debout, malgré les cahots du véhicule, pour ne pas

prendre de bains de siège. —
Tout à coup, un beuglement à
deux temps pressés se fait entendre : *pom-piers*, *pom-piers*,
pom-piers. Au triple galop,
filent, comme dans une chasse

fantastique, un premier char surchargé d'hommes cas-
qués de cuivre étincelant sous la lumière des torches,
un second char, portant une échelle rouge de sauvetage,
qui ressemble à une gigantesque catapulte romaine,
puis les pompes à vapeur, semant, sur la route, les

braises ardentes de leur foyer. « Au feu !
au feu ! » crient, en courant, des bandes
d'individus lancés au pas de course. « Le
feu où ça? » demandent quelques-uns ;
le monsieur bien renseigné, qu'on rencontre toujours à Paris ; à n'importe
quelle heure, affirme que c'est au faubourg Saint-Antoine, dans une scierie
mécanique. A peine a-t-il donné son
renseignement, qu'on entend l'inévitable
réponse : « Au faubourg, ah ! ben zut !
J'vas me coucher ; moi j'demeure à
Batignolles. »

Autant la rue est sinistre par les
nuits pluvieuses, autant elle est poéti-
quement belle par le clair de lune.
Le brouhaha fiévreux des foules s'est apaisé, la chaussée, baignée d'une blanche clarté, ressemble à une
calme rivière coulant entre des quais géants ; sur les
places, se dressent, comme des fantômes, les statues
majestueusement terrifiantes dans leur immobilité de
bronze et de pierre ; le long des avenues, entre les co-

lonnades argentées des arbres, le gaz blémit dans les
lampadaires semblables à des veilleuses de nécropole;
solennellement, l'heure sonne aux horloges des
églises..... Alors, l'amoureux, le poète qui sort attristé,
fatigué, de quelque salon bourgeois où l'ineptie de la
conversation n'a été entrecoupée que par la banalité
d'un piano criard, retrouve la plénitude de sa pensée,
la rêverie de sa philosophie; la nuit muette lui parle
avec sa fraîche caresse, penche vers lui les douces
ombres des êtres chers, perdus ou désirés, et il s'en va
insouciant des rencontres tragiques inscrites chaque
matin aux faits divers des journaux; il se sent, pour
ainsi dire, supérieur aux autres humains, qui dorment
dans les tombeaux de pierre qu'on nomme des maisons,
car il est éveillé, lui, il pense, il est le maître de la rue
déserte, et les rythmes lui arrivent en foule, mélo-
dieux, pour traduire les vibrations de ses sens et de
son âme.

SALONS ET SOIRÉES

« Les salons du xviie siècle étaient des bureaux de
beau langage, ceux du xviiie des bureaux d'esprit,
quant aux salons d'aujourd'hui, ce ne sont que des
bureaux de placement. » — Ainsi s'exprimait, devant
moi, un homme d'expérience, qui sait ce que vaut la
femme et ce que les femmes coûtent. Viveur désabusé
des coulisses de théâtre, connaissant Dieu et le diable,
fringant comme un jeune homme, malgré ses soixante-
trois ans bien sonnés, il n'y a pas un salon de Paris où
il n'ait été admis, il n'y a pas de fêtes mondaines dont
il n'ait pris sa part. Parisien dans l'âme, littérateur
par occasion, joueur par oisiveté, galant par habitude,
il endosse l'habit noir et fait le nœud de sa cravate
blanche, comme un ouvrier mettrait son bourgeron et
sa ceinture de laine rouge, c'est, pour ainsi dire, son

vêtement professionnel. Fort riche, il est sans ambition personnelle; un salon n'est, pour lui, qu'un champ d'études, quand il n'est, pour tant d'autres, qu'un champ de manœuvres. Ennemi des réputations sur-faites, il se plaît à enfler la vanité des sots qui le saluent, et à rire, en lui-même, de la platitude des gens sans situation, qui connaissent son influence. Obligeant sans arrière-pensée et sans intérêt, il donne pour rien ce que d'autres n'accordent que contre quittance, il encourage les jeunes talents, subventionne les inven-tions utiles, compte cinq mille francs pour une crèche, envoie un Delacroix à un musée de province, et l'abso-lution à ceux qui le trompent. Un tel homme peut bien être cru sur parole, quand il vient nous affirmer que les salons d'à présent sont des bureaux de placement.

« Chaque salon a sa spécialité, ajoutait-il; chez Artémise, on place les diplomates, chez Clio, les sous-préfets; Fœdora tient les décorations du Christ, et Bérénice les bureaux de tabac; voulez-vous une recette générale, adressez-vous à Mme de Gédéon, guignez-vous un fauteuil à l'Académie, faites votre cour à Mme de Sainte-Adresse. N'allez pas croire que nos élégantes placières soient toutes des femmes dans le genre de celles qui sont venues devant les tribunaux, lors d'un récent procès; la plupart d'entre elles sont trop dotées, pour qu'on les accuse de recevoir des pots-de-vin, elles sont trop altières, pour qu'on les soupçonne de récla-

mer quoique ce soit. Bien entendu, je ne vous parle pas
ici de certaines marieuses; le placement des jeunes
filles riches avec les comtes et les ducs décavés étant
un commerce avéré et connu de tous. Je n'ai en vue,
en ce moment, que les maîtresses de grandes maisons,
qui, ayant plusieurs chevaux dans leur écurie, ne
doutent pas un instant qu'elles ne puissent les atteler au
char de l'État. Leur plus grand désir est de faire savoir,
à chacun, qu'elles sont même capables de monter, un
instant, sur le siège du susdit char, et de le conduire
un petit bout de chemin, quand ce ne serait que du
Palais-Bourbon au ministère des Affaires étrangères.
Elles placent par instinct et par vocation, par pose et
par jeu, elles placent pour le plaisir de faire valoir leur
autorité ou de satisfaire leur caprice. Vous me direz,
peut-être, qu'il y a encore des salons littéraires où l'on
accapare les romanciers et les poètes, les peintres, les
sculpteurs et les musiciens; des salons bourgeois où
l'on fait danser des collégiens avec de petites provin-
ciales, où l'on donne des bals blancs avec tout le déballage papillotant des cotillons; des salons où l'on n'est
reçu qu'avec un titre nobiliaire, dans lesquels on ne parle
que de replacer le roy sur son trône; (encore un placement). Je vous vois sourire, car vous croyez que
j'oublie les salons du demi-monde, le boudoir de Sapho
et le thé de cinq heures de Lydie. Si cela vous amuse,
je vous conduirai un peu partout, à droite, à gauche

et ailleurs. Je vous mettrai en rapport avec René Pajou, un poète doublé d'un humoriste, qui en raconte de drôles sur les intérieurs bourgeois, et je dirai à Frédéric Lorain de vous narrer sa réception chez la fameuse Mme de N... Je vous communiquerai aussi des notes qui pourront vous servir, lorsque vous aurez de la copie à faire sur les salons de Paris. » — Mon Mentor n'était point un menteur, il a tenu sa promesse, et bien au delà; voici comment j'ai été amené à écrire ce chapitre.

Les salons bourgeois se divisent en je ne sais combien de catégories; il y a les salons des rentiers professionnels, gros propriétaires à Paris ou à la campagne; les salons de commerçants retirés; les salons des chefs d'administration, ceux de la basoche et du notariat, ceux de la petite banque et de la grande industrie, etc., etc... Les uns sont incolores et insignifiants, et ne méritent pas qu'on s'y arrête cinq minutes, les autres sont ridicules ou grotesques, et prêteraient à bâiller, s'ils ne donnaient à railler. Je veux pourtant donner ici la description que m'a faite le poète René Pajou, d'un salon style *Pot-Bouille*, qui en vaut la peine. Je transcris textuellement son récit :

« L'autre soir, ne sachant que faire, je me dis : allons donc jusqu'au boulevard Haussmann, nous sommes samedi, les Dupont reçoivent. — Neuf heures et demie, on doit avoir fini de dîner. — Les Dupont ont une

certaine aisance, laborieusement acquise dans la fabri-
cation des élastiques pour bretelles; très économes
pour eux, dans la vie quotidienne, ils étalent, chaque
semaine, un luxe princier, sur une table de vingt couverts, où l'argenterie, les cristaux et les services en
faïence décorée sont à la dernière mode. On y mange
un peu froid, mais on y boit ferme et des meilleurs
vins; des domestiques de louage vous servent avec des
gants blancs nettoyés à la benzine, mais ils vous
servent des truffes à gogo, et remplissent votre verre
dès qu'il est vide, c'est la consigne donnée par l'am-
phitryon. La salle à manger n'étant pas tout à fait en
proportion, je vous plains si vous êtes dans un bout de
table, vous aurez votre chaise poussée, tout le temps,
par les serviteurs, depuis le potage jusqu'au dessert,
et vous recevrez de la sauce sur la tête, à moins que les
feuilles pointues des palmiers d'une jardinière ne vous
chatouillent dans le cou...

« Nous sommes arrivé à la porte; drrrrin! le timbre
électrique résonne. — Du palier, on entend un bruit
d'enfer dans la salle à manger, de gros rires de gens
repus, gonflés et ayant chaud. Dans l'antichambre éclate
une voix courroucée, la voix de Dupont : « Mariette,
Mariette, mais ouvre donc, on sonne depuis un quart
d'heure! — Eh bien! on y va! ils ne pouvaient donc
pas ouvrir, vos faignants de larbins! », répond avec un
accent traînard, la femme de chambre. — « Mariette

je te chasse si tu continues. — Oh! vous ne feriez pas
cette boulette-là. »

« On m'ouvre enfin, et l'on me fait entrer dans un
salon garni de l'éternel meuble en satin rouge, de nombreux fauteuils et des chaises sont disposés symétrique-
ment, en demi-cercle, devant la cheminée, tous ces
sièges semblent vissés au tapis, ils n'ont pas reçu la
bousculade familière des salons où l'on cause. Sur la
cheminée, une pendule en bronze doré d'un nouveau
genre, modèle réduit de la tour Eiffel. Sur les murs se
penchent une glace de Venise entortillée d'un taffetas
gommé couleur de soufre, et deux tableautins retenus
par de longues ficelles, celui de droite est un faux Jean
Van Beers, celui de gauche un Detaille non moins faux.
Entre les fenêtres, un piano droit surmonté du portrait
de Dupont dans un cadre ovale, agrandissement pho-

tographique ayant figuré dans une exposition d'hygiène et de sauvetage. Mariette ne me laisse pas seul, elle vient remettre du bois dans la cheminée, et préparer le guéridon pour le café. — « Mariette! Mariette! mon paletot; vite! » C'est Anatole, un grand garçon de dix-neuf ans, le fils de la maison, qui, en voulant s'esqui-ver, se jette dans mes bras. « Tiens, Anatole, vous ne restez pas avec nous, ce soir? » — « Mille pardons, cher monsieur, si j'avais pu me douter que vous veniez... Mais vous savez, papa est bassinant avec ses dîners du samedi qui n'en finissent pas, il sait bien que j'ai, le soir, une répétition ·pour le volontariat, si je suis recalé, ce sera encore de sa faute. » — « C'est rue Boudreau, dites-moi, qu'il demeure, votre répétiteur? » — « Farceur, vous croyez que je vais à l'Éden, eh bien! non, tenez, je veux être franc avec vous, Cloclo m'at-tend aux Folies-Bergères, au revoir! » — Et il se sauve.

« Les dîneurs ont terminé, Dupont paraît le premier, donnant le bras à une dame mûre, en robe gorge de pigeon, avec un paquet de coquelicots sur la mamelle gauche et de gros brillants aux oreilles: « Oh! monsieur Dupont, voyons, soyez donc sage; si Benjamin vous entendait. » Ce Benjamin est son époux, un fabricant de limes du quartier Popincourt. Derrière eux, voici : Me Prudent Leretors, notaire à La Mothe-sur-Seine, et Mme Dupont, une grosse mère sans rivage; à la suite,

les autres couples opérant le chassé-croisé traditionnel.
En arrière-garde, un garçonnet de douze ans fait gra-
vement son métier d'homme du monde, auprès d'une
blondinette de huit ans, qui se dandine en secouant la
longue tresse de ses cheveux. « Sont-ils gentils, ces
amours, ne dirait-on pas un petit homme et une petite

femme? » Cette phrase banale est prononcée, avec des
clignements d'yeux prétentieux, par une vieille demoiselle qui prise comme un invalide, tout en jouant de
l'éventail : — « Oh! ne m'en parlez pas, ça a déjà du
vice comme trente-six ! » répond, d'un air enjoué, le
papa du petit bonhomme. — Dupont vient vers moi, me
serre chaleureusement la main et me présente ce pro-
fond psychologue : « Permettez-moi de vous présenter
l'un à l'autre. Rouvillain, mon gendre, l'inventeur bre-

veté du savon des *Bayadères*, le seul qui ne blanchisse
pas en vieillissant. — Notre ami de l'autre année, au
Tréport, dont nous parlons si souvent, un artiste, un
poète, un dessinateur, il fait tout ce qu'il veut, le
gaillard! » — Et me tapant sur l'épaule, en me dési-
gnant du doigt : « Tel que tu le vois, il a composé un
petit poème très drôlichon, oh! très drôlichon, je te le
prêterai, ça te donnera des idées! » Je regarde Dupont
avec effarement. « Des idées, des idées à son gendre,
pensais-je en moi-même, voilà comme il prend les
intérêts de sa fille! » — Mais tout s'explique, Rouvillain, à ces mots, se précipite sur mon gilet : « Poète,
monsieur, vous êtes poète, ah! quel service vous
pourriez me rendre; justement, je suis à la recherche d'un poète. Figurez-vous que j'ai été indignement spolié de toutes mes idées de réclame par un
fabricant d'apéritifs; il a inondé Paris des prospectus
les plus abracadabrants; il a distribué des croix de la
Légion d'honneur, lors du procès Wilson, des portraits
de Carnot, au moment de l'élection du nouveau président; il a fait frapper, sur des sous italiens et belges,
l'annonce de son produit, et l'on ne pourra plus payer sa
place d'impériale sans lire les mots fatidiques : *Buvez
l'amer Pitchoun.* — Eh bien! moi, monsieur, j'abandonne cette réclame audacieuse, géniale il est vrai,
mais qui est peut-être funeste, à bien des points de vue,
et semble hâter notre décadence définitive; je préfère

avoir recours aux poètes et faire inscrire, chaque jour,
dans les grands journaux parisiens, un sonnet, un ron-
deau, ou un couplet, sur mon savon des Bayadères; il
ne manque pas de rimes en *ère,* et, vous savez, dans
la poésie, la rime c'est tout. Mais j'oublie que je parle
à un poète. Je vous enverrai une boîte de mes savons,
vous verrez, ils sont délicieux! » — Ahuri, le sang
aux oreilles, faisant des: «Ouh! ouh! ouh! » de déné-
gation, je me dégageai comme je pus, promettant sans
rien accepter, acceptant sans rien promettre. Les
dames, assises dans le demi-cercle des fauteuils, cau-
saient, avec volubilité, de leurs domestiques, et de la
difficulté qu'on avait, aujourd'hui, à se faire servir :
« Ainsi, tenez, dit Mme Dupont, voilà seulement un an
que j'ai pu trouver une femme de chambre convenable.
Jusque-là, je changeais de femme de chambre toutes
les six semaines, elles étaient toujours à se quereller
avec la cuisinière; Dupont, qui n'est point patient, s'en
mêlait, et, file, ma fille, prends ton paquet! Figurez-
vous que la grande Suzanne, celle qui posait tant, a
jeté son plumeau, avant de partir, à la tête de mon
mari en lui disant : « Au plaisir de ne plus te revoir,
vieux pignouf! » — « Pignouf! qu'est-ce que cela
signifie? » interrompit la vieille demoiselle, tout en
prenant une prise, en tapinois. — Avec Mariette, tout
marche comme sur des roulettes, c'est une fille soigneuse,
convenable, polie, adroite et très attachée à la maison.

une vraie perle, enfin ! Elle nous est reconnaissante parce que Dupont, qui est d'habitude si ours avec la do-
mesticité, est très bon pour elle, il s'est occupé de
trouver une place d'employé aux écritures pour son
cousin. »

« Impatienté par cette conversation qui sentait le
torchon et l'eau de vaisselle, le notaire de La Mothe-
sur-Seine, un bon vivant à la figure émérillonnée et
réjouie, m'attira près d'une fenêtre, et se mit à me
raconter les fredaines de son sous-préfet. Dupont, qui
a entendu quelques mots vagues de notre conversation,
se rapproche et nous fait passer dans le fumoir ; il nous
confie ses inquiétudes sur la conduite d'Anatole : « Il
travaille beaucoup, cet enfant, et j'ai peur qu'il ne se
fatigue encore ailleurs. Ah ! mon cher Prudent, comme
la jeunesse du jour est différente de celle de mon
temps. Comme vous me voyez, je suis resté *naïf* jusqu'à mon mariage, ou à peu près ; dame ! oui, il faut
que je vous conte la chose, elle est trop drôle. Mes
amis, me plaisantant, voulaient m'entraîner dans leurs
licencieux débordements ; mais moi, je résistais. Quand
un jour, je leur dis : Je vais me marier. — « Toi, te
marier, comment donc feras-tu ? » me répondent-ils en
chœur, et les voilà qui organisent, en mon honneur,
une partie fine dans un cabaret à la mode. Les meilleurs
cortons, les champagnes de la veuve, les truffes sous
la serviette, rien ne fut épargné. Au dessert, subite-

ment, le cabinet où nous étions installés fut envahi par un bataillon très décolleté de six cocottes gentilles à croquer; et, sans me laisser le temps de me reconnaître, l'une d'elles, Finette la Marseillaise, vint s'asseoir à mes côtés, et tremper ses lèvres roses dans ma flûte de champagne. Très troublé, mais un peu lancé, je fis le galant, avec cet air empêtré d'une poule qui a trouvé une paire de lunettes dans son nid, à la place de ses œufs. Mes amis riaient, il fallait voir. — Finette m'emmena chez elle, me cajola... eh bien! dois-je vous l'avouer, mes amis en furent pour leurs frais, et Mme Dupont m'a reçu, au pied des autels, aussi pur que l'enfant qui vient de naître. Je fus bête, très bête, je l'avoue, je fus idiot. Ah! mon fils ne tient pas de son père, de ce côté-là, et j'ai les appréhensions les plus vives au sujet de la conduite d'Anatole; ce soir, il est parti de bonne heure, je ne dis pas, c'est à une répétition pour son volontariat qu'il est allé... mais les autres soirs! » Je voulais rassurer Dupont, quand il ajouta : « Eh bien! vous me croirez si vous voulez, voilà trente ans de cela, et j'y pense toujours à cette Finette; vraiment, j'ai été trop bête. — Vous allez faire un *whist* avec nous, n'est-ce pas, l'artiste, un petit whist de famille, à vingt sous la fiche, oh! ce n'est pas ruineux...» Je m'excusai comme je pus, et, quelques minutes après, je m'esquivai à l'anglaise. Dans l'antichambre remplie de l'odeur d'une lampe qui filait, je trouvai toute une compagnie de nouveaux arrivants, et, pendant que je reprenais mon manteau, j'entendis annoncer : M. et Mme Moulet, le capitaine Colas, M. et Mlle Camus... En descendant l'escalier, je fouillai dans ma poche, pour voir si l'on n'y avait pas introduit quelques pains du savon des Bayadères. »

Le salon de Mme de N... est d'un tout autre ordre ; salon mi-parisien, mi-polonais, on y rencontre quelques attachés d'ambassade, pas mal de vieux nobles ruinés, et une kyrielle de comtes et de comtesses en Ki, et en Ka, et en witch. La vieille Mme de N... est mariée, remariée, surmariée ; elle en est à son troisième époux, qui paraît peu, d'ailleurs, à ses réceptions du mardi, étant très occupé par les sociétés de numismatique et d'archéologie, et par ses recherches sur les généalogies. Ce qui fait le charme de cette société, ce sont deux nièces très éveillées, très folles, au courant de tout ce qui se passe dans les ambassades ou dans les ministères. De leurs maris, on n'en parle point, l'un est en Lithuanie, au milieu de ses terres, l'autre en Afrique, à la suite des explorateurs. Aussi, les intrigues s'échafaudent-elles, dans ce coin-là, avec plus de rapidité que partout ailleurs ; on y parle de Saint-Pétersbourg, de Moscou et de Varsovie, comme on y parlerait de Saint-Cloud, de Versailles ou de Suresnes ; une correspondance active y afflue, chaque semaine, avec des timbres de nationalités si diverses, qu'on pourrait y créer des collections sérieuses. On chuchote très bas que ce salon pourrait bien être un centre de renseignements plus ou moins diplomatiques, pour ne pas employer de vilains mots, mais on dit tout haut qu'il n'y a nulle part une société plus policée, plus avenante, plus stylée que celle du salon de Mme de N... — La maitresse de la maison sort peu dans la journée, si ce n'est dans sa voiture, à l'heure du bois; par contre, elle va diner en ville, presque tous les soirs, excepté le mardi, la plupart du temps sans son mari, qui dîne au cercle ou ailleurs; ses deux nièces l'accompagnent comme deux gardes de corps, sans la quitter d'une seconde.

Voici, du reste, ce que m'a raconté, à ce sujet, Frédéric Lorain, un parisien pur sang, celui-là. « Un ami m'a conduit, un mardi soir, dans le sanctuaire, m'avertissant qu'il me présenterait sous le titre de baron de Z... Je voulus, tout d'abord, ne pas consentir à cette mascarade, cependant je finis par céder, ayant le désir de tout connaître. — En tenue de soirée, la plus rigoureusement correcte, je fus exact au rendez-vous; mon nouveau titre nobiliaire résonna à l'entrée du salon, avec une telle sonorité, que je fus un moment à regretter qu'il ne fût pas mon bien légitime. Mme de N..., devant laquelle je m'inclinai, me répondit par la plus étudiée des minauderies polonaises, et me présenta la main, comme en m'invitant à y approcher

mes lèvres. J'étais prévenu, et suivis le rite prescrit.
« Très cher monsieur, combien vous êtes aimable
d'être venu, il y a si longtemps que j'entends parler de
vous; vos talents sont connus de tous, et je déplorais
sincèrement votre sauvagerie; mais enfin la glace est
rompue, j'espère bien que vous serez maintenant un
de nos plus assidus. » — Elle appela sa nièce Lodoïska,
en lui recommandant de me présenter à Mme Stre-
nowitch. Lodoïska, très blonde, avec des saphirs aux
oreilles, excessivement décolletée, m'entraîna dans un
petit coin, elle me demanda si j'aimais la peinture.
« Venez donc voir un album d'aquarelles et de dessins,
me dit-elle, tenez, asseyez-vous là, cher monsieur, là
devant moi, je tournerai les feuilles. » Je m'excusai.
« Non, je le veux » : ajouta-t-elle d'un air enjoué, en
rapprochant la lampe garnie d'un élégant abat-jour en
soie rose, ornée de guipures. — J'obéis et vis défiler,
sous mes yeux, toutes les vues de l'Oberland bernois et
des monts d'Auvergne. A chaque feuille, Lodoïska
donnait des explications, en faisant sa critique sur les
premiers plans ou les horizons, et, pendant qu'elle
tournait chaque feuille, je sentais s'appuyer avec insistance, sur le collet de mon habit noir, deux promon-
toires jumeaux faisant une fameuse concurrence à
l'orographie coloriée. L'inspection de l'album étant
terminée, la complaisante tourneuse de feuillets me
dit : « A présent, monsieur le baron, je vais vous

présenter à ma sœur, Mme Strenowitch, elle est bien plus aimable que moi. » — Alors, comment donc se conduit-elle avec ses hôtes? pensai-je en moi-même.

« Mme Stre-nowitch, une grande brune, au nez bourbonnien, non moins décolletée que sa sœur, me tendit familièrement la main, et me serra les phalanges à les casser; elle me fit asseoir à côté d'elle, derrière un guéridon surchargé de plantes vertes, qui

H. Gerbault

4

nous isolait, pour ainsi dire, du reste du salon. « Maintenant, cher monsieur, il faut me faire votre confession, ne
vous récriez pas, c'est l'usage de la maison, c'est moi qui
confesse; avouez-moi donc que vous êtes amoureux. »
Je riais de ce badinage, très nouveau pour moi, et lui
jurai que j'étais excessivement amoureux. Très adroite-
ment, sans avoir l'air d'y toucher, elle sut tellement
bien conquérir ma confiance, qu'elle apprit bientôt
quels étaient les types de femmes que je préférais, ce
que je pensais des jeunes filles et des femmes de trente
ans, des Brésiliennes et des Espagnoles, et, comme je
m'écriais : « Oh ! par exemple, j'ai en aversion les
Anglaises, elles ont des pieds à dormir debout. » —
« Oh ! comme vous êtes drôle ! » fit-elle. — « C'est justement ce que ma petite fille me disait ce matin. » —
« Comment, votre petite fille, cher monsieur, vous êtes
donc marié ? » — « Mais, certainement, et père de
famille. » — La foudre serait tombée entre nous deux,
je n'aurais pas assisté à un pareil coup de théâtre...
Très pâle, très digne, Mme Strenowitch me quitta.
« Mille fois pardon, cher monsieur, mais on annonce
le général Marsala, et je veux le conduire moi-même à
ma tante.

« Toute la soirée, on n'entendit annoncer que des
marquis, des ducs, des princes dont les noms étaient
tous dotés d'une désinence exotique. Un petit jeune
homme, monocle dans l'œil, s'appuya au dossier d'un

fauteuil, et me fit entendre une fois de plus la sempi-
ternelle bergerade de *M. le sous-préfet aux Champs*.
Une petite fille insignifiante roucoula au piano : « *Nous
irons dans les bois ombreux, où s'égarent les amoureux, etc.....* » Ainsi de suite, je subis toutes les niai-
series obligatoires des salons qui n'ont pas de littérature
et qui se piquent de bon goût. — A minuit, je m'éclip-
sai, j'allai retrouver au cercle mon fameux ami, qui
m'avait piloté dans cette galère, en ayant soin de me
lâcher au bout d'un quart d'heure. Je lui racontai tout
ce qui m'était arrivé, et lui demandai avec un air absolument attristé : « Mais quelle est donc cette maison?
bien étrange, bien étrange! » Et lui, sans s'émouvoir :
« Pardieu! vous êtes allé chez la première marieuse de
Paris, elle a des millions dans sa manche; ce n'est
point une marieuse ordinaire, affiliée à des maisons de
courtage, non, elle opère elle-même. Les prix sont faits
comme des petits pâtés. Au lendemain du *conjungo*,
l'heureux époux doit compter 50.000 francs à Mme de N...
et 10.000 francs à chacune de ses aimables nièces.
Pourquoi, diable, aussi, aller dire que vous étiez
marié? Maladroit! » — « Eh! mais, en tout cela, je ne
vois pas bien le rôle de M. de N... » — « M. de N...,
il s'occupe de trouver, aux archives ou dans les bibliothèques, un titre nobiliaire au futur époux, et ne
demande rien pour sa peine. C'est convenu dans le
marché. »

Le héros de cette histoire m'a assuré que l'on avait fondé dernièrement, à Paris, un salon pour préparer des divorces honorables; c'est-à-dire ceux où le mari est seul à payer les pots cassés. On appelle cet endroit : *le salon de la revanche conjugale.*

Quant aux derniers salons du faubourg St-Germain, dans lesquels on défend le roi et l'autel, tout s'y passe avec la dignité froide des palais et des nefs d'églises; les sermons et les ventes de charité, la musique classique, les grands mariages mondains forment le fond des conversations féminines; le sport, la chasse à courre, le tir aux pigeons, et surtout les manèges électoraux, tel est le thème varié des discussions masculines. On s'y consulte sur le dessin d'une tiare à envoyer au pape, ou sur le choix d'un collier destiné à la corbeille d'une princesse alliée à la maison de France; la dernière lettre de Sheen-House y est commentée, comme autrefois les messages de Frosdorf; on y parle du prétendu mariage morganatique d'un duc, en critiquant douce-ment sa manie de libéralités, bien en contradiction avec les traditions orléanistes. Depuis que des marquis et des comtes coiffent le bonnet rouge et chantent *la Carmagnole,* les plus ardents champions de la monar-chie et du retour au droit d'aînesse sont des fils de grands carrossiers ou de marchands de fonte du temps de Louis-Philippe ; élevés à Vaugirard, à Juilly, ils ont pour eux un bagou oratoire de bon ton, quelques con-

naissances artistiques, un aplomb merveilleux, et plus
de droiture dans le caractère que beaucoup de fils de
croisés, prêts à s'allier à la Boulange, quitte à la *cham-
barder* ensuite.

Changement de décor ; nous sommes dans le salon du
Tout-Paris, c'est-à-dire dans le Beaucaire, le Nijni-Novo-
gorod des célébrités du jour : hommes politiques, ingénieurs et professeurs à la Sorbonne, journalistes et
romanciers, peintres de toutes les écoles, sculpteurs de
tous les styles, divas, musiciens, acteurs en vedette,
éditeurs, médecins, etc., etc. Une demi-douzaine de
pièces en enfilade sont éclairées par des lustres ; dans
le salon principal, une petite estrade avec un paravent
japonais, comme toile de fond ; un piano droit, deux
pianos à queue, un violoncelle. Quatre rangs de fauteuils et un échelonnement de banquettes en velours
rouges à crépines d'or, louées chez Belloir ; tous ces
sièges sont occupés par des femmes de types et d'âges
panachés, femmes de littérateurs et d'artistes, bas-bleus
tournant au lie-de-vin, femmes de députés et de grands
industriels, et, dans cette corbeille d'épaules nues,
quelques ravissants profils de keepsake, quelques paires
de bras au galbe harmonieux ; cela nous console de
l'exhibition des vieux dos plâtrés que la chaleur intolé-
rable transformera, dans un instant, en cartes des
bouches du Nil, cela rachète un peu la montre audacieuse des chairs de poules rosées et des vaccins prc-

digues qui sont venus tatouer de maigres abatis.
Ceux qui veulent être remarqués se tiennent dans le
premier salon, ceux qui veulent entendre le concert
s'étagent, debout, le long des fenêtres, ou dans l'embrasure des portes d'un étroit couloir, voisin de l'office ;
ceux qui préfèrent causer, se réfugient dans le cabinet
de travail de la déesse de l'endroit.

Un compositeur célèbre s'assied devant le meuble
d'Érard, effleure, en les caressant, les touches d'ivoire,
s'assure de la pédale, essuie le bout de ses doigts à
son mouchoir de batiste posé à cheval sur la branche
dorée du bougeoir ; après avoir ébauché quelques ar-
pèges, il secoue sa brune chevelure qu'il rejette en
arrière, et accentue le prélude. Alors les rires trop
bruyants des artistes, qui se racontent de bonnes blagues d'ateliers, sont étouffés par des *chut* respectueux
d'un grand talent. Les applaudissements interrompent,
sans à-propos, la bataille des dièzes et des bémols ; aux
finales des modulations savamment langoureuses, des
petits « Ah ! Ah ! Ah ! » sont murmurés par des voix
d'amoureux pâmés. Ensuite, notre musicien attaque plus
vigoureusement les croches et les doubles croches, on
dirait maintenant qu'il veut faire rendre l'âme à son
piano ; les cordes vibrent fébrilement, les bobèches
ajoutent, au concert des notes, la note cristalline de
leur corolle secouée, et, dans un bouquet de fusées tapageuses, crépitantes, débordantes, résonnent les der-

niers accords. « Bravo ! Bravo ! Ah ! quel talent ! c'est
merveilleux ! » Et *ta-ta-ti* et *ta-ta-ta ;* les conversations
particulières recommencent. On passe au buffet ; les
glaces roses et vertes, les petits fours, le champagne
glacé, circulent ; à droite on entend les cancans de
coulisse, à gauche des potins du Palais-Bourbon, on
donne des détails sur le dernier duel politique ; un
sculpteur, dont une statue vient d'être inaugurée sur une
place de Paris, est comblé de compliments, il a un si
grand talent pour imiter les acteurs Mounet-Sully et
Marais, Paulus et Dailly ; un peintre est félicité sur son
dernier poème paru chez Lemerre, un romancier sur
ses fantaisies d'aquafortiste. On raconte un scandale
du grand monde. « Valet de pied, mari qui se suicide,
vente d'un château historique » : tels sont les mots
sans suite qui s'enchaînent, reliés entre eux par des
anneaux de phrases qu'on devine sans entendre. —
Pan ! pan ! pan ! on frappe trois coups dans le couloir ;
c'est une saynète en vers, composée par la maîtresse
de la maison dont on va commencer la représentation.
Un premier prix du Conservatoire est chargé du principal rôle de femme. « Viens-tu Gustave, dit tout bas
un invité, moi je me sauve, je ne tiens pas à entendre
cette machine-là. — Ni moi non plus, allons-nous en.
— Viens-tu souper avec moi au Helder ? — Ma foi,
non, je rentre travailler, j'ai trois cents lignes à bâcler
pour ma chronique de lundi, et je ne sais par quel

bout la prendre, je m'en vais buriner toute la nuit. »

Bien des salons seraient à visiter, si nous en avions
le temps, les salons de la colonie américaine, ceux de
la colonie espagnole, la boîte à surprises de certaine
Pandore aux cheveux rouges, où beaucoup de femmes
portent le costume masculin, et la garçonnière du
comte de B..., un collectionneur d'objets d'art et de
curiosités les plus étranges qu'on puisse imaginer.

En fait d'indiscrétions, je pourrais raconter ici ce
qui se passait dans certaines fêtes vénitiennes très en
vogue, il y a quelques années, on ne peut pourtant
pas tout dire; qu'il me suffise d'une anecdote édifiante
sur la façon dont s'y conduisaient certains invités. —
L'hôtel était des plus vastes, et distribué d'une façon
baroque ; les galeries de réception confinaient aux appartements particuliers, la salle de bains avait accès
dans la serre, dont elle n'était séparée que par une riche
tenture orientale facile à soulever pour les indiscrets,
et il n'en manque pas. Les salons, les petits salons
étaient bondés de la société la plus panachée qu'on ait
jamais vue ; la serre, remplie de fleurs et de plantes
rares, illuminée *à giorno,* avec des ballons orangés
dans les arbustes et des verres de couleurs sur le rocher
du fond, voyait circuler les groupes chuchotants de
femmes masquées et de messieurs en manteaux véni-
tiens. Tout à coup un homme se glisse furtivement
dans la salle de bain; quelques minutes après, on en-

tend chanter l'eau dans la baignoire, et un mince
filet de lumière borde, sur un côté, la draperie qu'on
n'avait pas assez hermétiquement fermée. Intrigués
par cette clarté, les couples, en passant, écartaient
l'étoffe, l'un après l'autre, et à peine avaient-ils regardé qu'ils étaient pris d'un fou rire difficile à con-
tenir. Ces éclats de gaieté ameutèrent bientôt tout un
groupe de promeneurs, le rideau fut complètement tiré ;
alors chacun put voir, sous un bec de gaz allumé, la
baignoire remplie d'eau, et, au beau milieu, se ba-
lançant avec dignité, une immense cocotte en papier ;
le loustic qui avait fait le coup s'était échappé par
une porte de derrière. L'attention de l'ami de la
maison fut attirée par des exclamations de folle gaieté ;
furieux, hors de lui, il voulait provoquer en duel un
monsieur inoffensif qui n'avait rien vu et demandait à
quoi l'on devait tout ce tapage. Pendant ce temps-là,
on jouait le *Passant*, de Coppée, et la maîtresse de la
maison, dans le rôle de Sylvia, donnait la réplique à
Zanetto, lui disant :

> Je ne suis pas la femme
> Que vous croyez. Il faut être une grande dame
> Pour traiter dignement chez soi, comme les siens
> Les poètes errants et les musiciens.

. . . .

Au dernier tableau, maintenant. Apothéose ! — Nous

allons au bal travesti de la princesse Mélusine. Dans
l'avenue des Champs-Élysées une procession d'équipages; l'hôtel de la princesse ouvre ses grilles. De
grands laquais, en bas de soie, en livrée bleu de roi,
sont alignés sur le perron. Dans le vestibule transformé
en jardin d'hiver, les papillons sortent de leurs chry-
salides qu'ils déposent au vestiaire ; nous assistons
à la plus resplendissante des féeries. Les marches de
l'escalier d'honneur sont couvertes d'un moelleux
tapis de Smyrne ; sur la balustrade en marbre blanc
s'agrafent les soyeuses et miroitantes étoffes de la
Chine et du Japon. De distance en distance, des
groupes d'amours en bronze, reproduction des mar-
mousets de Versailles, soutiennnent des lampadaires
dorés distribuant des gerbes de lumière. Au milieu
des fanfares triomphantes d'un orchestre invisible, les
invités s'étagent, de degrés en degrés, dans une lente
et méthodique ascension. — La princesse attend dans
le premier salon, et reçoit chacun de ses hôtes, avec la
majesté d'une souveraine ; elle est en costume persan,
une aigrette de diamant étincelle dans l'or finement
ondulé de sa chevelure ; une jupe de gaze lamée d'argent laisse voir, en transparence, le pantalon de soie
cerise qui lui prend le galbe de la jambe. Alors, devant
elle, s'inclinent les fées des mille et une nuits et des
contes de Perrault, les déesses de l'Olympe, les Muses
du Parnasse, les héroïnes du Tasse et de l'Arioste, les

bergères de Watteau et les marquises de Van Loo.

On assiste à l'imposant défilé du grand luxe parisien; les soieries et les velours de toutes nuances, les dentelles et les broderies d'or, les rivières de brillants, les saphirs et les émeraudes

s'étalent avec une telle profusion que les yeux se bla-
sent à force d'en voir. Où le regard ne se lasse point,
par exemple, c'est dans la contemplation de la rayonnante et aristocratique beauté de toutes ces femmes,
dont un sourire est plus enviable que la plus grosse
perle de leur écrin.

Devant cet étalage prodigue de profils adorables,
d'épaules divines, de bras marmoréens, on se demande
comment, et par quel bizarre travers de l'esprit, on a
inventé les bals, où tant de charmes disparaissent sous
le satin noir des loups. Que les hommes cachent leur
vilaine figure, je le comprendrais, cela serait logique, et
je rêve même depuis longtemps, d'assister à un bal où
toutes les femmes apparaîtraient dans l'éclat de leur
radieuse beauté, tandis que les hommes dissimuleraient
sous le masque, leurs traits vulgaires et leurs expressions de satyre poursuivant une nymphe.

Le bal va bientôt commencer, et l'on traverse une
série de salons plus merveilleux les uns que les autres,
tendus d'étoffes de brocart ou de tapisseries des Gobelins. La salle des fêtes s'ouvre immense, avec ses pi-
lastres en porphyre et son plafond peint représentant
l'allégorie dévêtue de *la Voie lactée*. Tout autour des
divans en damas bleu turquoise, où toutes les reines et
sirènes de cette compagnie d'élite viennent s'asseoir.

La valse entraîne bientôt, dans un tourbillon, les
couples les plus étrangement associés; la déesse de la

Nuit est dans les bras d'un marquis Louis XV, Minerve
est avec un Incroyable, une pittoresque bohémienne
s'abandonne aux balancements cadencés d'un guerrier
japonais, et, dans un nuage de parfums, au milieu
d'une étincelante constellation de diamants, un ogre
séducteur tourne, tourne avec le petit chaperon rouge...
« Ça sent la chair fraîche ! » murmure, d'un air malin,
le vieux duc de M... « Eh ! non, mon cher duc, lui répond quelqu'un, ça sent la serre chaude ! »

AU QUARTIER LATIN

Pourquoi dire : le Quartier latin, et ne pas dire simplement : *le Quartier*? Qui donc oserait ne pas comprendre, quand on parle du *Quartier* ; y en a-t-il donc un autre que celui des Écoles ?

Les Latins, pour désigner Rome, disaient *la Ville*, et cela suffisait ; les étudiants disent le *Quartier* et vous devez vous en contenter.

Il est à remarquer, d'autre part, que le mot faubourg, pris isolément; signifie, dans le langage parisien, le faubourg Saint-Antoine, le mot *Boulevards* désigne particulièrement ceux du centre, de la Madeleine au Gymnase. Dites à un cocher de vous conduire au *Bois*, n'ayez crainte qu'il se dirige du côté de Vincennes, il vous mènera tout droit au bois de Boulogne. Pour les bibliophiles, *le Quai*, le vrai quai, est compris entre

le Pont-Neuf et le Pont-Royal, sur la rive gauche de la
Seine ; c'est le quai le long duquel on bouquine. Pour
les voleurs et les apprentis assassins, *la Place*, la
seule place, est celle de la Roquette.

Revenons au *Quartier*. — Latin, il l'est certainement,
par son sol, par ses traditions, par son Université, il
l'est de la rue Monge, où l'on a découvert les Arènes
de Lutèce, au boulevard Saint-Michel, où l'on a conservé les ruines des Thermes ; du Luxembourg, où l'on
a déterré, en 1801, une quantité de médailles, de po-
teries et de sculptures romaines, au Collège de France,
où demain, en faisant des fouilles, on va mettre à jour
les branchements du fameux aqueduc d'Arcueil qui
amenait les eaux de Rungis jusqu'au palais de l'empereur Julien. — Latin, il l'est par le prodigieux amas
de ces thèses de docteur en théologie, en droit ou en
médecine, rédigées toutes, pendant des siècles, dans
la langue de Cicéron, dans celle de la Compagnie de
Jésus et des apothicaires. — Latin, le Quartier le restera quand même et malgré tout ; on pourra changer
en *x* ce qui était en *us*, dégrever l'éducation littéraire
au profit de l'éducation scientifique, donner le pas aux
langues vivantes sur les langues mortes, faire traduire
Lessing avant Phèdre, et conjuguer *lieben* avant *amare*,
mais on ne parviendra pas à arracher, de sitôt, les vi-
vaces racines de notre latinité, et à retrancher, d'un
seul coup, l'étude d'une littérature où la nôtre a puisé

tout son génie. Pourtant, on arriverait peut-être à ce résultat, en imposant à nos écoliers le *volapück* comme langage et la sténographie comme écriture. — Sous prétexte de *surmenage intellectuel*, on veut, d'un côté, réduire à la portion congrue les études grecques et latines, et, d'un autre côté, l'on bourre les programmes et les examens de mille questions nouvelles.

Où donc est-il le temps où l'on se contentait d'un léger *bachot*, passé bien souvent en province, devant trois ou quatre vieux professeurs indulgents et complaisants? Aujourd'hui le titre de bachelier équivaut à peu près à l'un de ces *satisfecit* qu'on nous donnait au *bahut*. Bachelier! mais tout le monde est bachelier, le tailleur qui fait nos redingotes, le bottier qui fait nos souliers, le facteur qui distribue nos lettres. Pour être quelque chose il faut avoir au moins décroché la timbale de la licence, et pour être quelqu'un pouvoir exhiber ses parchemins de docteur. — On entre dans les écoles à neuf ans, on en sort à dix-huit; la Sorbonne vous prend jusqu'à vingt et un; le service militaire vous retient alors, pendant un laps de temps plus ou moins long, pour vous rendre ensuite aux diverses facultés. Et quand, à vingt-huit ou à trente ans, vous êtes à même d'exercer votre profession, les flambeaux de l'hymen escortés des mois de nourrice viennent illuminer votre existence. Un court répit vous est accordé, répit plein de cris d'enfants, et de difficultés maté-

rielles, quand vous ne touchez que les arrérages de vos
diplômes si chèrement gagnés : mais cela dure peu ; au
bout d'une dizaine d'années, la mécanique universitaire se remonte pour vos fils, dont les examens et les
concours vont, à leur tour, remplir de transes légi-
times votre affection paternelle. C'est alors que rencon-
trant dans la rue Soufflot, ou dans l'avenue de l'Observatoire, un vieux camarade d'autrefois, vous lui serrez
la main en murmurant : « Te souviens-tu, quand nous
étions tous deux perchés au septième de la rue Cujas,
et que nous potassions notre thèse, c'était le bon
temps ! » Oui, certainement, c'était le bon temps, avec
des froufrous de jupe dans votre escalier et des chapeaux de femme accrochés à l'espagnolette de votre
croisée, avec les folles parties à Robinson et les fritures
du Bas-Meudon.

Aussi le revoit-on toujours, avec un plaisir indi-
cible, « le vieux Quartier latin » ; il a beau avoir
changé terriblement, depuis quelques années, s'être mis
à la mode comme le reste, avoir vu s'effondrer les
vieilles masures noires de la rue Saint-Jacques, pour
faire place à des bâtisses neuves et blanches ; il a beau
avoir troqué le jupon de Mimi Pinson contre le pouf à
ressort de Clara, et s'être rempli d'étudiants *copurchics*
de toutes les nationalités, on s'y retrouve, pour ainsi
dire, chez soi, dès qu'on y entre ; les bruyantes expansions de la jeunesse, avec son ardeur au travail et au

5

plaisir, résonnent aussi allègrement que jadis sur le Boul' Mich'.

Le Boul' Mich' est le cœur du quartier dont la Sorbonne est la tête. Ses passants ont leur allure spéciale, leur démarche particulière ; au milieu de la foule des comparses, composée de la population flottante, on reconnaît *ceux du Quartier*, bien plutôt à leur tournure qu'à leur mise qui n'a rien d'excentrique. Celui dont l'œil est exercé, dira : Voici un étudiant en droit, voilà un élève des beaux-arts ; voici un carabin, voilà un potard. Quelques étudiants, voulant se distinguer du commun des mortels par un signe extérieur, ont résolu d'adopter comme coiffure un béret de velours, bordé d'un liseré de couleur différente, afin de distinguer chaque faculté ; ce liseré est rouge écarlate pour le droit, grenat pour la médecine, jaune pour les lettres ; celui des sciences est vermillon, celui de la pharmacie est vert, celui des beaux-arts est orangé ; la théologie a le liseré bleu, les langues orientales ont le liseré or ; également en or est celui des sciences, mais à triple rang. La mode du béret subsistera-t-elle longtemps, il est plus que probable qu'elle tombera en désuétude comme les autres modes. Aux jours de sortie des écoles, on voit circuler sur le Boul' Mich', les uniformes des *pipos* et des Saint-Cyriens, ceux des potaches de Louis-le-Grand, d'Henri IV et de Saint-Louis. Les barbistes se distinguent par leur joli costume,

veste à revers et gilet en drap bleu avec des boutons dorés, pantalon de la même étoffe et casquette marine « Pourquoi tes parents t'ont-ils mis à Sainte-Barbe? » demandais-je un jour à un petit ami de ma famille. — « Oh! c'est bien simple, maman trouve l'uniforme très chic, et elle a voulu que je dégotte mon cousin Léonce, qui est fagoté comme un facteur de province, dans sa capote de potache. » — Les devantures des cafés sont encombrées de consommateurs comme sur les grands boulevards, mais chacun de ces établissements a sa clientèle distincte, demandez plutôt à mon filleul.

L'autre jour, je le rencontre devant la fontaine Saint-Michel; il se jette dans mes bras : « Bonjour, parrain, tu sais la nouvelle, la grande nouvelle, reçu à ma licence, second sur cinq admis, tu payes un bock, parrain? — Mais comment donc, deux bocks, trois bocks, toute la futaille ! Où ça, au café Vachette ? — Oh ! non, pas au Vachette, Fantine viendrait nous canuler; tu es un homme rangé des voitures, viens au Cluny, c'est rempli de vieux professeurs. — Soit ! gamin, allons au Cluny ! » — Une fois installés, les consom-

mations servies, mon filleul ajouta : « Tu vois, c'est
très bien ici ; là-bas dans le coin, ce vieux à lunettes
qui sirote sa demi-tasse, c'est... (et il se pencha, pour
me dire à l'oreille le nom d'un examinateur au bacca-
lauréat). Ce qu'il est rosse ! Aussi, on lui a monté un
chahut l'année dernière ! Oh ! mais un de ces bou-
cans... Pour qu'il vous traite convenablement, il faut
qu'on sorte de la boîte à bachot du père Comte, ce
grand bazar qui perche derrière le Val-de-Grâce, où
l'on vous empâte de connaissances utiles, comme on
ferait d'un serin, sur le bord d'un nid. Le mieux est
de flatter sa manie ; comme il a publié une dissertation sur l'invasion des Lombards en Italie, on doit
avoir le soin de rattacher, comme on peut, à la question qu'il vous pose, une phrase ou un souvenir de son
étude favorite. Par exemple, s'il vous demande ce que
vous savez du règne de Charlemagne, aussitôt vous ré-
pondez : « Charlemagne, grand empereur d'Occident,
qui détruisit la domination des Lombards, de ces Lombards qui avaient envahi le nord de l'Italie, sous la
conduite du farouche Alboin, ce monstre abreuvé de
sang et de crimes, l'époux de la célèbre Rosamonde,
fille de Cudimond, roi des Gépides..., etc., etc. »...
« Très bien, jeune homme, je vois que vous avez étudié
la question, fait-il en vous interrompant, mais ne pour-
riez-vous rien me dire sur Roland ? » — « Sur Roland ?
ah ! oui, ajoutez-vous, celui qui est mort avec un

cor aux pieds... » et vous piquez une boule blanche.

— Vilain farceur, lui dis-je, veux-tu bien avoir du respect pour tes professeurs et pour ton parrain, et ne pas me faire de ces affreux calembours, garde ça pour tes caboulots.

— Mes caboulots, parrain, nous n'allons plus au caboulot, c'est infect !

— Je t'en félicite, car on m'a dit que la clientèle de ces établissements n'était pas positivement en froid avec les pharmaciens.

— C'est épatant, tu sais, ce qu'il y en a de ces boîtes à Vérone, ville célèbre de la Lombardie, royaume du farouche Alboin, monstre abreuvé de sang et de crimes...

H. Gerbault

— Bon, te voilà remonté !

— Il y a, dans la rue des Écoles, le Pantagruel, le Caïd, le Point-Gamma ; dans la rue Racine, la Cigarette ; dans la rue Cujas, le Tir-Cuj, le Domino rose, le Petit-Rhin, le Mürger, les Pyrénées ; rue Monsieur-le-Prince, le Gil-Blas, l'Apollon, le Raphaël, le Coucou ; rue de Vaugirard, la brasserie flamande, la Plata, le cabaret du Coq-Hardy, tenu par Delphine, celui de la Farce et de la Tosca ; rue Mazarine, le Rajah et le Boléro. Tu vois, on n'a qu'à choisir ; et tout cela est meublé d'escabeaux en vieux chêne plus ou moins graisseux, et garanti des regards des curieux par des vitraux sertis de plomb... comme le reste !

— Bravo, mon cher, mordant comme Juvénal et savant comme Privat d'Anglemont, mais tu oublies le Médicis, où l'on est servi par des sœurs de Fenella, en costume italien.

— Le Médicis, parrain ! ratiboisée la boîte à Crispi, ce descendant d'Alboin..., c'est un *troquet* actuellement ayant pour enseigne : *A l'union des cochers*.

— Ah ! pardieu ! tu aurais pu passer ta licence sur les caboulots du quartier, et tu aurais été reçu d'emblée... A propos, parlons un peu de ton triomphe.

Mon filleul se mit à rougir jusqu'aux oreilles, il balbutia, il m'avoua... Il m'avait odieusement trompé, il n'était nullement reçu à son examen ; blackboulé sur toute la ligne, ses parents allaient lui couper les vivres.

Et il m'a emprunté deux louis ; sans doute pour que Fantine ne nous canule pas. Merveilleuse jeunesse ! Si les chansons d'autrefois ont été remplacées par de nouvelles, le refrain est bien toujours le même, au Quartier :

> Ma chère maman,
> Je n'ai plus d'argent,
> Ne le dites pas,
> Surtout, à papa ;
> Mais envoyez m'en !

L'argent ! il en faut beaucoup aujourd'hui ; tout est devenu si cher ! Il faut payer l'hôtel, la pension, les livres d'étude,. le tailleur, le cordonnier, la blanchisseuse..., la blanchisseuse surtout qui ne fait pas crédit. La lecture de Schopenhaüer donne le plus exhilarant des résultats, comparé à l'effet produit sur un étudiant par la philosophie d'un porte-monnaie vide. Heureusement que la Providence passe souvent dans la rue en criant : « R'chand d'habits ! avez-vous des vieux habits, des chapeaux à vendre ! Voilà l'marr'chand d'habits ! » Ce soudain appel provoque l'inspection générale des pantalons pisseux, des paletots déchirés au coude, des bottines éculées, des chapeaux bossués et rapés. « Psitt ! Psitt ! montez donc la Providence ! » — Un pas lourd d'Auvergnat retentit sur les marches, une poigne brutale ébranle les barreaux de la rampe... L'étudiant, qui a laissé sa porte entr'ouverte, suppute

quelle somme fantastique, il pourra bien demander de
cet amas de vieux drap, de vieux cuir et de vieux
feutre. — « Toc ! Toc ! » — « Entrez, père Salomon. »
— « Bonjour, Monsieur, vous m'avez fait un lot ? Où
est-il ? » — « Voilà, examinez, ce sont des vêtements
qui me vont encore très bien, mais je les trouve un
peu passés de mode et... » Pendant ce temps-là le marchand d'habits tourne et retourne toute cette friperie,
avec une moue de mauvais augure. « Combien voulez-vous de ça ? » finit-il par dire. — « Faites votre prix
vous-même, répond l'étudiant avec finesse, vous êtes
un brave homme et ne voudriez pas me tromper. » —
« C'est vous qui vendez, Monsieur, et moi qui achète,
reprend l'autre, vous savez bien ce que vous en voulez. » — « Eh bien ! cinquante francs » : lance avec
hardiesse notre trafiquant. — « Cinquante francs, bon
Dieu, vous vous moquez de moi, au revoir, Monsieur ! »

En maugréant, le père Salomon se dirige vers la porte,
il reprend son paquet de hardes qu'il avait déposé
dans un coin, et se prépare à sortir. L'étudiant très ému,
baisse alors considérablement ses prétentions : « Voyons,
voyons, ça vaut bien toujours trente francs. » —
« Trente francs ! tenez, je ne veux pas être monté pour
rien, voulez-vous sept francs cinquante ? » — C'est au
tour du vendeur à s'indigner : « Sept francs cinquante,
jamais, le pantalon est encore très bon, en vrai drap
d'Elbeuf, et vous pourrez faire des casquettes avec,

allez, je sais bien votre truc; je suis un peu du métier;
donnez-moi quinze francs et le marché est conclu. »
L'Auvergnat qui n'en veut pas démordre s'en va en
fermant la porte ; mais il connaît ses auteurs, et il
descend doucement; il est sûr qu'on va le rappeler,
quand il sera arrivé au premier étage. Cela ne rate

jamais, et, après un dé-
battage de quelques
minutes, il finit par
donner vingt sous de
plus, jurant ses grands
dieux qu'il est dupé;
puis fouillant dans son
sac de toile grise, il
tire un louis, malicieu-
sement, pour payer. « Je
n'ai pas de monnaie,
je n'ai que des billets
de banque » : affirme fièrement le vendeur. A force de
fouiller, le père Salomon finit par trouver une pièce
de cinq francs, et, pour faire l'appoint, il étale sur le
marbre de la cheminée, trois pièces de cinquante centimes et quarante sous en petits sous. Ce scénario à deux
personnages est quelquefois agrémenté d'un coup de
théâtre des plus réjouissants ; il a lieu, lorsque le propriétaire des frusques retrouve, au moment de traiter,
une bienheureuse pièce d'or égarée dans la doublure

d'une poche de gilet ; quelle joie ! quelle allégresse !
Le père Salomon, en plat courtisan de la fortune, se
montre, en cette occasion, plus traitable que d'habitude,
il paye deux ou trois francs plus cher le paquet de
vêtements proposés. Certain poète, à qui la chose était
arrivée, n'attendait jamais qu'il fût au dernier décime
pour faire monter la Providence, et saisissait le moment psychologique du marchandage, pour retrouver
la fameuse pièce d'or. Quelle victoire ! et quel beau
sujet à mettre en vers, n'est-ce pas, en l'ornant d'une
vignette représentant Erato triomphant de Mercure !

L'étudiant n'a pas toujours de vieux habits à solder,
mais il a des livres qu'il va *laver* le long des quais,
c'est-à-dire vendre aux bouquinistes étalagistes. Il y a
aussi ce qu'on appelle le grand *lavage*, qui se fait à
domicile, pour des sommes relativement fortes, au
sujet duquel je dois donner quelques explications.

Le grand *lavage* s'opère sur les publications de luxe,
et, en général, sur les livres d'architecture qui sont
d'un prix très élevé. Comment un étudiant en droit et
en médecine possède-t-il des ouvrages aussi étrangers à
ses études, comment peut-il avoir à *laver* des mono-
graphies de palais et d'églises, le *Château de Fontaine-
bleau*, de Pfnor, ou la *Revue d'architecture*, de César
Daly? La chose est bien simple, il a acheté cela à
tempérament, c'est-à-dire en signant des bons échelonnés de mois en mois, qu'il s'engage à payer, au fur

et à mesure ; il a reçu pour six cents francs de livres, et, le jour du grand lavage, il récupère cent cinquante à deux cents francs au plus, des mains des libraires spéciaux qui se prêtent à la transaction. Les quelques louis acquis de la sorte sont bien vite croqués par les blanches quenottes de Marcelle ou de Madeleine, mais les petits billets courent, courent, inexorables ; ils viennent, à chaque échéance nouvelle, arracher à la victime volontaire de ce trafic réprouvable, des imprécations sans nombre, contre l'architecture et les architectes.

On se contentait, autrefois, de mettre *au clou* sa montre en or ; avec les vingt francs du Mont-de-Piété, l'on pouvait *faire la noce*, au moins pendant trois jours. Actuellement, le luxe a envahi le Quartier ; l'étudiant est devenu un homme très *chic*, il a des gants, un tube neuf, une élégante cravate, une épingle de fantaisie, un veston à la dernière mode, et un pardessus mastic, quand il va à Bullier.

Bullier a peu changé comme aspect intérieur, depuis vingt ans ; on a bien mis un tapis sur l'escalier qui descend à la salle de bal, on a bien ajouté des torchères en zinc bronzé au bas des marches, et deux ou trois allégories peintes près du billard anglais, mais c'est tout. Les arcades alhambresques en bois découpé sont toujours les mêmes, et peuvent nous faire dire encore comme à Delvau, dans les *Cythères parisiennes :* Architecture mauresque, que me veux-tu ? — L'orchestre, pour-

tant, a changé de place, il n'est plus entre la première
et la seconde travée, on l'a disposé au centre de la galerie
du café, près de l'endroit qu'on appelait, de mon
temps, *la Préfecture,* parce que, selon les uns, on y
valsait avec autant de distinction que chez le baron
Haussmann; parce que, selon les autres, un certain
préfet de l'empire y avait esquissé un cavalier seul,
dans un quadrille où se trouvaient Rose Zouzou et Irma
Canot. Le père Desblins, avec son crâne d'oiseau
déplumé, n'est plus là pour conduire l'orchestre, il est
allé, en boitaillant, rejoindre, dans un monde meilleur,
Lucie Pellegrin, Louise Voyageur et Molécule! — Ce
que j'en ai vu d'hommes graves et sérieux aujourd'hui,
gigoter devant la boîte à musique du père Desblins,
c'est innombrable; sans parler de la fine fleur de la
Commune qui préludait à la grande danse révolutionnaire, en imitant les Clodoches: Raoul Rigault, avec
son binocle sur le nez, et du tabac plein ses poches,
faisait vis-à-vis à ce beau grand garçon, dessinateur de
talent, qu'on avait surnommé Apollon, et qui est maintenant en Angleterre. — Je me souviens encore de cette
fameuse soirée du printemps de 1865, où le duc de
G... C... vint à Bullier avec Mme de P..., je me souviens
du hourvari sans pareil qui les accueillit; on criait :
à bas Caderouselle! on les bousculait, en les menaçant
d'aller chercher le maréchal Ney sur son piédestal, pour
les mettre à la porte. Quelle bagarre! quelle poussée,

mes enfants! — En ce moment, repassent aussi, devant mes yeux, André Gill avec sa moustache relevée comme celle du Chat Botté, Charles Cros, Cabaner, Vermesch, toute la rédaction de l'audacieux petit journal de *la Parodie,* et, dans la nuée de fumée des pipes, je revois osciller la foule houleuse des chignons en désordre.

Cependant, nos aînés se lamentaient déjà de la décadence du Quartier, de l'invasion de *l'autre côté de l'eau* dans leur bal, jérémiadant sur la Bohême qui se mourait, invoquant l'ombre de Mürger et de Musette, et répétant sur tous les tons : « La grisette se meurt! la grisette est morte! » On nous accusait même d'être de petits crevés, parce que quelques-uns de nous avaient des faux-cols droits et des gibus. Que doivent-ils penser de la génération présente, ces vieux de la vieille, de cette génération épinglée comme une gravure de mode, avec ses cravates régates ou ses nœuds de soie blanche, à la Directoire; que doivent-ils dire des caravanes descendues de la rue Bréda et de la rue Pigalle jusqu'à l'Observatoire, de leurs grands chapeaux de peintres espagnols, flamands et hollandais, de leurs boas blancs et de leurs manteaux en peluche? — Que voulez-vous, Mabille est défunt, Valentino est trépassé, Bullier a hérité de la clientèle.

J'y suis retourné, l'autre soir, dans ce paradis lointain, j'y ai surtout remarqué une affluence considérable d'étudiants roumains, serbes, valaques et moldo-

valaques; ils donnent le ton et la mode, car ils sont
plus guindés et plus stricts dans leur mise que les
membres du jockey. Leurs grands yeux fendus en
amande, leur nez aquilin, leurs lèvres sensuelles sous
une moustache noire, ont **grand** succès, paraît-il,
auprès du sexe; ils sont tant soit peu jalousés par nos
étudiants autochtones, qui se plaignent de cette *internationale* de la galanterie.

Quant à l'ensemble de l'établissement, il n'a guère
varié; on y fume plus de londrès et de cigarettes que
de pipes, mais on y boit toujours autant de bocks; on
s'y promène dans une buée chaude, fleurant l'iris et le
patchouli, mais on n'y chahute pas moins. L'orchestre,
merveilleusement dirigé, est aussi entraînant qu'autrefois, l'air de la chanson en vogue est toujours adapté
à l'une des figures du quadrille, et le refrain est toujours
repris par les étudiants, avec des variantes que la pudeur
me défend de transcrire, comme dirait mon confesseur.
Grand bacchanal du côté de la sortie, deux femmes se
crêpent le chignon, et les surveillants les font déguerpir,
au milieu des cris d'animaux les plus sauvages. Autour
de moi, s'égrène le chapelet des phrases classiques:
Tu payes un bock, mon amant? — Va donc, pané, c'est
pas pour toi que le four chauffe. — Mon loulou, prête-
moi trois sous, c'est pour..... — Oh! c'te tête, est-elle
échignée! Pauv' fille! — Ah! si tu crois que les hommes
sont drôles! — Viens nous en! tu as un sapin? —

Fernand! je t'assure, c'est pas des blagues, on va me fourrer à la porte de mon hôtel; il me faut deux louis pour demain, et puis tu sais, je t'aime bien. — Comment, tu parles à ce crasseux-là, méfie-toi, Louisette, il m'a posé un lapin. — Ah bien! merci, moi qui le prenais pour un miché sérieux, etc., etc., etc..... Suit toute la ribambelle des mots crus et cruels, sales et salés.

J'aurais beau jeu à me poser ici en moraliste, je n'aurais qu'à paraphraser une fameuse affiche que l'Armée du Salut avait fait peindre sur le pignon d'une maison de la rue Saint-Jacques, affiche jetant l'anathème sur les mœurs dissolues du Quartier. Je n'en ferai rien, on ne me prendrait pas au sérieux, et l'on aurait raison.

Nos étudiants ne sont pas des séminaristes et le ciel en soit loué! Cependant, ils ont souci de la dignité de eur quartier, qu'ils purgent, de temps à autre, de l'immonde plèbe des chevaliers de l'accroche-cœur. En juin 1882, ils ont trempé dans le bassin de Médicis, quelques spécimens de cette race aquatique; affaire d'étudier si l'eau douce leur convenait aussi bien que l'eau de mer. L'été dernier, ils ont fait l'assaut d'un bouge sans nom qui déshonorait la rue des Écoles; un commerçant facétieux voulut remonter le fond de commerce, en prenant pour enseigne : *A la rafale des Étudiants*, il a dû fermer boutique devant l'abandon d'une clientèle terrifiée.

Les sergents de ville viennent bien, quelquefois, modérer cette ardeur guerrière, quand elle va trop loin; il faut avouer, pourtant, que si la police est exercée d'une façon débonnaire, c'est dans le Quartier latin.

Je n'engagerai pas le bourgeois qui tient à la tranquillité absolue de son repos nocturne, à prendre un appartement au boulevard Saint-Michel, — pardon! au boul' Mich'. — Pour peu qu'il se couche au coup de dix

heures, il est certain d'être réveillé dans son premier
sommeil, par de joyeuses tyroliennes ou des onomato-
pées de ménagerie ambulante; il n'aura pas trop à s'ef-
frayer, d'ailleurs, et pourra se retourner sur le côté
gauche, en disant à madame : « Ce n'est rien, bichette,
c'est la sortie de Bullier! »

Une grande partie des étudiants est, actuellement, en
lutte ouverte avec les boulangistes, et des bagarres plus
ou moins sérieuses en ont résulté. — Le jour de la
manifestation Baudin, ils revinrent au Quartier en
bataillon serré, au nombre de deux ou trois cents. Ils
passaient la Seine, au pont des Saints-Pères, occupant
toute la largeur du tablier, et chantant, sur le rythme
de la *Varsoviena* : « Conspué Boulange, conspué
Boulange, conspué! » Le grand omnibus, allant de
Batignolles à l'Odéon, vint derrière eux, et le cocher
s'avisa de vouloir traverser la cohorte des manifestants;
le flot noir s'ouvrit d'abord pour laisser passer ce nouveau Pharaon, non sans protester. L'imprudent, comptant sur la vigueur de ses trois chevaux, lança son
véhicule en criant: « Vive Boulanger! »..... Oh! ce ne
fut pas long, le flot se referma, et, au risque de se faire
écraser par la voiture ou de se faire éborgner par la
mèche du fouet que le cocher faisait claquer en tous
sens, une grappe humaine se suspendit aux naseaux
des chevaux, et fit reculer l'omnibus sur le point de
chavirer; la plate-forme alla heurter avec fracas, la

6

porte-cochère d'une maison du quai Voltaire. Les voyageurs affolés, croyant que la révolution éclatait, descendirent en hâte, pendant qu'un étudiant escaladait l'impériale, en conspuant Boulanger et l'automédon. Tant de tués que de blessés, il n'y eut personne d'égratigné. Le cocher, blême de peur, n'en menait pas large, menacé de tous côtés par les cannes et les parapluies des assiégeants, et il a dû réfléchir, depuis, aux périls qu'il y avait à conduire le char de la politique.

L'étude du Quartier latin mériterait un livre pour lui seul; il faudrait le fouiller dans tous ses coins, le surprendre à toute heure du jour et de la nuit; parler de ses collèges, de ses écoles, de ses cours multiples, de ses examens sans nombre, retracer la physionomie des réunions d'étudiants, celle des assemblées de professeurs, expliquer le rouage et le fonctionnement universitaires, rétrograder même de quelques siècles en arrière, pour voir d'où il est sorti, et analyser ses transformations successives. Impossible de parler de tout cela en quelques pages; une petite tournée à travers le Quartier est pourtant nécessaire, afin d'en avoir un aperçu sommaire.

Aux nos 41 et 43 de la rue des Écoles, se tient l'*Association générale des étudiants des Facultés et des Écoles supérieures de Paris*. Cette association, fondée en janvier 1884, a pour but principal, disent les statuts, d'établir entre les étudiants, des liens d'amitié et de solidarité, de les aider dans leurs études et dans les difficultés matérielles de la vie. Elle compte aujourd'hui plus de 2.500 membres actifs et 400 membres honoraires. Dans le local qu'elle occupe, se trouvent : une importante bibliothèque, une salle de lecture dont les tables sont remplies de journaux quotidiens, de revues scientifiques, littéraires et médicales, une salle de conférences, une salle d'armes, une salle d'hydrothérapie, une salle de théâtre. Chaque fois qu'il est de la dignité des écoles de prendre part à une manifestation universitaire, elle y envoie une délégation ; tout dernièrement, elle s'est fait représenter à la célébration du *huitième centenaire de l'Université de Bologne* ; le tact et l'attitude correcte de ses délégués ont été particulièrement remarqués. Aussi, quelle réception on leur a faite au retour, il fallait voir l'escorte enthousiaste défiler avec des lanternes vénitiennes, en chantant des airs patriotiques, il fallait entendre les vivats frénétiques de cette généreuse jeunesse, quand l'un des siens est venu déposer une couronne sur le piédestal du Dante, sculpté par Aubé : le collège de France et la Sorbonne en ont tressailli, et l'écho en a dû retentir jusqu'à la vieille rue du Fouarre, où le grand poète de *la Divine Comédie*, assistait sur le *feurre* (paille), aux leçons du célèbre Siger.

Nous sommes devant le collège de France, dont les cours sont professés par les hommes les plus éminents

que nous ayons dans les sciences et dans les lettres, ils
se nomment Berthelot, Bertrand, Brown-Séquart, Le-
vasseur, Alfred Maury, Maspero, Oppert, Renan, Havet,
Gaston Boissier, Nourrisson, Michel Bréal..... et tant
d'autres que j'oublie. Quarante cours, tous plus sérieux
les uns que les autres, y sont suivis avec une attention
soutenue, par des auditeurs convaincus; qu'on vienne,
après cela, parler de la légèreté de notre caractère
français !

La maison d'à côté, c'est la Sorbonne, la nouvelle
Sorbonne; saluez potaches, inclinez-vous, jeunes élèves,
on vous a bâti un palais fastueux, surchargé de sculptures et de colonnes sur toutes les faces, décoré à l'intérieur de peintures allégoriques et de mosaïques; pour
vous, on va jeter bas les vénérables bâtiments construits
par Lemercier, et, un peu plus, on aurait détruit le
dôme sous lequel apparaît la magnifique sépulture, en
marbre, de Richelieu. Ce vandalisme gratuit va nous
coûter horriblement cher, et ne modifiera en rien les
résultats scolaires. Vous aurez des amphithéâtres
moins vermoulus, il est vrai; une salle plus vaste pour
aller recevoir vos couronnes, le jour de la distribution
des prix du grand concours, ce qui constitue un notable
progrès sur les litières de paille où se tenaient accroupis, comme des tailleurs, les étudiants contemporains du
Dante. Ce qui ne changera guère, ce sont les mines
renfrognées de quelques examinateurs, la malicieuse

taquinerie avec laquelle certains d'entre eux poursuivent les candidats au bachot, qui se sont fait recommander, maladroitement; ce qui ne changera pas, ce sont les sacrifices d'argent imposés à vos parents, pour faire de vous des mandarins plus ou moins lettrés, plus ou moins savants. — La Sorbonne, il faut s'en souvenir, n'est pas seulement un lit de Procuste pour les candidats trop longs ou trop courts, elle est, avant tout, le siège de la Faculté des lettres. Feu Caro et les Carolines ont trop occupé l'attention publique, pour que je ne jette pas quelques fleurs d'immortelles sur l'amphithéâtre où parlait le premier et dans lequel les secondes écoutaient.

En remontant par la rue Saint-Jacques, nous passons devant le lycée Louis-le-Grand, rebâti presque entièrement à neuf lui aussi. Ils auront bientôt disparu les derniers vestiges des bâtiments élevés grâce aux libéralités de Guillaume Duprat, évêque de Clermont; encore quelques mois, et il ne restera plus trace de l'ancien seuil de pierre, sur lequel a passé, de siècle en siècle, une phalange d'élèves célèbres à des titres bien différents : les élèves Molière, Crébillon, Voltaire, Gresset, Camille Desmoulins, Robespierre, Burnouf, Victor Hugo, Jules Janin, Dupuytren, Eugène Delacroix. — Encore quelques pas, nous sommes, rue Soufflot, devant le Panthéon étalant sa dédicace aux *Grands Hommes*, et son fronton célèbre, sur lequel sont groupés les philo-

sophes et les héros français ; monumènt étrange, tour à
tour église catholique ou temple révolutionnaire, décoré
intérieurement de fresques religieuses, d'un pendentif
où Bonaparte embrasse la Victoire, et d'une coupole où
se prélasse Louis XVIII, en compagnie de la duchesse
d'Angoulême et d'un petit fétus qui n'est autre que le
duc de Bordeaux.

A droite sur la place, la mairie du cinquième arrondissement ; à gauche, et lui faisant pendant, le
portique ionique de l'École de droit. Ici professent :
MM. Léveillé, Desjardins et Colmet de Santerre ; leurs
cours sont suivis par des jeunes gens irréprochable-
ment élégants : presque tous fils de famille, beaucoup
d'entre eux ne font leur droit que pour se dire étudiants, ils se préoccupent bien plus de la pouliche cotée
pour le prochain derby que de la comparaison des
législations pénales ; d'autres, au contraire, les pio-
cheurs, sont tout à l'étude du droit romain, du droit
français et de la procédure civile.

Vous voyez, plus loin, cette immense et triste bâtisse
qui ressemble à un mausolée avec sa porte funéraire,
serait-ce une annexe aux caveaux du Panthéon, point
du tout, on nomme cela : la *Bibliothèque Sainte-Geneviève*. Ce coin du Quartier n'a jamais eu de chance ; sur
le même terrain se trouvait encore, au siècle dernier, le
fameux collège de Montaigu, geôle terrible pour les
escholiers récalcitrants et dont le précepteur de Gargan-

tua nous a fait un tableau horrifique. « Ne pensez pas,
dit-il à Grangousier, que je l'aye mis au collège de
pouillerye qu'on nomme Montagu ; mieux leusse voulu
mettre entre les guenaulx de Sainct-Innocent, pour
l'énorme cruaulté et villenye que j'y ai congneu : car
trop mieulx sont traités les forçaz entre les Maures et
les Tartares, les meurtriers en la prison criminelle,
voire certes les chiens en vostre maison que ne sont
ces malautrus au dict colliége. Et si j'étais roy de
France, le diable memporte si je ne mettais le feu
dedans ; et feroys brusler et principal et regens qui
endurent cette inhumanité devant leurs yeux estre exercée. » — La prison a disparu, un tombeau a surgi à la
place, tombeau des livres, et refuge chauffé, pour
les grelottants dont l'âtre est éteint, ainsi que pour les
externes des collèges, qui viennent y chercher la traduction de leurs versions.

A côté de la bibliothèque Sainte-Geneviève, dans la
rue Cujas, l'entrée du collège Sainte-Barbe.

Henri IV est à quelques centaines de mètres de
Sainte-Barbe, derrière le Panthéon : oh ! les tristes
préaux que ceux de ce lycée aménagé dans l'ancienne
abbaye Sainte-Geneviève, surtout celui d'où l'on voit
émerger la vieille tour de Clovis.

Le petit collège, par exemple, est admirablement
situé, il possède un beau jardin planté d'arbres, et la
marmaille est, là, en très bon air. Henri IV est encore

plein du souvenir des princes d'Orléans, qui y ont fait
leurs classes et pas mal de blagues aux pions, suivant la
légende. Ses murs ont abrité aussi : Casimir Delavigne,
Jules Barbier, Scribe, Alfred de Musset, Sainte-Beuve,
Viollet-le-Duc.....

Appuyons à gauche, et regardons, en passant, la gracieuse façade de Saint-Etienne-du-Mont, ouvrée de sculptures, comme un rétable d'autel; descendons la pente
rapide de la montagne Sainte-Geneviève, et, au bout de
quelques minutes, nous apercevons la porte de l'École
polytechnique, d'un style quelque peu pénitentiaire.
Les médaillons de savants qui ornent l'attique et deux
bas-reliefs, où sont représentés les attributs scientifiques
et militaires, viennent atténuer la tristesse de l'impression première. Oui, c'est ici l'*École,* la seule école pour
les X, comme *le Quartier* est le seul quartier pour les
étudiants; c'est par cette porte que pénètreront, dans le
sanctuaire des mathématiques transcendantes, les *tau-
pins* fortunés, *carrés* ou *cubes,* qui ont pris part au
monôme traditionnel. — Le monôme, première étape
vers l'école ! On se réunit place Médicis, puis à la queue
leu-leu, les mains du second sur les épaules du premier, les mains du troisième sur les épaules du second,
et ainsi de suite, on enfile le boul' Mich', le quai des
Vieux-Augustins, le Pont-Neuf, on s'arrête à la place des
Écoles, et l'on entre chez la mère Moreaux, qui a
renforcé, pour la circonstance, le nombre des demoiselles

peu farouches, chargées de distribuer les *chinois* et les cerises à l'eau-de-vie. On revient, en chantant les refrains

consacrés, par la même route; puis on se sépare au lieu d'origine du monôme. « *Esprit saint descendez en nous, esprit saint descendez en nous! Embrasez notre cœur...* Vive l'École! bonne chance, mon vieux, à la rentrée! vivent les Pipos! »

Les élèves de première année à l'École sont les *conscrits*, les élèves de seconde année les *anciens*. On dit de

ceux qui ont été classés dans les vingt premiers, à l'examen d'admission, qu'ils sont *entrés dans la botte;* quant
aux derniers inscrits, sur la liste complémentaire, ils
reçoivent le nom consacré de *Gigons.* — La plus grande
solidarité règne à l'École; solidarité qui expose souvent les élèves à des sacrifices exemplaires; on les a
vus, il y a quelques mois à peine, se consigner en masse,
pendant trois semaines, pour infliger un blâme tacite à
des mesures de répression trop excessives prises contre
quelques-uns de leurs *cocons.* Les Polytechniciens n'en-
gendrent pas la mélancolie quand ils sont chez eux,
toutes les innocentes fumisteries de la jeunesse en belle
humeur ils se les permettent; une fois dehors, fini de
rire, mes petits; ils observent, sans affectation, la tenue
la plus correcte et la plus digne. Très bien pris dans
leur uniforme, sveltes, dégagés, et mathématiques dans
leur marche, on a plaisir à les voir défiler, tapin en tête,
lorsqu'ils reviennent des exercices à feu du polygone
de Vincennes.

Quant à l'École Normale, elle gîte dans les solitudes
de la rue d'Ulm; pour y aller on traverse l'ancienne
rue des Postes, aujourd'hui rue Lhomond, veuve des
postards (élève des Jésuites), et abandonnée par les
Rollin, auxquels on a construit un autre lycée, sur
l'avenue Trudaine.

La nouvelle école de Pharmacie est située sur l'ave-
venue de l'Observatoire, l'ancienne était, rue de l'Arba-

lète; l'École des Mines occupe, boulevard Saint-Michel,
les corps de logis de l'hôtel de Vendôme, restaurés et
augmentés. — En descendant le boul' Mich', nous trouvons le Lycée Saint-Louis, ancien collège d'Harcourt.
Sur les pages de son livre d'or sont inscrits les noms de
ses illustres élèves : Racine, Boileau, Nicole, Dacier,
l'abbé Prévost, La Harpe, Diderot, Egger et Gounod.

Nous voici arrivés rue de l'École-de-Médecine, à
gauche d'abord, la petite École de dessin, occupant le
vieil amphithéâtre Saint-Côme; à la suite, le musée Dupuytren, dont, jadis, on prononçait le nom avec autant
de respect que de crainte. Actuellement, il n'y a pas
une fête foraine qui ne possède son petit musée Dupuytren, dans lequel pénètrent, pour la bagatelle de
quinze centimes les femmes mariées ou qui pourraient
l'être, et les jeunes gens vaccinés. — Plus loin, la
Clinique à peine sortie des échafaudages, et, en face,
l'École de Médecine.

Au mois de décembre dernier, je suis entré à l'École
de Médecine, pour revoir le grand amphithéâtre; il
était près de quatre heures, et le docteur Farabeuf
allait faire son cours d'anatomie. En sortant de l'obscurité des escaliers accédant aux rangs supérieurs des gradins, je me suis trouvé dans un hémicycle, où l'on n'a pas
épargné le luminaire. Quatre potences en bronze, éche-
lonnées dans la partie circulaire, soutiennent de grosses
lanternes à gaz, munies de brûleurs à cinq becs; deux

autres lanternes, semblablement suspendues, se trouvent sur le mur du fond ; des candélabres, pareils à ceux
de nos voies publiques, s'élèvent de chaque côté de la
longue table du professeur ; et, en plus, des quinquets à
abat-jour surmontent le tableau des démonstrations.
Malgré tout cet éclairage, le noir vous envahit, quand
vous pénétrez dans cet amphithéâtre ; cinq ou six cents
étudiants, chapeau sur la tête, forment, sur les gradins,
une masse sombre et compacte. Trois grandes peintures
décoratives, rancies et embrumées, se posent comme
des énigmes à votre inspection artistique ; c'est sans
doute dans le but de les éclaircir qu'on a tracé, sous
chacune d'elles, les légendes suivantes : *Ils étanchent le
sang consacré à la défense de la Patrie. — La bienfaisance du souverain hâte leurs progrès et récompense
leur zèle. — Ils tiennent des dieux les principes qu'ils
nous ont transmis*. On devient rêveur, en lisant ces épi-
graphes passées de mode, on le devient encore davantage, en épelant le distique latin inscrit sur le mur
circulaire :

> Ad cœdes hominum prisca amphitheatra patebant ;
> Ut longum discant vivere nostra patent.

Ce qui veut dire, pour mon concierge et pour le vôtre,
que les premiers amphithéâtres servaient à l'immolation
des hommes, tandis que ceux d'aujourd'hui sont institués
pour prolonger leur existence. A ce sujet, j'ai entendu

dire que deux routes en apparence différentes aboutissaient, quelquefois, au même but. — Mais là n'est point la question. Tous les jeunes gens, qui viennent prendre des notes à ces cours, et tracer des figures anatomiques sur leurs cahiers, avec des crayons de couleurs différentes, croient tous à la sublimité de leur tâche et au sacerdoce de leurs fonctions médicales. Les professeurs qui les enseignent sont des savants de premier ordre, préoccupés, principalement, de présenter à leurs élèves des définitions claires et des exemples sensibles, en vue des examens à passer et des thèses à soutenir.

Pour en revenir au cours de M. Farabeuf, je dois constater que l'assistance est des plus attentives ; son seul défaut est d'exhaler des senteurs assorties d'hôpitaux et de salles de dissection ; la teinture d'iode, le chlore, le barège, le phénol forment, dans ce grand amphithéâtre, une symphonie d'odeurs, au milieu desquelles l'éther semble jouer le rôle de la voix céleste.

Esquissons, d'un trait, la physionomie de M. Farabeuf. — Mince, actif, l'œil brillant sous un lorgnon bleuté, une moustache noire et deux favoris, à droite et à gauche de la tête, l'un à votre droite à vous qui est sa gauche à lui, et l'autre à sa droite à lui qui est votre gauche à vous. — C'est entendu, n'est-ce pas ? — Une excessive volubilité de parole, une prodigalité de gestes démonstratifs, indicatifs, ampliatifs ; il rame, il nage, donne des coups de poing au tableau, fait exécuter au

squelette qu'il heurte des mouvements désordonnés ;
puis, d'une main assurée, il trace, sur le tableau noir,
la configuration interne du cœur humain, revient vers
sa table, saisit une longue baguette pour indiquer les
parties de la figure qu'il explique, repose sa baguette,
lève les bras en l'air, comme s'il allait planer, et, enfin,
les abaisse, les doigts écartés, dans l'attitude d'une
madone immaculée écrasant le serpent sur une boule
du monde. Cette mimique accélérée, loin de nuire
à sa démonstration, la soutient au contraire, en accro-
chant, pour ainsi dire, l'attention de l'élève le plus en-
gourdi et le moins préparé. — Les applaudissements ne
lui font pas défaut, à l'issue de sa leçon, et, certes, ils
sont bien mérités, le professeur ne s'est point ménagé.
Vous ne sauriez croire, ô mes cadets, comme j'aime les
entendre retentir ces applaudissements spontanés et
convaincus, s'adressant à un véritable savant, car ils
constituent la plus belle récompense des efforts de
toute sa vie, et rachètent les bravos distribués, sans
mesure, aux cabotins de la politique et des cafés-
concerts.

Que ne puis-je décrire, ici, l'aspect des cours de
MM. Dieulafoy, Duplay, Mathias Duval, Cornil, Laboul-
bène, Brouardel, Gauthier, tous auraient droit à une
note spéciale.

Pour terminer notre tournée, dirigeons-nous vers le
temple dorique du *tripatouillage*, j'ai nommé l'Odéon ;

et flânons, en bouquinant, sous les galeries, c'est fort
instructif pour un littérateur. — Eh! quoi, se dit-on,
tant de papier noirci, encore vingt romans nouveaux,
parus depuis huit jours! Quand je pense que mon rêve
est, actuellement, d'augmenter d'un volume cette formidable famille des in-douze et des in-octavo! —
Cependant, les acheteurs se coudoient aux étalages,
remuant les volumes, inspectant les titres, entrebâillant
les pages de la préface ou de la table. Plusieurs vieux
messieurs demandent à voix basse : « Avez-vous le
Bichon des Dames? » — « Saisi, le *Bichon;* saisi de ce
matin, répond l'employé libraire, non à cause du livre,
très malpropre d'ailleurs, mais pour la couverture, le
dessinateur avait fait trop ressemblant. » — Beaucoup
de publications nouvelles étalent leurs titres alléchants,
ce sont : *Les Avachis; Scrofules de l'âme; Fleurs
d'égout; les Déjections sentimentales,* etc. — Quel vent
coulis sous ces arcades! relevons notre collet, ou gare
les fluxions de poitrine! Mieux vaut encore faire un
tour au Luxembourg.

Le Luxembourg que j'allais oublier, c'est du jardin
qu'il s'agit, le seul jardin de Paris qui ait un véritable
aspect décoratif, grâce à ses grandes terrasses italiennes
disposées en amphithéâtre et ornées des statues des
reines de France. Ce qu'elles en ont entendu de galants
propos d'étudiants et d'étudiantes, ces souveraines de
marbre, depuis qu'elles sont sur leur piédestal, ce

qu'elles ont vu de petits pierrots libertins se poser sur
leur bras ou sur leur épaule ! Leur existence posthume
n'a guère changé le programme de leur vie réelle. A
l'exception de Blanche de Castille et de sainte Geneviève, qui doivent être fort scandalisées des mœurs
légères du Quartier latin, les autres n'ont, je crois,
trop rien à dire.

Je viens de retrouver, sur un carnet, une de ces
notes prises au jour le jour, qu'on garde souvent
pendant des années, dans le fol espoir de les caser dans
un coin de roman. — Sa vraie place n'est-elle pas ici ?

Paris, le 12 Octobre 1888.

« Rencontré mon ami Camille, devant la fontaine de
Médicis. Il me parle de son tableau pour le prochain
Salon, puis, bras dessus, bras dessous, nous tra-
versons le jardin du Luxembourg. On va fermer les
portes.

« Nous marchons, en évoquant les souvenirs de notre
belle jeunesse, nous rappelant les matinées de printemps dans la pépinière remplie du parfum des aubé-
pines roses et des lilas de Perse. Et les soirs d'été,
avec les roulades des rossignols, les chants de fauvettes,
et les éclats de rire de Francine et de Suzette. Nous

revoyons dans le passé... A la place de ce jardin anglais, le dernier pavillon des Chartreux, la statue de Lesueur au milieu des arbustes, les petites allées sinueuses bordées de treillages gris, le rond-point de la Velléda.

« C'est l'automne, maintenant; le cuivre doré des feuilles mortes couronne les branches des arbres; des odeurs de chrysanthèmes languissent sur les bordures des parterres; le jet d'eau du grand bassin pleure, timide et mélancolique, dans la vasque supérieure; le cygne frileux fourre son col onduleux sous son aile; une frêle embarcation enfantine, qui a sombré sur le côté, se balance au large. — On ferme! On ferme! — Et le tambour résonne, battant la retraite.

« Dans le ciel d'un bleu verdâtre, se découpent de longues bandes aux teintes d'héliotrope, avec des liserés d'argent. Tout à coup, comme par l'effet d'une éruption volcanique, une infinité de nuées minuscules se mettent à flamboyer, tisons d'or et de pourpre...

« Devant cet adieu du soleil d'octobre, nous ne pouvons nous lasser d'admirer. — « On ferme! on ferme! » — En ce moment, passe, près de nous, une femme assez élégante qui me regarde, d'une façon que je ne saurais exprimer par aucun mot.

« Ah! la ravissante créature! »

— « O poètes! vous voilà bien tous! me dit Camille; vous retombez sans cesse du ciel sur la terre! »

7

— « Que veux-tu, je ne sais rien d'aussi délicieuse-
ment troublant que le regard d'une jolie femme, au
crépuscule d'un jour d'automne. »

— « Grand enfant, dit-il, en me poussant amicalement le coude, tu auras donc toujours vingt ans, tu
seras donc toujours un étudiant du Quartier latin ! »

IV

LE BOIS ET LES COURSES

Paris se compose de vingt arrondissements et d'un bois — le Bois de Boulogne.

Quand Paris n'avait que douze arrondissements, le Bois de Boulogne n'était qu'un bois de banlieue ; depuis que la grande ville compte trente-deux quartiers de plus, il est, en quelque sorte, considéré comme un arrondissement supplémentaire; serait-ce le vingt et unième? — Eh! ce ne sont pas les raisons qui lui manqueraient, pour revendiquer ce titre.

Ce parc à l'anglaise, avec ses lacs factices, sa serpentine rivière, ses cascades d'opéra-comique, avec ses allées sablées et ratissées comme la piste d'un manège, ses gazons tondus comme la tête d'un sportsman, ses bouquets d'arbustes qu'une fleuriste pour bal ne désavouerait point, ce faux bois, enfin, où la nature elle-même prend des airs de fille entretenue, est le rendez-vous quotidien de la haute galanterie parisienne.

Si l'un de nos peintres modernistes avait, par hasard, l'idée de créer une variante à l'*Embarquement pour Cythère*, de Watteau, je lui conseillerais de grouper ses amoureux couples, au bord du grand lac. Sur le fond bleuissant des îles reflétées dans l'eau, se détacheraient les silhouettes de nos élégantes et de nos gommeux, de nos comtesses de Follebiche et de nos petits vicomtes du Monocle; on y verrait Blanche au bras de Gaston, Guy prenant la taille à Léa; la grande Germaine, sur l'herbe, dans la position horizontale (la seule qui lui convienne), serait levée de force par le supra-copurchic Gontran. Dans le coin de droite, à l'ombre d'un platane, apparaîtrait un terme sculpté, empruntant, pour la circonstance, les traits d'un chroniqueur dramatique fort enthousiaste des jolies femmes. Sur la gauche, pour remplacer l'envolée des Cupidons aux fessiers rosés, l'artiste pourrait lancer, dans l'azur, une flottille de ballons-réclames des grands magasins.

Le seul défaut de cette mirifique allégorie serait de faire descendre à terre une catégorie de promeneurs, qui n'ont jamais vu le lac que de la banquette de leur voiture, ou de la selle de leur cheval. — « Ceux qui vat à pieds, disait la petite Emma, des Folies-Saint-Jacques, c'est tous des panés. »

Les panés ont, d'ailleurs, leur club au Bois de Boulogne, il se tient à quelques mètres du pavillon chinois,
près de l'ancienne porte Dauphine. Sur les chaises et
les fauteuils métalliques, aux lames flexibles, viennent
s'asseoir, dans la belle saison, le baron et la baronne
de la Haute-Dèche, les victimes du *bac* et des *boucs-
macaires* (suivant l'orthographe de la petite Emma, des
Folies-Saint-Jacques), tous les particuliers enfin, qui,
n'ayant pas le moyen d'avoir un équipage, rougiraient
de *fréter un sapin*, c'est-à-dire de prendre un fiacre.

Dès qu'il fait un rayon de soleil, les avenues larges
ou étroites du bois sont parcourues, à toute heure, par
des voitures ou des cavaliers. Chaque matin, *les
hommes de chevaux* y donnent carrière à leur occupation favorite, les amazones y apparaissent différemment
escortées, selon leur position ou leur rang; les unes
caracolent sous la conduite de leur mari ou de leur
frère, les autres côte à côte avec un ami connu et
reconnu : celles-ci se font suivre, à quinze pas, par un
domestique en livrée, ayant une large ceinture de cuir
autour des reins; celles-là arrivent toutes seules, mais
il est rare qu'elles reviennent de même ; vers le milieu
de l'allée des Poteaux ou de l'allée Fortunée, elles ont
retrouvé *celui qui attend*.

Le grand chemin pour aller au Bois est l'Avenue des
Champs-Élysées et l'ancienne avenue de l'Impératrice,
que les fidèles du régime déchu affectent de nommer

toujours ainsi. Par les douces matinées de printemps,
cette avenue, qui a changé sa dénomination impériale
contre celle d'avenue du Bois de Boulogne, est pour
les habitants du quartier de l'Étoile, un lieu de promenade favori. Du côté gauche, le général M... suivi de
Kiki, son chien tonkinois, passe à côté de lord B...
sifflant son bull terrier; de jeunes misses dévorent,
tout en marchant, un roman de Dickens et des pastilles
de chocolat. Les parasols blancs s'y croisent avec les
ombrelles rouges; et, sur le sable rosâtre et ensoleillé,
se déplacent une succession d'ombres portées, bleues
comme l'outremer; sur les vertes ondulations des
pelouses, tournoient des arroseurs automatiques, distribuant une pluie diamantée, irisée des couleurs du
prisme. — Du côté droit, dans l'allée réservée aux
cavaliers, défilent au trot le colonel X..., le baron Y...,
le vicomte Z..., puis un escadron de *boys* aux jambes
nues, montés sur des poneys. Sur la chaussée, des
breaks de marchands de chevaux, lancés à toute
vitesse, laissent derrière eux des témoins dorés de leur
passage; les employés de la voirie ont rapidement
enlevé le tout, car il ne s'agit pas de barguigner; M. le
Directeur général des Travaux de Paris va rentrer à
Passy, par cette route, et il faut que l'avenue soit aussi
nette, aussi luisante que les parquets cirés de l'Hôtel-
de-Ville.

Entre trois et quatre heures, les équipages s'amon-

cèlent et encombrent le chemin du Bois, ils ne pourront bientôt plus avancer qu'en marchant au pas ; le défilé du tour du lac va commencer ; nous allons voir affluer calèches bleues, vertes ou marrons ; landaus fermés ou découverts ; mails-coachs conduits à quatre, l'étagère garnie de la fine fleur du Sport, l'intérieur occupé par les domestiques ; paniers ou charrettes en bois vernis, coupés, victorias, urbaines et fiacres vulgaires, aux stores rouges à demi-baissés. On reconnaît la livrée claire des gens de la duchesse de C...,
le landau de la princesse de S... ;
la calèche bleue à train jaune
de la comtesse d'A... ; le tilbu-
ry du prince T..., etc.

Voici le baron de V..., sec comme un manche à balai,
le comte B..., les yeux à fleur de tête, plus poussif que
jamais; voilà, dans un coupé, Mme Junon, plus grasse
que Io, son antique rivale, à côté d'elle, un tout jeune
homme, beau comme Ganymède. « Son fils? » demande-
t-on. — Eh! non pas, c'est son secrétaire intime. —
Trois Chinois en costume national, tresse cirée et
serrée, s'étalent dans leur équipage, en riant comme
des Chinois qu'ils sont. — Une petite vieille à tire-
bouchons gris, coiffée d'un chapeau violet, regarde
d'un œil éteint, à travers la glace de son coupé; une
sœur de Bon-Secours, qui égrène son chapelet, lui
tient compagnie. — Dans son panier à salade, une
Vénus aux carottes est assise près d'un groom qui se
croise les bras avec fierté. « Vous ne la reconnaissez
pas, c'est la Zoé Lichetout que nous avons vue, l'autre
été, aux Petites-Dalles, avec son cabotin de barrière;
elle est maintenant avec un agent de change. » —
« Peste! elle a gagné au change! » — En ce moment,
un landau manque d'accrocher la frêle corbeille de
Zoé; à travers la portière de la voiture, on distingue la
physionomie souriante du célèbre docteur R... « Vraiment, le ciel a bien fait les choses, remarque-t-on, le
remède se trouve toujours à côté du poison. »

Autour du lac, on s'exhibe; dans l'allée des Acacias,
on se produit : autour du lac c'est la cohue de la grosse
vanité mondaine qui s'écrase et s'étouffe; sur le chemin

de Longchamp c'est la pavane attelée du high-life,
qui fait la roue en faisant tourner celles de ses équipages. Les gens de Bourse, dix-huitième d'agent ou
coulissiers, se montrent indifféremment ici où là, mais
les grands banquiers affectent de ne parcourir que
l'Allée. Les petites Cardinal feront parade de leur
maquillage sur les bords de la grande cuvette du Bois,
la belle Mme Grandtrop n'affichera le sien, au contraire,
que sous les ombrages des Acacias. Cette allée est fort
curieuse à étudier, en automne, de la rentrée d'octobre
jusqu'au départ pour Nice ou San-
Remo; on assiste à l'exposition générale des velours et fourrures, harmo-
nisant leurs tons roussâtres et noirs
avec ceux des feuillages mordorés et
des branches en deuil. De la porte
Maillot à la Cascade, on ne voit que
manteaux à collets de castor ou d'astra-
kan, couvertures de tous poils, pèlerines
en loutre sur le dos des cochers et des
laquais; la mélancolie des contre-allées
est à peine troublée par le passage de
rares promeneurs; dans une voiture
roulante, un vieillard malade stationne,
atone et aphone, sous les derniers rayons
d'un soleil pâle; des coups de feu partent, espacés, du tir aux pigeons...

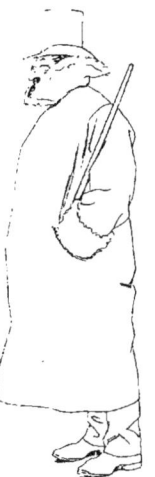

Encore quelques semaines, et le Bois sera complètement
désert; quelques semaines encore, et il reprendra une
nouvelle animation, le cercle des patineurs sera en
fête, le grand lac glacé fera concurrence aux tableaux
neigeux de Breughel ou d'Adriaan Van de Velde.

Le Bois de Boulogne a son histoire, ses légendes, sa
chronique; il se souvient, parfois, d'avoir été la forêt
de Rouvray : ses massifs servent encore de retraite nocturne aux malandrins qui dévalisent les villas subur-
baines, ils tiennent lieu, aussi, de boudoir champêtre
aux églogues naturalistes. La surveillance
n'y fait point défaut, cependant; le service
des gardiens spéciaux y est renforcé, chaque
jour, par des escouades de sergents de ville,
et, de plus, la police de sûreté y fait de
fréquentes battues qui se terminent par des
râfles importantes. Rassurez-vous donc, ô
naïfs promeneurs qui suivez les chemins
tracés, vous n'avez rien à craindre; tran-
quillisez-vous donc, ô boutiquiers béats qui
venez, chaque dimanche, déployer, emmi
les hêtres et les bouleaux, des papiers de
contributions indirectes, tout graisseux de
charcuterie en tranches; votre déjeuner ne
sera pas troublé par l'apparition d'une
bande d'assassins.

La presse parisienne a retenti, il n'y a pas longtemps

encore, d'un audacieux enlèvement accompli en plein
jour, à proximité du club des panés. Rien de bien
tragique en cette affaire; l'Andalouse, objet du rapt,
était d'intelligence avec son ravisseur, qui opéra au nez
et à la barbe d'une duègne furieuse. Bartholo joua,
alors, son rôle de Bartholo au naturel, tempêta, jura
qu'il se vengerait. Trop tard, mon vieux! les amants
ont passé la Manche et tu as remporté la veste. Cela
ne se traitait pas tout à fait de la même façon, au dix-
septième siècle, au temps de Bussy-Rabutin, quand il
procédait, vers 1650, dans ce même Bois de Boulogne,
à l'enlèvement de Mme de Miramion. Aussi riche que belle,
Louise Bonneau était veuve, depuis peu, de Jean-Jacques
de Beauharnais, seigneur de Miramion; Bussy-Rabutin,
épris des beaux yeux de la dame et surtout des beaux
yeux de la cassette, résolut de devenir son époux. Pour
arriver à ses fins, il entra en relation avec frère Clément, de l'ordre de la Merci, le directeur spirituel de
Mme de Miramion; celui-ci allégua que la famille de sa
pénitente se refusait absolument à cette union, mais
que la jeune veuve, ne demandant qu'à être consolée,
consentirait des deux mains; il fallait seulement,
ajoutait-il, qu'elle y fut forcée par un simulacre de
violence. De plus, il demanda à Bussy une provision
de deux mille écus, destinés, selon lui, à soudoyer
l'entourage. L'argent reçu, frère Clément organisa un
pieux pèlerinage à l'abbaye de Longchamp. Mme de

Miramion s'y rendit sans méfiance, croyant aller
implorer le ciel pour le repos de l'âme de défunt Jean-
Jacques de Beauharnais. Arrivé au plus épais du bois,
le carrosse se trouva subitement arrêté; l'amoureux
aventurier avait été prévenu, et il s'élança pour prendre
livraison de l'objet convoité. Cris de terreur de la
belle qui se déchire les mains aux vitres brisées de sa
voiture; Bussy met flamberge au vent, disperse avec
ses gens ceux de la suite de Mme de Miramion, comprenant seulement que le frère Clément l'avait
indignement trompé, n'ayant soufflé mot de ses desseins
à la dame. Il ne se dessaisit pourtant pas de sa cap-
ture, et la mit en lieu sûr, au château de Launay, près
de Sens. Mme de Miramion affirma qu'elle se laisserait
mourir de faim plutôt que de céder, et elle tint parole,
refusant, pendant plusieurs jours, les aliments qu'on
lui présentait. Notre épouseur de grand chemin fut-il
vaincu par l'aspect minable de sa conquête, fut-il
touché par la grâce, ou contraint par le dépit, toujours
est-il que la jeune veuve fut remise en liberté, sans que
sa vertu eût à subir aucune atteinte. Plus fortuné que
Bussy-Rabutin, le héros moderne de l'enlèvement du club
des panés a mis la main sur le capital, et il touche
les intérêts, sans essuyer de résistance, bien au contraire.

Le Bois a ses enclaves et ses annexes qui sont autant
de buts de promenades, suivant la saison. Du côté de

Passy, nous trouvons le Ranelagh, le champ de courses
d'Auteuil ; du côté de Suresnes, la Cascade, le champ
de courses de Longchamp. En allant vers Neuilly,
voici Madrid et Saint-James, et la belle propriété de
Bagatelle, l'ancienne *Folie d'Artois*. Bagatelle appartient
aujourd'hui à sir Richard Wallace, et ses jardins sont
célèbres dans le monde entier ; on peut les visiter en
demandant une permission au régisseur. Voici, près de
la porte des Sablons, l'entrée du Jardin d'Acclimatation,
une promenade attrayante et gaie, pleine de fleurs
rares, paysagée avec une entente merveilleuse de la
mise en scène, peuplée d'animaux les plus étranges de
la création, et exhibant, chaque année, des spécimens
vivants d'anthropologie exotique. Les Nubiens, les
Galibis, les Achantis, les Cynghalais surtout, ont profité
des faveurs de la curiosité parisienne. Où faut-il aller
chercher la raison de l'engouement du public pour ces
personnages plus ou moins vêtus ; dans le désir qu'il
éprouve de s'instruire, ou simplement dans l'intérêt qui
le pousse à considérer, sans voiles, des formes humaines ?
Au printemps, les blanches nudités du Salon de sculpture fournissent aux fidèles de l'esthétique, une satisfaction immatérielle. la sainte pudeur n'a pas à se
voiler la face devant les œuvres de nos grands statuaires
contemporains. L'art est chaste, en vertu de sa beauté
rayonnante ; il faut être plus jésuite que Loyola pour
imaginer de greffer des feuilles de vigne sur les statues

de marbre. A la fin de l'été, les torses de bronze
vivants, qui se promènent dans l'enclos du Jardin
d'Acclimatation, viennent compléter, d'une façon plus
positive, l'éducation de notre regard, et cette exhibition
n'a rien de contraire à la morale courante, un pagne
protecteur voilant ce qu'on ne doit pas montrer. Il est
vrai de dire qu'ils donnent une fameuse leçon à notre
civilisation habillée, ces sauvages! Notre race souffre-
teuse et rachitique ne brillerait pas, à côté de la
leur, s'il fallait qu'elle s'exhibât dans le même costume.

La foule est immense autour du grillage qui entoure
le campement des importations humaines. Les femmes,
surtout, sont fanatiques de ce spectacle; elles donnent,
sans compter, des pièces d'argent et des sous, pour
toucher, de leur main blanche, ces mains noires et
froides, pour échanger quelques phrases d'un charabia
qui constitue le langage universel, et dont les mots ne
figurent dans aucun dictionnaire connu. Je me sou-
viendrai, pendant longtemps, de l'accent lamentable
avec lequel une jeune sauvage me disait, en s'enve-
loppant d'un châle : *Toutou, toutou*; et de lui avoir répondu avec conviction : Oh! oui, *toutou, toutou!* Elle
avait froid, la pauvre créature; et quels autres mots
que ce *toutou* répété eussent mieux traduit la sensation
du grelottement. L'idée est au moins étrange de
faire venir des êtres vivant d'habitude au soleil, pour

les montrer à l'époque où la température de nos climats subit les variations les plus brusques.

Tournons la tête d'un autre côté, et nous verrons

circuler des éléphants trimbalant, sur leur dos, une cargaison de provinciaux, des babys de huit ans enfourchant des poneys, un chameau bénévole se dandinant sous le poids d'un gros homme qui ressent les premiers symptômes du mal de mer, des autruches attelées à des carrioles en osier remplies d'enfants joufflus. Ici, des

collégiens, en manches de chemise, s'exercent sur le
trapèze ou les barres parallèles; là, des badauds
attroupés attendent patiemment autour d'un bassin,
pour assister à la gymnastique des lions de mer, qui
piquent une tête du haut de leur rocher, dès qu'on
leur jette du poisson. — Le palais des singes a ses
courtisans, et les sombres couloirs de l'aquarium, ses
amateurs. Le kiosque des concerts est entouré, chaque
jeudi, d'une assistance *select,* à laquelle on distribue de
jolis programmes ornés d'illustrations en couleur. Les
volières sont non moins curieuses à voir que les serres;
dans les unes, des plumages de toutes les couleurs,
dans les autres, des arbustes de toutes les essences.

Pour quelques sous, on peut se faire rapidement
conduire, de la porte Maillot au Jardin d'Acclimatation,
et *vice versa;* des wagonnets à banquettes adossées,
dans le sens de la longueur, exécutent le trajet, en suivant une sinueuse voie ferrée passant au milieu des
massifs d'arbres : le seul défaut de cette locomotion est
de vous secouer terriblement; les petits bonshommes
chargés de diriger l'attelage ne ménagent pas plus les
forces de leurs chevaux que les maladies de cœur de
leurs voyageurs. — Voilà, en quelques mots, l'aspect
de ce jardin, où la Parisienne s'acclimate de plus en
plus, et quand cette charmeresse prend un chemin, on
est certain que l'étranger suit.

Le Pré-Catelan a devancé le Jardin d'Acclimatation

comme centre d'attraction. Les fêtes qu'on y a données, du temps de l'Empire, ont eu le plus vif succès; on a bien essayé, récemment, de les ressusciter, mais en vain. Le Pré-Catelan n'est plus connu que par sa vacherie, rendez-vous matinal et printanier de quelques victorias, où somnolent les libres couples sortant, à l'aube, du Helder ou du Café américain. Dans ce coin du Bois se trouve encore la pyramide commémorative érigée à la mémoire du troubadour Arnault de Catelan, lâchement assassiné, il y a près de six cents ans, par l'escorte qui devait le protéger contre les brigands de la forêt de Rouvray. Ce petit monument en pierre grise, à demi-ruiné, couvert de lichens dorés et de vertes pariétaires, a remplacé, au dix-septième siècle, la croix primitive que le roi Philippe le Bel avait fait élever; il a été, pendant longtemps, une sorte de pèlerinage, pour les Estelles et les Némorins qui incisaient, sur le piédestal, avec la pointe d'un couteau, leurs noms accouplés. Les nombreuses noces de petits commerçants, qui parcourent le Bois de Boulogne, surtout le samedi, ne manquent jamais de s'arrêter, un instant, à la pyramide, et de faire le tour du Pré-Catelan. Tenez, voici justement une noce qui vient d'y arriver. La mariée profite de cette station pour réparer l'accroc de sa robe blanche; sa mère, qui a prévu l'accident, retire de son corsage une aiguille tout enfilée, et faufile quelques points à la hâte. M. Gustave, un des garçons d'honneur,

8

le loustic de la bande, insinue malicieusement que
c'est recoudre pour découdre : « Mince d'accroc, il y
en aura bien d'autres, demain, à c't'heure ! » L'épouse
rit et rougit, et l'époux se rengorge d'un air capable.
La petite *balade* terminée, les gens de la noce remontent dans leurs voitures ; le premier carrosse contient les
nouveaux conjoints et les beaux-parents du marié. Le
garçon d'honneur grimpe sur le siège à côté du cocher.
« A la Cascade, maintenant, messeigneurs ! crie-t-il, et
ne vous pressez pas, mon petit père, faut y aller en
douceur, aujourd'hui. » — « Est-ce pas, m'ame Lan-
glois ? » ajoute-t-il, en se tournant vers la belle-mère.
Puis il attache des papiers blancs, roulés en papillottes,
à la mèche du fouet, il trouve cela très drôle. « Hé
Popol ! rigole un peu, continue-t-il en interpellant le
mari, t'en as le droit, on n'fait pas c'te bêtise-là tous
les jours ! » Les laquais de bonne maison qui l'entendent, passent fiers sans broncher, les cochers de
fiacre, au contraire, se régalent de ces lazzis, tout en
levant les épaules avec un air de pitié affectée. Arrivés
à la Cascade, les gens de la noce mettent pied à terre,
de nouveau ; couple par couple, on gravit majestueusement le rocher, et, du haut de cette éminence déco-
rative, M. Gustave montre, à tous, le vaste champ de
courses de Longchamp et le moulin entouré de lierre,
qu'il déclare être le moulin où les dames de la Cour
de Louis XIV allaient acheter leurs enfants. On admire

son érudition, et on lui demande des détails sur les
courses. Que ne puis-je sténographier ses réponses, il
connaît mieux que personne le nom des écuries, des
chevaux et des jockeys, tous les trucs de l'entraînement,
du pesage et la meilleure manière de parier. N'étant
pas aussi instruit que ce beau parleur, sur les mystères
des coulisses du turf, je me contenterai de regarder
avec vous la pelouse de
Longchamp et ses
abords, le jour
du grand Prix.
Dans les

Henry Gerbault

premiers jours de juin, un dimanche, le grand prix

de Paris se court sur l'hippodrome de Longchamp. Quel sera le vainqueur, le cheval anglais ou le cheval français ? *That is the question,* question d'argent, de vanité, de gloriole, que certains hâbleurs voudraient confondre avec une question de patriotisme. Stop ! Halte-là ! Je ne vois pas trop en quoi notre honneur national serait engagé dans l'affaire ; le cheval que nous présentons sur la piste est lui-même de race anglaise, son entraîneur est anglais, son jockey anglais aussi, le propriétaire seul est notre compatriote, et sa frêle personne n'a souvent d'autre valeur que l'intelligence des bank-notes de son portefeuille. Dans ce jeu du turf, je ne distingue qu'une seule chose qui soit bien française, c'est la grosse somme d'argent que nous, les contribuables parisiens, jetons dans le plateau de la balance du pesage. On a fait de beaux discours au Conseil municipal, pour démontrer que le grand prix de Paris avait un autre but que le poteau gagnant ; que notre commerce était intéressé à subventionner cette course plate ; que les tailleurs pour dames, les bouquetières, les modistes, les loueurs de voiture, les cochers, les restaurateurs, les cafés et d'autres *corps de métiers* récupéraient au centuple les bénéfices de notre largesse. Soit ! mais ne venez pas nous parler du prestige des écuries françaises à soutenir, et de l'amélioration de la race chevaline à encourager ; cela ressemblerait trop à l'annonce de ces sociétés de bains de mer, dont les plages n'offrent aux baigneurs qu'un banc de galets, et dont le Casino est la seule raison d'être, avec ses jeux de cartes et ses roulettes clandestines.

Quoiqu'il en soit, le grand Prix est consacré par la mode parisienne; il me paraît difficile de le supprimer. — L'attrait du pèlerinage hippique de Longchamp réside surtout, il est vrai, dans la procession des luxueux attelages qui s'y rendent. — Course de chevaux pour courses de chevaux, celle du grand prix en vaut une autre, et le moindre steeple-chase est cent fois plus émotionnant; mais ce qu'on ne voit que ce jour-là, c'est le déballage étonnant des célébrités en tous genres, petits grands hommes politiques, belles-petites du grand demi-monde, gros marchands enrichis jouant aux princes, nobles dames portant d'azur aux merlettes d'or et s'affichant comme des filles.

Dès le matin, les alentours du champ de course se peuplent de groupes de badauds prenant place, pour suivre de loin les péripéties de la grande lutte équestre; le long des haies, s'échelonnent, de dix pas en dix pas, les gardes municipaux chargés de maintenir la foule; les officiers de paix, galonnés d'argent, s'assurent que les sergents de ville sont bien à leur poste. — Ça va chauffer tantôt, pas un nuage au ciel, gare aux insolations!

Les guichets sont enfin ouverts, et, peu à peu, la

verte plaine est tachetée de figurines noires se dirigeant du côté des tribunes, qui, vues à distance,
ressemblent aux chalets suisses des boîtes de joujoux.
Au centre, la tribune du président de la République,
bien plus étroite que les autres, avec un passage à droite
et à gauche pour aller vers le *Ring*, autrement dit
l'enceinte du pesage. Les breaks, les landaus, les mail-
coachs, les équipages arrivent sur le turf; du côté de
la Seine, les locatis et les voitures de maîtres stationnent dans la route des tribunes et dans les allées
voisines. De longues files humaines arrivent de Suresnes.
Toutes les cinq minutes, les trains du chemin de fer
ou les bateaux déchargent de nouvelles cargaisons
d'hommes, de femmes et d'enfants. La pelouse s'emplit,
s'emplit encore de groupes pressés, bavards, criards,
hurlants : fourmilière d'oisifs, de joueurs et de filous.
Les tribunes sont bondées de plus de cinq mille spectateurs, elles portent, sur leur toiture, une couronne
vivante, dont les fleurons sont formés par des ombrelles
et des parasols de toutes couleurs. Comme toile de
fond à ces premiers plans, se déroule l'onduleux décor
des peupliers tremblants, des hêtres et des ormes du
bord de l'eau, dominés par la crête accidentée du mont
Valérien, que termine brusquement la tache blanche
des casernes.

Les premiers tours de piste ne sont que des levers
de rideau, une mise en train. La grande pièce va se

jouer, il est trois heures; la cloche a tinté; sur le tableau du poteau indicateur, apparaissent les numéros des chevaux qui prendront part à la course. « Enlevez, c'est pesé! » dit un malin connaissant les détours de l'enceinte du pesage, et sachant que le numéro est affiché dès que le jockey a passé par la balance. — Les rumeurs des paris se changent en un vacarme assourdissant, on donne quinze louis de Marabout à dix, on prend Thisbé à égalité, Farfadet à douze contre un pour dix louis, on se bouscule, on se piétine. Les barrières sont bordées d'une quintuple ligne de curieux qui s'écrasent. Alors apparaissent, un à un, les pur-sang engagés pour le grand concours; suivant la casaque et la toque des jockeys, les initiés désignent le nom du propriétaire: casaque bleue, toque cerise; casaque orange, toque bleue; casaque blanche, toque noire; casaque rayée amarante et

bouton d'or, toque lilas, représentent les écuries de MM. A... B... C... D..., etc.

Après quelques temps de galop préparatoire, où chacun des chevaux engagés *prend son canter*, les concurrents remontent jusqu'à la ligne du départ. Le *Starter* est à son poste, drapeau en main... « Ils sont partis! ils sont partis! » entend-on crier; erreur, voici qu'ils remontent de nouveau vers le point d'où ils viennent, il y a faux départ. Quelquefois, après trois ou quatre essais du même genre, le départ se trouve bon : « Enfin ça y est ! »

Ils f. . . . i. . . . l. . . . e. . . . n. . . . t

. . . . ils f. . . . i. . . l. . . e. . . . n. . . . t

le brouhaha des paris s'est éteint, un grand silence envahit le turf; Sylvia tient la tête, Fortunio la suit; et le soleil darde ses rayons sur toute la foule anxieuse et haletante des parieurs; pourtant, quelques larges nuées d'orage projettent leur ombre sur la piste; Galathée se dérobe; bravo Fortunio!. . . . .

Ils f. . . . i. . . . l. . . . e. . . . n. . . . t

. . . . ils f. . . . i. . . . l. . . . ç. . . . n. . . . t

Au tournant, derrière le bouquet d'arbres, ils disparaissent un instant, puis réapparaissent plus brillants sous le soleil; le cerise et le vermillon des toques étincellent comme du feu, la soie blanche des casaques a des scintillements d'argent sortant de la frappe. Sylvia est dernière maintenant, le jockey de Turlupin a fait panache, et Fortunio, qui tient toujours la tête, est rejoint par Farfadet; le favori anglais n'est que troisième. Hipp! Hipp! Hourrah! Courage Fortunio! Vont-ils arriver *dead-heat?* Mais le jockey du favori français redouble d'énergie, on dirait qu'il s'enlève au-dessus de la selle pour l'alléger de son poids, et aïe donc!

aïe donc! clic, clac, clic, clac; la cravache harcèle les flancs de sa monture, et, d'une longueur de tête, il arrive premier au but final. Vive la France! enfoncé l'Anglais! bravo Fortunio! — Quand Sylvia paraît, essoufflée, avec son jockey pantelant et penaud, les naïfs qui avaient ponté sur elle la couvrent de huées : « Va donc, salope! viande à Macquart! va donc, vieille rosse! »... Encore une course, la fusée d'adieu, comme dans les feux d'artifice. Pendant qu'elle se prépare, on fait sauter les bouchons des fioles de champagne, on se félicite sur les gains et l'on se dispose à quitter le turf.

La pièce est terminée et la cérémonie commence, ainsi qu'à la Comédie-Française, quand on joue le *Bourgeois gentilhomme* ou le *Malade imaginaire*. De Longchamp à la place de la Concorde, plus de trois cent mille curieux attendent le *retour des courses*. On salue avec respect le président de la République. Quelques marmitons crient : *Vive Boulanger! A bas Ferry!* — On siffle les cocottes trop plâtrées qui se vautrent dans des victorias remplies de bouquets de roses. Des breaks garnies de messieurs en cravate blanche, avec le disque de la carte du pesage ou des tribunes suspendu à la boutonnière, font scandale par leurs expansions bachiques. « Vive Loulou ! » crient-ils, en passant près d'un dog-cart, où gesticule une jeune femme à la tignasse purée-crécy, coiffée à la chien et vêtue d'une robe écarlate brochée d'œillets rouges. « Vive Loulou ! »...

... Un grand nuage de poussière dorée s'élève au-dessus de l'allée des Champs-Élysées, et les chevaux de Marly se cabrent sur leurs piédestaux, comme s'ils comprenaient qu'on célèbre la fête des chevaux.

V

AU PALAIS-BOURBON

Palais-Bourbon, Palais du Corps législatif, Chambre
des députés, voilà un monument qui ne manque pas de
noms. Le premier est pour lui un titre de noblesse, le
second un titre administratif, le troisième n'est qu'un
vocable immobilier : la Chambre !

Cette Chambre a son Cabinet et ses Bureaux ; on y
change, à tout propos, l'aménagement de l'un, et, à
époque fixe, la distribution des autres. Ses habitants
ne payent aucun loyer, bien au contraire ; pour venir
s'y asseoir, bavarder, faire leur correspondance, dormir
sur le budget, ils reçoivent un traitement très rémunérateur ; aussi, dès qu'on accroche l'écriteau, pour une
place vacante, ce ne sont pas les compétiteurs qui
manquent. Les fonds nécessaires à leur entretien sont
fournis par vous et moi, et, vraiment, nous ne payons

pas trop cher pour cela. Nous sommes si bien représentés, tant d'aménité règne dans les rapports mutuels de nos délégués, ils travaillent avec tant d'ardeur
au bien commun, ils ont un langage si élevé dans la
discussion de nos intérêts, que nous ne saurions trop
nous féliciter du sacrifice financier imposé à notre
bourse.

De l'ancien Palais-Bourbon, il ne subsiste que l'entrée monumentale élevée, en 1722, par l'italien Girar-
dini, du côté de la rue de l'Université; quant au péristyle grec du bout du pont de la Concorde, il date du
premier Empire, il fut construit par Bernard Poyet qui
est resté célèbre par le *caméléonisme* de ses opinions.
Architecte du duc d'Orléans, du baron de Breteuil et
de l'Archevêché, pendant la royauté, Poyet s'intitula
architecte Jacobin pendant la Révolution; puis, en 1806,
il publia un projet de monument à élever à la gloire
de Napoléon Ier; enfin, à la rentrée des Bourbons, il
proposa *à tous les bons Français* d'ériger « *un monument
simple et majestueux, comme un hommage national
destiné à consacrer l'époque fortunée du retour de S. M.
Louis XVIII.* » Il eût été vraiment dommage que le fron-
tispice du temple des versatilités politiques ne fût pas
l'œuvre d'un tel homme. La salle actuelle des séances,
dans laquelle nous allons pénétrer, tout à l'heure,
n'a été bâtie que dans les premières années du règne de
Louis-Philippe.

Pour mettre la Chambre à l'abri d'un coup de main,
on l'a dernièrement transformée en camp retranché ;
on a hérissé la crête de ses murailles avec des chardons
et des artichauts en fer forgé. Du côté de l'entrée du
public, on a construit un pavillon en pierre, pour servir de salle d'attente aux personnes qui demandent un
député ; l'intérieur est celui d'une gare de banlieue, des
banquettes couvertes en moleskine sont disposées le
long des murs ; au milieu de la salle se trouvent des
tables avec tout ce qu'il faut pour écrire, et des chaises
de paille. Dès qu'on entre là-dedans, on regarde ins-
tinctivement autour de soi, on examine la physionomie
de ses voisins. Ce grand diable, en veston de velours,
coiffé d'un chapeau mou, que vient-il faire par ici ?
Et cet autre, au visage blême, qui garde obstinément
la main droite dans la poche de son paletot, que remue-
t-il donc entre ses doigts ? Va-t-on jouer du revolver,
tout à l'heure ? Quel sera le point de mire, un député
de la Droite, de la Gauche ou du Centre ? Cette dame,
qui cache ses traits sous un voile épais, serait-elle
Mlle de Sombreuil, et allons-nous assister à un scandale ?

Si le métier de député a ses charmes, ses gloires, ses
triomphes, il a aussi ses périls, par le temps qui court.
Présider des banquets, manger des dindes truffées,
boire du champagne rosé, être acclamé par des centaines d'électeurs, être cajolé par des dizaines de sous-

préfètes en expectative, être le chien-chien chéri des
comédiennes et des danseuses, tout cela constitue le
chapitre des bénéfices. Être assommé de sollicitations,
être injurié grossièrement par ses adversaires, risquer
sa peau sur le terrain, et, de plus, servir de cible aux
exaltés, aux détraqués et aux femmes jalouses, tel est
le revers de la médaille de représentant.

Cependant, la plupart du temps, la demande des gens
qui viennent dans cette gare n'a pour objet que d'obtenir des places de galerie ou de tribune. La plupart
du temps aussi, le député qu'on réclame est absent ou
en congé. De minute en minute, de nouveaux postulants emplissent la salle, et, dans la chaleur des respirations concentrées, pressés les uns contre les autres,
comme des harengs dans la saumure, on piétine sur
place, pendant des heures, sans voir poindre le dispen-
sateur des petits cartons octogones. Il faut dire que
cette faction n'est pas exempte de distractions pour
l'observateur, car, si la grande comédie parlementaire
se joue dans l'hémicycle, la parade a lieu dans la salle
d'attente.

De chaque côté d'une large baie, ouverte comme la
scène d'un théâtre de marionnettes, et élevée de six ou
sept marches, se tiennent l'huissier et les garçons de
service ; le premier tout de noir habillé, chaîne au col,
épée au côté, les seconds en livrée à galons et boutons
d'or, avec gilet rouge ; ils appellent, à tour de rôle,

les fortunés mortels pour lesquels un représentant a daigné se déranger : « Les personnes pour M. Clémenceau, pour M. Anatole de la Forge, pour M. Millerand, pour M. Michelin ! » Tout aussitôt, on voit apparaître,

au milieu de l'ouverture du *guignol,* le député dont le nom a retenti; suivant le visiteur qu'il accueille, il prend l'air digne ou avenant, sérieux ou enjoué, indifférent ou empressé. — « La personne qui a demandé M. Vergoin ! » Les mains dans les poches, le binocle sur le nez, M. Vergoin se montre avec assurance ; sa

persécutrice est sous bonne garde. — « Les personnes
pour M. Tony Réveillon ! » Le député de Belleville, qui
a tombé Gambetta avec l'aide des *esclaves ivres*, sort de
la coulisse, le sourire sur les lèvres, la mine épanouie,
la moustache relevée comme celle d'un matou peu farouche, la main tendue. Tout un pensionnat de gentilles
fillettes, avec leur maman, est reçu le plus gracieusement possible par cet élu populaire. — « La personne
qui a demandé M. Noël Parfait ! » Pas de réponse ; Noël
Parfait s'avance alors, regarde dans la salle, et, croyant
reconnaître l'individu qu'il attend, le désigne à l'huissier, en disant machinalement : « *Ecce Homo !* » Aussitôt,
l'huissier de vociférer : « Monsieur Aixéomo est-il
présent ? »

Ne trouvez-vous pas ces petites scènes assez réjouis-
santes ; elles sont plus originales, suivant moi, que la
plupart des monologues qu'on débite à l'intérieur du
monument. Ici, au moins, on vous sert les députés en
pied, on vous les exhibe de face, on vous les nomme,
et vous pouvez les contempler sans avoir recours aux
jumelles de théâtre. Si vous trouvez mon observation
juste, nul doute que vous ne préfériez passer une demi-
heure en cet endroit, plutôt que de vous enfermer dans
les sombres galeries de l'amphithéâtre.

Quand vous obtenez le cachet de bain, qui vous per-
met d'aller vous asseoir sur les gradins supérieurs de
l'étuve parlementaire, il est prudent d'arriver de bonne

heure, pour être bien placé; encore êtes-vous certain
de n'occuper que le second rang, le premier étant
réservé aux dames. Quelquefois même, le garçon de
service vous fera rétrograder d'un rang ou deux, pour
donner votre place de banquette à quelque politiqueuse
retardataire. J'ai assisté à la déconvenue d'un pauvre
provincial, qui était là depuis midi sonnant, et qu'on
fit ainsi monter, du second rang au quatrième, juste
derrière une colonne. Un de ses voisins, moins débonnaire que lui, se refusa obstinément à continuer ce jeu
de cul-levé; la dame qui convoitait la place ne manqua
point de faire sonner, bien haut, les mots de *cheva-
lerie française en décadence, comme le reste,* donnant à
entendre qu'elle était femme de député et ne pouvait
pas descendre chercher son mari dans la salle, pour la
protéger. Cette incartade attira, à la susdite, quelques
quolibets chuchotés assez haut pour qu'elle pût les
entendre : « Comment, elle a devant elle un député,
tous les soirs, et elle n'en a pas assez! — Je suis
certain que son mari n'en a jamais dit aussi long
qu'elle à la Chambre. — A la tribune! »

Un coup d'œil sur la salle, d'abord, pendant qu'elle
est vide. Une vingtaine de colonnes en marbre jaunâtre, d'ordre ionique, avec bases et chapiteaux dorés,
constituent le principal ornement décoratif de l'hémicycle; au-dessous de cette colonnade, la gradination
des banquettes rouges et des pupitres en acajou verni,

9

destinés à nos cinq cent quatre-vingt-quatre députés.
En face, le buffet à étagères de la présidence; au
sommet se tiendra le président; à sa gauche et à sa
droite s'installeront les secrétaires, les chefs de la
rédaction et de la sténographie; au-dessous, la tribune
de l'orateur, ornée d'un bas-relief en marbre, entourée
des pupitres des secrétaires, rédacteurs et sténogra-
phes. Sur le mur de fond, au centre, une tapisserie
des Gobelins, copie de *l'École d'Athènes*, a remplacé le
rideau de soie verte qui cachait le tableau représentant
Louis-Philippe prêtant serment de fidélité à la Charte.
Les statues de la *Liberté* et de l'*Ordre Public*, sculptées
par Pradier, sont restées fidèles à leurs niches.

Avant la séance, on assiste au va-et-vient des huissiers de la Chambre, s'assurant que tout est dans
l'ordre voulu. Deux heures sonnent; au loin, un roule-
ment de tambour étouffé; le président fait son entrée,
s'installe à son fauteuil, décachète une lettre, parcourt
quelques papiers étalés devant lui, s'essuie le nez avec
son mouchoir, serre la main à celui-ci ou à celui-là.
Les députés, sans se presser, occupent leurs sièges;
les ministres sont à leur banc. La droite est compacte,
le centre assez clairsemé. — Deux tintements de sonnette : « Messieurs, la séance est ouverte. » On cause,
on bavarde, on ricane... Chut!... chut! — « A vos places,
messieurs! » — Lecture est faite du procès-verbal... « Pas
d'observation? Le procès-verbal est adopté. » — On a

une récente élection à valider; le rapport tendant à la
validation est lu au milieu du tumulte croissant des
conversations. Un *silence, messieurs!* résonne, formidable comme un aboiement de Cerbère. Les urnes
circulent pour le vote, et l'on voit, à plusieurs bancs,
des députés introduire, dans l'ouverture de la grosse tire-
lire, non seulement leur bulletin, mais celui de leurs
voisins absents. Cette liberté de voter pour un monsieur
qui fait peut-être, en ce moment-là, son tour du lac
ou une partie de piquet voleur, m'a toujours parue
extraordinaire. Il arrive que la droite s'offre, de temps
en temps, le malin plaisir de demander le scrutin à la
tribune, afin de s'assurer que la Chambre est en
nombre et que le vote a une valeur réglementaire.
Quand le *quorum* est atteint, tout va bien; mais, très
souvent, on est loin de réunir le nombre de voix
nécessaires. Alors, suivant une procédure encore en
vigueur, on lève la séance, en décidant que, dix minutes
plus tard, on en ouvrira une autre. A la reprise, la
droite retire généralement sa demande de scrutin à la
tribune. Merveille des merveilles! Jamais, en fait de
multiplication, les noces de Cana n'ont produit rien
d'aussi miraculeux; deux cent cinquante députés se
trouvaient, tout à l'heure, dans la salle, et, en cherchant
bien dans les couloirs, au fumoir, à la buvette, c'est
à peine si l'on est arrivé à en repêcher une dizaine;
cependant les urnes circulent à nouveau, et l'on arrive

au chiffre mirifique de cinq cent vingt voix, juste le
double du nombre de représentants présents.

Le jour pénètre dans la salle des séances par un
lanternon vitré, qui se change en plafond lumineux,
dès que la nuit approche. Sous ce nouvel éclairage,
les cuivres de la tribune présidentielle prennent des
luisants particuliers; sur l'ivoire des calvities législatives, le point brillant des billes de billard s'accentue.
On est vraiment au spectacle, à partir de ce moment.
Reste à savoir si la représentation sera intéressante, si
un orateur connu prendra la parole, si des phrases à
l'emporte-pièce s'attireront des rappels à l'ordre.

Lorsque Paul de Cassagnac monte à la tribune, les
dames, qui font corbeille au premier rang, se frottent
les mains, comme les vestales dans les antiques arènes;
les cartels vont pleuvoir, tout à l'heure. Il est tellement
agréable d'entendre des hommes du monde s'injurier
comme des charretiers! — Monseigneur Freppel a le don
de charmer ceux qui ont en horreur le gouvernement
actuel; on est sûr, avec lui, que la République va être
cinglée par les lanières ecclésiastiques trempées dans
le vinaigre des saintes colères. De leur côté, ceux qui
ne détestent pas les escarmouches scandaleuses sont
au comble de leurs vœux, quand ils entendent proférer à
l'extrême-gauche une interruption malveillante. —
On se jette, volontiers, des dates historiques à la tête;
si la droite parle des massacres de Septembre, on la

colle avec ceux de la Saint-Barthélemy; lorsque la
gauche fait allusion à la révocation de l'édit de Nantes,
on la rend responsable de l'assassinat des otages. Le
dix-huit Brumaire et le Deux-Décembre sont lancés sur
le nez du bonapartisme, comme des boulettes de papier
mâché, par les écoliers d'un coin de la salle; en
revanche, ceux-ci reçoivent, en pleine poitrine, les
flèches en carton du 24 Février, du 4 Septembre et du
18 Mars, décochées par les potaches de l'autre coin.

Les journées de grand boucan, le Palais-Bourbon
devient une véritable succursale des Halles-Centrales;
le choix des expressions y est des plus remarquables :
*Charlatans, vendus, pots-de-vin, honte de la nation,
filou, renégat, pourriture, démoralisation, zut!...* et
marguarine!... Les rappels à l'ordre réitérés, avec
inscription au procès-verbal, la censure, rien n'y fait,
la voix du président est étouffée par le vacarme;
l'huissier aboyeur a beau hurler : *Silence, messieurs!*
il ne contribue qu'à augmenter le brouhaha. Un peu

plus, on en viendrait aux voies de fait, dans l'enceinte
même de la Chambre; des poings furieux se menacent,
des gestes désordonnés, extravagants s'entre-croisent.
La sonnette tinte, tinte, tinte encore, comme s'il y
avait le feu. L'orateur, qui gesticule à la tribune, prend
le parti d'en descendre et de regagner sa place, au
milieu des clameurs de révolution. La buvette n'a qu'à
bien se tenir, rien ne donne soif comme ces luttes
politiques, et le seul moyen de les apaiser serait, peut-
être, de faire circuler des rafraîchissements, aussi bien
au centre qu'aux extrémités des gradins. Les garçons
de service seraient autorisés à crier : *Orgeat, limonade,
bière!* et, aussitôt, le charivari s'apaiserait.

Jadis, on venait au Palais-Bourbon, dans l'espoir
d'entendre un beau discours, avec le déploiement
majestueux des effets oratoires, les hardiesses de
l'exorde, le miroitement des phrases colorées, les
fusées de la péroraison; actuellement, ce qu'on vient y
chercher, c'est l'audition des concerts à toute gueule.
La joie est à son comble, lorsque l'agitation intérieure
de l'amphithéâtre a son écho sur le quai d'Orsay et sur
la place de la Concorde. Les bousculades des foules, les
charges de cavalerie, les escouades de sergents de ville
prêts à dégaîner, une voiture qu'on entoure en vocifé-
rant des cris de haine ou de stupide vengeance, une
autre voiture qu'on acclame avec de frénétiques vivats:
autant d'aubaines pour la badauderie parisienne!

Demain, ce sera le calme plat; on discutera des taxes agricoles, on votera des fonds pour des lignes de chemins de fer, on s'occupera des affaires du pays, enfin. Fadaises que tout cela!

En somme, la grande affaire, pour la majorité des députés, la seule même pour beaucoup, est d'assurer le renouvellement de leur mandat. Suivant le département qu'ils représentent, selon l'opinion politique de leur chef-lieu d'arrondissement ou de la campagne circonvoisine, ils se montrent tout blancs ou tout rouges.

Quelle que soit l'utilité d'une loi présentée par un ministère républicain, la droite votera toujours contre; quelle que soit l'opportunité d'un amendement proposé par la droite, la gauche le rejettera d'emblée. L'alliance des extrêmes ne se fomente qu'en vue du renversement d'un cabinet; la concentration des gauches ne s'opère que devant la menace d'une coalition monarchique ou dictatoriale. Ces différentes manières de se conduire et d'opérer constituent le fond de la comédie parlementaire, comédie où les personnages muets sont infiniment plus nombreux que les premiers sujets, comédie que Polichinelle voudrait changer en un mélodrame, où il jouerait le principal rôle.

Kouiri-Koui-Koui! C'est un malin, Polichinelle, il sait a manière de s'en servir; on l'a vu à l'œuvre, en janvier dernier, pendant la période électorale, couvrant les murs de ses affiches et de ses proclamations, distribuant, à tous, son portrait, sa carte de visite, sa biographie, des brochures et des images apologétiques sur sa personne, enrôlant, sous sa bannière, Pierrot, Fracasse et Jocrisse, faisant sauter en l'air son bâton de fantoche, qu'il voudrait faire prendre pour un sceptre.

Garde à vous! les habitants du Palais-Bourbon, si vous ne voulez pas que votre Chambre des Députés se transforme en *Chambre des Déportés*.

CHEZ NOS ÉDILES

Quand on passe sur la place de l'Hôtel-de-Ville et que
l'on considère ce palais de féerie brodé de sculptures
de la base au faîte, avec son campanile ajouré, ses tourelles encorbellées, ses hautes toitures aux ardoises
roses, son escadron de chevaliers d'or sur la crête des
pavillons, on ne peut faire autrement que de rétrograder, par la pensée, à dix-huit ans en arrière; on
revoit, comme dans un cauchemar, la ruine fumante et
calcinée de l'ancienne maison communale, ses statues
de prévôts et d'échevins à demi-brisées, ses hautes
souches de cheminées chancelantes, semblables à des
bras de désespérés tendus vers le ciel, ses amas de
décombres, fouillis inextricable de moellons effondrés
et de ferrailles tordues. Cet immense foyer éteint, où
tant de chefs-d'œuvre de l'Art ont péri, peintures de

maîtres, marbres, lambris sculptés, livres précieux,
sera toujours présent au souvenir du Parisien; le
phénix est sorti de ses cendres, il est vrai, plus brillant et plus radieux que jadis, mais au prix de quels
sacrifices! La reconstruction de l'Hôtel-de-Ville aura
coûté plus de vingt-six millions.

Le nouveau bâtiment était à peine terminé en 1882,
lorsqu'il fut inauguré, le 13 juillet, veille de la Fête
nationale. Un banquet de cinq cent quarante-huit couverts eut lieu dans la salle des fêtes, qui n'avait encore
reçu aucune décoration définitive, mais dont les murs
disparaissaient sous des faisceaux de drapeaux trico-
lores. A la table d'honneur, le président de la République était entouré du préfet de la Seine, M. Floquet,
du président du Conseil municipal, M. Songeon, des
présidents de la Chambre et du Sénat, des ministres et
des ambassadeurs. Dans la liste des autres invités nous
trouvons des conseillers d'État, des conseillers généraux, municipaux et de préfecture, des maires, des
juges de paix, des magistrats, des membres de l'Institut,
des ingénieurs, des architectes, des députés, un can-
tonnier, des sénateurs, des employés d'octroi, un
aspirant centenaire (M. Chevreul), un invalide, des
journalistes, des professeurs, des agents de change, des
pharmaciens, des directeurs de théâtre, des maçons,
des menuisiers — « *Que c'est comme un bouquet de
fleurs!* » Au rez-de-chaussée, dans la salle Saint-Jean,

banquetaient les pe-
tits *scolos,* tout de
neuf harnachés, en-
tonnant *la Marseil-
laise* et sablant l'Aï
mousseux.

Plus de huit mille
invités ont défilé,

après le festin, dans le palais municipal. Une terrible explosion de gaz, qui avait émotionné, au plus haut point, le quartier de l'Hôtel-de-Ville, quelques jours auparavant, n'eut comme contre-coup qu'une explosion d'enthousiasme.

On parcourait, avec curiosité, la nouvelle maison édilitaire, on se montrait les futurs appartements préfectoraux en répétant : « Quel veinard, ce préfet de la Seine, sera-t-il assez chiquement logé! » Ah! bien ouitch! voilà six ans de cela, et le pavillon de Flore abrite encore le successeur de M. Floquet. M. Poubelle en a pris son parti, paraît-il, et ne se plaint pas d'avoir comme point de vue perspectif, les arbres des Tuileries, au lieu de la croupe du cheval d'Étienne Marcel; calme, impassible, olympien, il sait sourire quand il faut, écouter sans entendre, répondre sans heurter, être éloquent au besoin, il est préfet, vous dis-je, et très préfet. Il est de toutes les fêtes, au théâtre, en soirée; signe avec lenteur les arrêtés, et ne déteste pas les bouquins, jugeant hygiénique une petite promenade à pied, le long des quais, en revenant de l'Hôtel-de-Ville à ses appartements.

Quant à nos conseillers municipaux, ils se trouvent un peu à l'étroit dans leur nouvelle salle des séances. On a changé déjà deux fois de place le fauteuil présidentiel; il était primitivement adossé au mur de face, entre deux fenêtres; on l'a disposé ensuite, contre le

mur de refend, du côté de la buvette, de sorte que le
président voit, d'un seul coup d'œil, toute sa petite
classe rangée devant lui ; et l'on sait s'il a du fil à
retordre avec ses écoliers. Aussi, le fauteuil n'est-il
occupé, relativement, que fort peu de temps par le même
titulaire. Tout président jouit de l'insigne honneur
d'avoir son nom gravé en lettres d'or, sur une plaque
de marbre qu'on encastre dans le mur d'une salle de
l'Hôtel-de-Ville. A l'un des derniers bals, j'en ai entendu
de bonnes, à ce sujet. Une dame demandait, d'un air
ingénu, pourquoi l'on avait affiché tant d'*ex-voto* sur la
muraille. « Ah ! c'est que, voyez-vous, lui répondit un
archéologue parisien, la salle où nous sommes se trouve
exactement sur l'emplacement de l'ancienne église de
Saint-Jean-en-Grève ; c'est un pieux souvenir. » —
« Ah ! oui, je sais, répondit-elle, sans avoir l'air d'y
toucher, nos conseillers ont un culte pour tout ce qui
est en grève. »

Au fond, notre Conseil municipal n'est point si terrible que certains journaux veulent bien nous le
dépeindre ; il y a beaucoup de bon sens pratique chez
ces travailleurs acharnés, qui passent leur vie à sur-
veiller les finances de notre cité, à se préoccuper
d'améliorer le sort des travailleurs, à embellir nos avenues et nos jardins, à assainir nos quartiers. On pourra
m'objecter que nos édiles ne se contentent pas de faire
œuvre d'édiles, on pourra leur reprocher de s'immiscer

dans des questions purement politiques, qui ne sont
pas de leur ressort, quand bien même elles seraient de
leur compétence ; on pourra les plaisanter à propos des
taquineries un peu mesquines qu'ils infligent à notre
superbe préfet de la Seine et au préfet de police; ce
qui sera impossible de leur refuser, c'est la dignité de
leur attitude républicaine dans un État républicain,
leur sens administratif et économique, et leur véritable
dévouement aux classes laborieuses du peuple parisien.
Loin de moi l'idée de faire ici le panégyrique sans
contrôle de tous nos conseillers, et, à plus forte raison,
l'examen critique d'aucun ! (Ils savent, d'ailleurs, assez
bien faire eux-mêmes la besogne, quand un d'entre eux
a besoin d'être rappelé à l'ordre). Ce que je tiens à
établir, c'est l'autorité croissante du corps municipal
sur les décisions du gouvernement. On a beau infirmer
le résultat de ses délibérations quand elles s'aventurent
sur le domaine politique, on y fait attention quand
même, en haut lieu; on a beau rejeter aux calendes
grecques sa prétention à l'autonomie communale, on
ne répudie ni ses avis, ni ses conseils s'il s'agit de
· diriger les élections sénatoriales ou législatives.

Ah! il faut avoir du cœur au ventre (une drôle d'expression!) pour s'aventurer dans les réunions électo-
rales de quartier. Si le candidat au siège municipal n'a
point quelque revenu suffisant, il est exposé à toutes
les vexations des commerçants qui viennent lui récla-

mer le solde de leur note; les médisances et les calom-
nies pleuvent dru autour de lui. L'aspirant au Conseil
municipal doit répondre aux socialistes, aux fédéra-
listes, aux autonomistes, aux possibilistes, aux anar-
chistes; expliquer cent fois son programme, le développer, l'allonger, le paraphraser. Sa femme va-t-elle à
la messe, il est tenu pour un calottin; sa fille a-t-elle
fait sa première communion, à bas le jésuite! Est-il
médecin, on l'appelle empoisonneur; est-il avocat, on
le nomme charlatan; s'il est journaliste, on l'accuse
d'être vendu à Ferry; s'il est industriel, on l'insulte
comme un exploiteur de chair humaine; quand il distribue des vivres et des vêtements aux pauvres, on lui
reproche de corrompre le peuple pour acheter ses
voix; quand il est propriétaire... oh! quand il est
propriétaire, gare la bombe!

Au lendemain de l'élection, changement de tableau,
le nouveau conseiller municipal est entouré, acclamé,
félicité; les demandes, les sollicitations abondent chez
lui, sous toutes les formes, la salle d'attente du Conseil
est encombrée de ses courtisans; il a lutté, pour arriver, contre toutes les insinuations perfides; pour se
maintenir, il devra lutter contre toutes les tentatives
de corruption déguisées.

Le commerçant viendra lui ouvrir un crédit, le
possibiliste lui demandera s'il ne lui serait pas possible
de... Et le candidat évincé, qui a l'œil au guet, et

n'attend qu'une peccadille de son triomphateur pour crier au scandale !

Quand on serait aussi rouge que Satanas, du moment où l'on est au Conseil, il s'en trouve toujours un plus rouge que vous, pour vous montrer du doigt, en disant : « Regardez donc monseigneur Saint-Michel ! »

Et de fait, ils ont tous l'air de bons diables, nos conseillers, quand ils endossent le frac noir et arborent leurs insignes municipaux. Ils font, le plus gracieusement du monde, les honneurs de leurs salons, les soirs de grand bal ; ils savent offrir le bras aux dames, ne point abuser des buffets, laisser la politique de côté, donner la poignée de main cordiale, entraîner, dans la salle des gardes, les électeurs qui préfèrent un cigare à la valse et un bock au quadrille américain. Leur hospitalité, en un mot, est franche et sans pose ; le luxe qui les entoure ne les gonfle pas de vanité, les mille lumières des lustres ne les aveuglent pas, les femmes de leurs électeurs les tiennent sous le charme, discrets et respectueux. Dans la foule des invités s'égarent bien quelques robes montantes en laine grise, quelques jupes défraîchies, des redingotes râpées boutonnées de travers et pas mal de gros souliers peu cirés. Dame ! que voulez-vous, on n'est pas au noble faubourg, et l'on doit user d'indulgence envers ces humbles, qui sont venus là, pour subir, un moment, la fascination des fêtes mondaines.

Le bal donné l'an dernier, à l'Hôtel-de-Ville, et
auquel assistait le nouveau président de la République,
était irréprochable; on se serait cru en 1867, à la
fameuse soirée offerte aux souverains. Sur les marches

du long escalier de gauche
étaient échelonnés, en double
haie, les gardes républicains en grand uniforme, casque
en tête, culottes blanches, carabine au pied; à la
suite du chef de l'État, montait le flot des uniformes
brodés constellés de décorations, des toilettes à longue

10

traîne, couvertes de dentelles, une foule sympathique et radieuse.

Fluçtuat nec mergitur. — Il flotte et ne sombre pas, dit la banderolle qui entoure le vaisseau héraldique de la vieille Lutèce; non seulement il ne sombre pas, mais il se pavoise joyeusement, après avoir été ballotté par la tempête furieuse, après s'être incliné sous les ouragans.

Les successeurs des *Nautes* parisiens ne sont pas les austères sectaires qu'on voudrait nous faire croire, ils veulent Paris rayonnant de gloire et de beauté, ils couvrent ses places de statues, de monuments, ils protègent les arts et les artistes, décorant plus de mairies qu'on n'a décoré d'églises et de palais sous la monarchie, ils votent un crédit de deux millions cinq cent mille francs pour la décoration picturale de l'Hôtel-de-Ville, qui va être ainsi transformé en un vaste musée de l'art contemporain. Devant de si louables efforts, pour effacer le triste souvenir des journées sanglantes et enflammées, nous aurions tort de joindre notre voix à celles des mécontents, qui prétendent que, dans Paris, tout est fait pour le mastroquet.

Le mastroquet, il faut le reconnaître, est l'agent le plus actif de toutes les élections municipales, c'est dans son arrière-boutique que se tiennent bien des réunions préparatoires. Tout en faisant un zanzibar, et en avalant une chopine, le client discute les qualités du candidat;

la craie en main, l'œil sur l'ardoise, le mastroquet
recommande Bournichon ou Sautonnet. Avant l'élection, le mastroquet colle une affiche de son protégé,
derrière le carreau de sa vitre, une autre sur sa glace,
derrière le comptoir; il paye, au besoin, une tournée à
des *zigs* décidés à voter suivant son indication.

Un soir de bal, à l'Hôtel-de-Ville, vous voyez venir à
vous un gros homme, la bedaine ornée d'une immense
chaîne d'or, la trogne enluminée, les mains pataudes
gonflant sous la peau jaune des gants craqués, il vous
salue cavalièrement, et vous tend, ensuite, sa patoche
droite avec familiarité. Sans fierté, vous déposez votre
dextre dans la sienne, en articulant timidement : « Pardon! monsieur, mais à qui ai-je l'honneur?... » —
« Oh! parfait, vous ne me reconnaissez pas, répond-il,
avec un doux sourire satisfait, c'est moi qui est Pinchard dit *Bon-Ange*, le marchand de vin du coin de
votre rue. » — En effet, c'est bien lui, Pinchard dit
Bon-Ange; il a chauffé la candidature Bournichon avec
du troix-six, et Bournichon a été élu, et Bournichon a
été reconnaissant; il lui a donné une entrée au bal de
la Ville. — Ne riez pas; la reconnaissance est une
monnaie si rare aujourd'hui!

VII

TOUS IMMORTELS!

Immortels! ne trouvez-vous pas, comme moi, que ce qualificatif décerné à un être humain produit l'effet contraire à celui qu'il voudrait faire naître, ne trouvez-vous pas qu'il évoque une idée funèbre! Dès qu'on prononce le mot d'Immortel, on a, devant les yeux, un catafalque couvert de couronnes jaunes, le *De Profundis* des églises tendues de noir vous résonne aux oreilles, on a, dans la main, la sensation glacée du manche d'argent d'un goupillon, une fraîcheur de caveau de cimetière vous enveloppe, on a les pieds dans la boue, la tête découverte, et l'on aperçoit, au milieu d'une foule ennuyée, s'avancer un petit monsieur à figure glabre, calotte de velours sur l'occiput, il déploie un rouleau de papier, et, d'une voix dolente, mâchonne un long discours, dont le sens vous échappe; tout à coup le vieux petit monsieur s'échauffe, et, le bras droit en l'air, les yeux au zénith, il semble apostropher un nuage qui passe. « Non, s'écrie-t-il alors avec ferveur, celui que nous pleurons n'est pas mort tout entier; par la dignité de sa vie, par la sublimité de sa pensée et de ses œuvres, par sa ferme croyance dans les promesses de la vie future, il a mérité d'être salué du titre d'Immortel! » Puis, comme corollaire à ce discours, un alexandrin, tombé de je ne sais quelle plume classique, vous revient à la mémoire :

La tombe est le berceau de l'Immortalité.

On serait tenté de ne pas aller chercher plus loin l'origine de cette. pompeuse étiquette attachée sur le bicorne des membres de l'Académie française, on pourrait croire qu'elle a pris naissance au milieu des ifs, des cyprès et des pierres tumulaires. Que cette appellation soit devenue familière ou même ironique, je n'en disconviens pas, est-ce à dire qu'il en ait toujours été de la sorte? — Je pense bien, au contraire, qu'elle était employée sérieusement dans le principe, peut-être même au temps de Richelieu, pour désigner les quarante régents de la langue française. Être Immortels après leur mort, la belle affaire, ils n'auraient rien gagné au contresens, mais être ainsi canonisés, de leur vivant, devait leur sembler préférable, cela équivalait à prendre un acompte sur le jugement trop aléatoire de la postérité.

Lorsque l'architecte Antoine Vaudoyer transforma, en 1806, la chapelle du collège des Quatre-Nations, en salle de séances pour l'Institut, il a dû, me semble-t-il, être fort préoccupé par le symbolisme décoratif de l'Immortalité ; dans les tympans des niches, il a fait peindre en grisaille des couronnes d'immortelles traversées par une palme ; dans la coupole, au-dessus des figures des muses, se répètent les mêmes couronnes d'immortelles qui servent, cette fois, de perchoir à des aigles ayant l'air de sortir de chez l'empailleur.

Quand on entre dans cette rotonde académique, on dirait qu'on pénètre dans une chapelle funéraire, et de fait, elle avait bien d'abord cette destination, puisqu'elle renfermait le magnifique tombeau de Mazarin, sculpté par Coysevox. En réalité, elle est plus sépulcrale actuellement qu'autrefois ; on n'y parle que des morts, des langues mortes, des civilisations défuntes ; les éloges posthumes y succèdent aux éloges posthumes. Les jours de réception d'un nouvel élu, une des banquettes les plus en vue est occupée par la famille de l'académicien décédé ; le crêpe terne et gauffré des voiles de veuve, les châles de deuil, le jais des parures jettent leur note lugubre aux mirobolantes toilettes de la famille de l'académicien entrant ; c'est le *memento mori* alternant en mineur avec l'allegretto des *exultamini*. On y couronne aussi, annuellement, la vertu, cette chose qui se meurt, et, dans l'embarras où l'on est de trouver des fidèles qui la pratiquent, on récompense des livres ayant la prétention d'inciter à son culte; pauvres livres destinés, pour la plupart, à être enterrés dans les tristes nécropoles des sous-sols de librairies.

Le titre d'Immortel n'a été dévolu, jusqu'à ce jour, qu'aux membres de l'Académie française; flagrante injustice qu'il est temps de faire disparaître. Immortels! ne méritent-ils pas tous de l'être, ceux de l'Académie des Inscriptions et Belles-Lettres et ceux de l'Académie des Sciences, ceux de

H. Gerbault

l'Académie des Beaux-Arts et ceux de l'Académie des Sciences morales et politiques.

Comment, Bouguereau, ce Camille Doucet de la peinture, ne serait pas Immortel aussi bien que Camille Doucet ce Bouguereau de la poésie, Pailleron ferait partie de l'Olympe où l'on s'ennuie, et l'on enverrait Gounod rejoindre Orphée aux enfers, de Lesseps pourrait aller émettre des actions pour le percement des isthmes célestes, et Monsieur Ravaisson resterait sur les marches de l'Empyrée, avec un stock de feuilles de vignes en carton-pâte! — Allons! un peu d'équité, que diable! il n'y avait jusqu'à ce jour que quarante Immortels en ce monde, désormais il y en aura plus de deux cents.

Le costume des membres de l'Institut est le même pour toutes les Académies, il a été réglé, en vertu d'une ordonnance du 25 floréal an IX, (13 mai 1801), ordonnance signée par Bonaparte, contresignée par Chaptal : « Habit, gilet, culotte ou pantalon noir, brodés en plein d'une branche d'olivier, en soie vert foncé ; chapeau à la française. » De plus, les académiciens ont le droit de porter l'épée au côté, en vrais gentilshommes, dont l'escarcelle se remplit de jetons de présence. Quelques-uns d'entre eux obtiennent aussi un logement au palais de l'Institut, mais que de démarches à faire, de contre-marches à exécuter, pour être au nombre des privilégiés. N'avoir point de loyer à payer, n'entretenir aucun rapport avec les propriétaires, tel est le rêve de tout académicien, qui partage, en cela, l'opinion des socialistes les plus avancés.

Cet uniforme brodé, ces jetons de présence, cet appartement à l'œil viennent s'ajouter à la distinction du titre académique, comme autant de convoitises, pour les postulants. Le métier de déménageur n'est rien en comparaison de celui de candidat à l'Institut; ce qu'il faut grimper d'escaliers, et tirer de cordons de sonnettes, pour obtenir quelques voix, est incalculable. La profession d'écrivain public est peu de chose à côté de celle de *chasseur de fauteuils,* ce qu'il lui faut écrire de lettres, et rédiger de mielleuses dédicaces sur le faux-titre de ses livres (quand il en a produit,) est véritablement prodigieux. Un candidat ne se fait point, au reste, en un jour ; son stage est plus ou moins long, suivant la classe de l'Institut à laquelle il aspire; pour arriver à l'Académie des Sciences, il suffit, parfois, d'être un savant; pour arriver à celle des Inscriptions, il suffit, souvent, d'être un historien; l'Académie des Sciences Morales ne refusera pas un économiste, et celle des Beaux-Arts se contentera d'un artiste; mais l'Académie française, l'Immortelle Académie française, se préoccupe bien d'élire un littérateur, un linguiste, un philosophe, un romancier, un poète ou un auteur dramatique, c'est là, croyez-moi, le cadet de ses soucis.

Pour être un candidat sérieux à l'Académie française, il faut avoir séjourné, de dix à quinze ans dans la ma-

rinade mazarine, c'est-à-dire avoir passé de mortelles
heures dans les salons qui ont l'estampille de la tête de
Minerve; il faut savoir s'ennuyer avec grâce et délayer
sa pensée dans des phrases alambiquées; il faut rire, du
bout des lèvres, des travers du siècle, et larmoyer, du
coin de l'œil, sur sa dépravation. A défaut de titres nobi-
liaires, le candidat pourra mettre en avant le titre de ses
œuvres, pourvu que la religion et le roi y soient res-
pectés; il lui sera permis d'aimer en secret, dans le
grand monde ou dans le demi, pourvu qu'il fasse parade
d'une adoration posthume pour une duchesse ou un
bas-bleu du dix-septième siècle. Si, par malheur, il a
des attaches avec la République, on ne les lui pardon-
nera que s'il fait une profession de foi idéaliste et pro-
clame bien haut le mérite des femmes, en passant sous
silence le mérite de la sienne.

C'est à tort que l'on supposerait que la femme d'un
candidat peut accélérer sa nomination. L'Académie
n'est point un ministère, et l'on n'y obtient pas un
fauteuil, comme on décroche, ailleurs, un ruban rouge.
L'épouse du futur élu doit, au contraire, garder la
plus grande réserve, rentrer dans la coulisse et ne
point marcher sur les brisées des femmes qui ont le
monopole de préparer les candidatures. Elle est, quelquefois, d'une maladresse notoire, la susdite épouse, elle
assourdit toutes les oreilles avec le panégyrique de son
mari : « Casimir est un grand homme, un aigle, un

génie, il passe ses nuits avec la Muse, j'aurais peut-
être le droit de m'en plaindre, mais je l'admire!
Il serait la gloire de l'Académie! » — Elle est aussi
d'une inconséquence rare, débinant les maisons où
elle chauffe la nomination de Casimir. « Vous me
demandez, dit-elle à l'une de ses amies, pourquoi nous
allons chez Mme ***; oui, je l'avoue, ce n'est pas de
notre monde, nous nous encanaillons; cependant, il
faut ménager toutes les influences, dans l'intérêt de
mon prochain académicien. Nous aurons la majorité,
cette fois-ci; je suis certaine du succès! » — Le propos
est redit, et, le jour de l'élection, Casimir obtient
trois voix sur vingt-huit. C'est à recommencer.

Du moment où il est nommé, le nouvel Immortel
doit préparer son discours de réception, dans lequel
il sera forcé de vanter les qualités de son prédécesseur.
Il arrive, cinq fois sur six, qu'il professe un immense
dédain pour les œuvres de l'homme qu'il remplace, et
dont il a appris le décès avec une satisfaction mal dis-
simulée; ne le considérait-il pas, à tort ou à raison,
comme son adversaire le plus acharné, lors d'une pré-
cédente élection. Cela n'y fait rien, il a le devoir de
louanger, il louangera; il couvrira de fleurs oratoires
le mausolée du défunt, exaltant les qualités de son
cœur et de son esprit, la hauteur de ses vues, insistant, d'autant plus, sur l'aménité de son caractère, que
l'humeur atrabilaire du personnage était de notoriété

publique, c'est ce qu'on appelle, en style académique,
le trait du Parthe. — Enfin, le grand jour arrive, celui
de la réception solennelle; dès onze heures du matin,
devant l'Institut, stationnent les personnes qui veulent
être bien placées à l'un des amphithéâtres. Les billets
verts, bordés d'une vignette, frappés, à l'angle, du timbre sec à tête de Minerve, préviennent que la séance
commencera à deux heures précises et qu'on ouvrira les
portes à midi.

Un certain appareil militaire est déployé p o ur ce
séances extraordinaires; des gardes républicains, en
grande tenue, font piaffer leurs chevaux à l'extérieur
du monument; dans la cour, un piquet d'honneur,
composé d'infanterie de ligne, fait la haie de chaque
côté du perron. Vers une heure, les équipages arrivent;
une foule de dames, en grande toilette, montent les degrés en pierre; elles sont reçues avec une respectueuse
affabilité, par l'homme le plus actif et le plus obligeant
de France et de Navarre, M. Julia Pingard, secrétaire
de l'Institut; il s'emploie à les faire placer dans l'enceinte réservée aux privilégiés. Étant de ceux-là, nous
avons droit à nous asseoir sur une banquette ayant à
peine vingt-cinq centimètres de profondeur, rembour-
rée en dos d'âne, dure comme du granit, et munie d'un
dossier droit, conditionnée en tous points pour maintenir l'assistant dans une position peu favorable aux
somnolences. Notre regard va du bureau du président

à l'hémicycle des bancs destinés
aux académiciens, des statues de
Fénelon et de Bossuet à celles de
Descartes et de Sully, il s'arrête
sur un thermomètre pour bain
accroché près de l'auteur du
Télémaque, et sur un buste de
femme placé au-dessus de la
grande arcade de l'amphithéâtre
du nord. Cette énigmatique tête
de marbre qu'on
appelle le buste de
la Vertu, est une
œuvre très remar-

quable du sculpteur Gayrard, et n'est autre que le
portrait de Mme Élisabeth. Puis nos yeux se lèvent
vers la coupole, où les neuf muses ne sont plus que
huit; on a envoyé Therpsichore danser plus loin; il est
vrai que pour faire compensation, la Polymnie s'est vu
refuser l'entrée du foyer de l'Opéra. Les palmes et les couronnes d'imortelles, ainsi que les aigles empaillés dont nous
avons déjà parlé, achèvent la décoration. — Deux heures
sonnent à la grosse horloge, on ouvre le vantail gauche
de la porte de cimetière en bois bronzé, qui est située
derrière le bureau, et, par l'ouverture, on distingue les
uniformes des lignards qui font la haie sur le passage
des Immortels. « Portez arme ! » — Le président directeur paraît le premier, suivi du chancelier et du secrétaire perpétuel. L'auditoire s'agite avec le frémissement
curieux d'une foule recueillie et discrète; une vieille
dame demande le nom des académiciens. Quelques-uns
ont endossé l'uniforme, dont l'usage ancien ou récent
est signalé par les tons jaunissants ou verts crus de la
broderie. — Alexandre Dumas, Coppée, Émile Augier,
Pasteur, sont reconnus de tous, leurs portraits ont
assez figuré aux vitrines des photographes et dans les
journaux illustrés. L'arrivée de Ferdinand de Lesseps
provoque des *a parte* facétieux : « Sa femme va lui
donner encore un enfant. Il en est à la huitième émission de son canal de Panama. Ça se présente mal. —
L'enfant ou l'émission? — L'émission. » — « Quel est

donc celui qui ressemble à Jésus-Christ ? — C'est
Sully Prud'homme. » — « Celui qui a un binocle?
— Cherbulliez. » — « Et cette tête puissante avec des
cheveux blancs et le nez écrasé? — Joseph Bertrand
le mathématicien. » — A gauche, dans le haut, cette figure
rouge et réjouie de curé de campagne, c'est Nourrisson
des sciences morales et politiques; à droite, à côté de
Léon Say, ce beau garçon qui passe avec négligence sa
main blanche sur une barbe soyeuse, c'est Paul Leroy-
Beaulieu l'économiste. Puis, voici le doux et gros Bouguereau, Meissonier le Père Éternel, Charles Garnier,
frisé comme un mérinos, Massenet au regard tendre, etc., etc.

La séance est ouverte, la parole est à M. X... le récipiendaire. Il se lève, et, de sa place, prononce le discours d'usage, préparé depuis de longs mois, et qu'il a
communiqué au collègue désigné pour lui répondre;
il débute par les phrases banales et consacrées : « Messieurs, en m'admettant parmi vous.......... réunion
d'élite..... tâche difficile à remplir........ le fauteuil
que j'occupe (il est assis sur une banquette), a été occupé précédemment par des sommités littéraires auprès desquelles je....... » Ensuite il passe à l'éloge de
celui qui avait un si bon caractère, et dont il ne connaît
les œuvres que par les titres et la division des tables.
A ce discours succède le discours du directeur de l'Académie chargé du *speach* de bienvenue, si l'on peut appeler

ainsi un morceau oratoire dans lequel on s'est efforcé
de taquiner, avec finesse, le patient qu'on nomme son cher
collègue. Sur un ton de bonhomie affectée, et sans se
lever de son fauteuil, le directeur commence par quelques compliments à double entente : « Monsieur, les
paroles que vous venez de prononcer nous ont laissés
sous le charme, elles ont éloquemment prouvé combien
la chaleur communicative d'une diction pure sait ajouter
de mérite au mérite réel d'une œuvre. Vous sauriez donner
de la couleur aux phrases les plus pâles, de la sonorité
aux mots les moins vibrants. Lues par vous, vos remarquables études de littérature et de morale captiveraient
les esprits les plus rebelles et convertiraient les pé-
cheurs les plus endurcis. » Ernest Legouvé qui suit,
dans la brochure verte, l'allocution présidentielle déjà
imprimée, se pince les lèvres, en se demandant si, par
hasard, il serait dégoté. L'auditoire interprète tout autrement le compliment, comprenant fort bien que les
fameuses études de littérature et de morale sont éminemment somnifères, quand on les lit à voix basse.
L'orateur continue ses gracieusetés en faisant allusion à
certaines poésies du récipiendaire, poésies écrites avec
la fougue de la jeunesse débordant de lyrisme libéral et
de passion amoureuse; il le plaisante aussi à mots couverts sur certain roman de mœurs légères, où le héros
avait la main prompte et la parole brève. « Nous de-
vons enfin, ajoute-t-il, vous féliciter, Monsieur, d'avoir

compris que le meilleur moyen de rester dans la mémoire des hommes est encore d'élever le niveau moral des caractères et des consciences; votre dernier livre est mieux qu'une belle œuvre, c'est une bonne œuvre, dans laquelle vous avez célébré les vertus sacerdotales et l'honneur militaire. On doit vous être reconnaissant de ne point pactiser avec les regrettables agissements d'une littérature bâtarde qui cherche de faciles succès dans l'étalage des plaies sociales. » Il termine, en reprenant, pour son compte, l'examen critique des œuvres de l'académicien décédé, et en appuyant avec complaisance, sur l'*urbanité* de cet homme de bien, dont les traits, reproduits en marbre, rappelleront bientôt, à ses collègues, la physionomie souriante et sympathique.

Dans les séances annuelles, tenues par chaque section de l'Institut, il est d'usage qu'un académicien lise une notice historique sur la vie et les travaux d'un illustre collègue défunt. Cette notice est composée d'une façon toute particulière, et ne pourrait, pour mille raisons, prendre le titre d'*Éloge*. Nous avons pu en juger, dernièrement, par l'étude biographique que nous a lue celui que j'appellerai Samuel Gervais, vieillard onctueux et malicieux, habile à bien dire, lui aussi. Il est venu s'asseoir, frileusement enveloppé dans sa douillette, devant un petit bureau blanc orné d'une lyre et de deux têtes de pompiers, ajouté, pour la circonstance, au mobilier académique; puis, étalant les feuillets de la bro-

11

chure imprimée, il s'est donné le plaisir d'exécuter,
devant une assemblée attentive et charmée, une série
de tours d'adresse oratoire, d'un goût douteux, à mon
avis. Il commença par décrire la petite ville de province, où l'illustre académicien était né, exagérant, à
plaisir, le caractère humblement bourgeois de sa famille,
ridiculisant, sans pitié, les difficultés de ses débuts littéraires et ses aspirations de poète. Le titre un peu bar-
bare d'un roman d'aventure, publié par le jeune auteur,
revenait à chaque bout de phrase, comme un coup de
poing sur la tête de turc. Il fit ensuite le portrait physique de l'homme, insistant sur son allure dégingandée,
et contrefaisant la gaucherie saccadée de ses gestes.
Cette mimique était, paraît-il, fort réussie, car tous les
académiciens riaient de bon cœur à cette comédie.
Samuel Gervais quêtait d'ailleurs, d'une façon trop
ostensible, les approbations de l'assistance, en esquis-
sant lui-même un faux sourire, dès qu'il venait de
lancer un sarcasme. Il s'arrêta, un moment, au beau
milieu de sa lecture, semblant dire à ceux qui l'entou-
raient : « L'ai-je assez bien arrangé, mon personnage,
est-il assez nul, assez burlesque ; l'ai-je mis assez bas?
Vous allez voir, maintenant, ce que je vais en faire,
comme je vais le relever ; vous avez assisté à mes tours
d'adresse, vous avez applaudi à ma pantomime ; actuellement, vous allez admirer mes tours de force. » Et, de
fait, il arrive *crescendo* au maximum de l'admiration

pour l'homme qu'il nous montra si petit en commen-
çant, il en fait un grand citoyen, un héros, un dieu
dont le front est ceint d'une auréole rayonnante. « Il
est grand, il est immense, inclinez-vous, mes frères, et
tâchez de l'imiter dans ses vertus. »

Ainsi se termina, ou à peu près, le prône de Samuel
Gervais. Eh bien! dois-je vous dire qu'il n'a pas le
monopole de ce genre d'Éloge. A l'Académie, cela se
passe toujours ainsi; on abat d'abord, on relève ensuite ;
on débine à l'exorde, on adule à la péroraison.

Pourquoi ne procéderais-je pas de la même façon,
pour la docte compagnie; pourquoi, après avoir levé
un coin du rideau sur ses ridicules et ses travers, après
avoir proclamé les membres de l'Institut tous Immortels,
ne ferais-je pas amende honorable, en évoquant les
noms des vrais grands hommes qui en ont fait partie
depuis sa fondation : la liste en est longue.

« Et le quarante et unième fauteuil ; vous n'y
songez donc pas? » me crie-t-on à la cantonade. — Le
quarante et unième fauteuil ! je ne songe qu'à celui-là,
et je me contenterais, seulement, d'avoir le droit de
m'asseoir sur l'un de ses bras.

VIII

AU PALAIS

A l'extrémité occidentale de la Cité, un espace de plus de quinze mille mètres superficiels est couvert de monumentales constructions de tous les âges et de tous les styles, formant un seul et unique Palais : le Palais de Justice.

Cet immense labyrinthe de pierre, où les galeries succèdent aux portiques, où de multiples couloirs s'entre-croisent, où de vastes vestibules donnent accès dans des chambres sans nombre, présente extérieurement l'aspect le plus pittoresque qu'on puisse imaginer. Les hauts faîtages d'ardoise aux crêtes dentelées, les dômes, les bonnets pointus des tours, les clochetons, les frontons se heurtent à l'envi, et chevauchent, les uns au-dessus des autres, dominés par la svelte flèche d'or d'une châsse merveilleuse : la Sainte-Chapelle.

L'assemblage de bâtiments aussi disparates, soudés entre eux avec un art parfait, ne symbolise-t-il pas le caractère même de ce Palais, où les lois nouvelles sont venues se greffer sur des lois anciennes grattées et restaurées; de ce Palais, ruche bourdonnante de plaideurs, d'avocats et de juges accumulant les dossiers sur les dossiers, les expéditions sur les minutes, les arrêts sur les jugements; de ce Palais, enfin, encore plein du souvenir de l'ancien Parlement, dont il a conservé, en partie, les rites, les usages et les coutumes.

Si les clercs de la Basoche ne plaident plus les causes grasses dans la grande salle, on n'en rit pas moins aujourd'hui à *la Correctionnelle;* si l'on ne donne plus la question dans la tour Bon-Bec, on n'a point encore renoncé à employer le *cabriolet;* si la justice est pour tous, les grosses des actes judiciaires sont encore pour chacun. Les protestants, les catholiques, les juifs, les mahométants trouvent la même équité chez leurs juges, mais la rentrée des cours a toujours lieu sous l'invocation du Saint-Esprit, et la nef aux étincelants vitraux, construite par Pierre de Montreuil, voit encore affluer, à chaque mois d'octobre, les robes rouges et noires, les toques et les mortiers galonnés, les rabats en dentelle, les chaperons d'hermine, les ceintures à franges d'or.

La Cour de Cassation, qu'on appelle aussi la Cour suprême, a le droit de préséance dans toutes les cérémonies, et, lorsqu'elle pénètre dans la Sainte-Chapelle,

pour la messe du Saint-Esprit, tous les corps judiciaires
présents se lèvent. Elle s'installe sur les premiers rangs,
à gauche de l'autel; les mêmes sièges, à droite, sont
occupés par la Cour d'Appel; derrière viennent les tribunaux de première instance, de commerce, les juges
de paix, les membres de la Chambre des avoués, d'appel
et de première instance. Les avocats à la Cour de Cassation sont placés sur les banquettes latérales, à gauche
de la Cour, et les avocats à la Cour d'Appel, sur les
banquettes latérales, à droite; les quatre huissiers de la
Cour occupent des sièges placés à gauche de MM. les
Présidents. L'archevêque de Paris assiste à cette messe,
et le vicaire général officie. Les chants religieux
résonnent; d'abord le *Veni Creator,* puis le *Domine
Salvum,* (pardon! *Salvam*). Après l'*Ite missa est,* le
grand défilé des toges et des simarres commence; c'est
un spectacle des plus curieux et des plus imposants.

A cette représentation en grands costumes, va succéder,
pendant tout le courant de l'année judiciaire, une série
ininterrompue de comédies, de vaudevilles, de drames
intimes et poignants et de *mélos* ténébreux, comme on
n'en voit ni à l'Ambigu, ni à la Porte Saint-Martin.
— Vous qui demandez à l'art théâtral d'être sincère
et naturel, que n'allez-vous au Palais, vous seriez servis
à souhait. Bien souvent même, on y assiste à des
scènes tellement étonnantes, dans lesquelles l'intrigue
s'enchevêtre d'une façon tellement bizarre, qu'elles

vous feraient crier à l'invraisemblance, si elles vous
étaient présentées, par un dramaturge, derrière le
manteau d'Arlequin. Beaucoup de nos avocats sont des
premiers rôles. La parole vive et colorée, la diction
savante, claire et modulée, la véhémence du geste et
l'éclat de la voix, ils savent tout mettre en œuvre pour
faire triompher les causes qu'ils défendent; ils se
montrent, quelquefois, si parfaits acteurs, que le public
se tient à quatre pour ne pas les applaudir.

Dans cette magnifique salle des Pas-Perdus, où
Malesherbes et Berryer ont leur monument, voyez, dès
onze heures du matin, déambuler toutes ces robes
noires, ornées de rabats blancs plissés, et dites-vous
bien que, parmi ceux qui s'en revêtent, il se trouve
quelques grands artistes de la parole, et, peut-être, un
futur grand homme d'État. Le tribunal est considéré,
par beaucoup d'avocats, comme une première étape
vers la tribune politique ; pour cette raison, la vanité
de quelques-uns est sans bornes, elle n'a d'égale, souvent, que leur médiocrité, car l'infatuation et la vantar-
dise sont rarement l'apanage du vrai mérite. A côté des
avocats, voici les avoués; même costume noir, même
toque, même rabat, ils sont en tout semblablement
vêtus, à l'exception de la chausse qu'ils n'ont pas le
droit de porter. Quoique l'on ne soit pas de la force de
Jeanne Darc qui s'avança, vers Charles VII mêlé aux sei-
gneurs de sa cour, et lui dit : « Salut au gentil dauphin

de France! » il me semble qu'on reconnaîtrait un avoué, entre cinquante avocats, sans lui regarder sur l'épaule.

La physionomie des avoués est très caractéristique, leur maintien roide, leur froideur, la manière dont ils rajustent leur lorgnon sur le nez, la lèvre hautaine, la coupe des favoris, tout en eux sert à indiquer leur profession.

Voyez ce grand sec, au regard dur, qui se dirige du côté de la galerie des prisonniers, c'est un avocat général ; près du vestiaire, dans la galerie Mercière, regardez cette bonne figure, joufflue et souriante, décorée de deux favoris blancs, c'est un des présidents les plus connus de *la Correctionnelle;* ce qu'il distribue de mois de prison dans une audience est prodigieux ; quand il s'étend le soir, entre les draps de son lit, échangeant la toque noire contre le blanc bonnet de coton, il a le droit de se frotter les mains comme Titus, il n'a pas perdu sa journée. Plus loin, du côté de la Chambre des référés, faites attention à ce groupe de trois personnages, composé d'un vieux campagnard en blouse, d'une femme coiffée d'une marmotte à carreaux jaunes et rouges, et d'un petit bonhomme au paletot graisseux, au regard torve, à la figure grêlée comme une écumoire ; ce dernier est le fameux Chinchignan, homme d'affaires des plus remuants et des plus embobinants, il a sa clientèle dans la banlieue ; les paysans s'adressant toujours de préférence aux rebouteux, plutôt que de faire appeler le médecin.

Autre groupe : une jolie blonde, la poitrine bien prise dans une coquette jaquette rayée, la jupe drapée avec chic, le pouf bien en place ; à côté d'elle, un jeune avocat, barbe en pointe, portant, sous le bras, une serviette noire gonflée de dossiers à ficelles rouges. La jeune

femme rougit et sourit, son défenseur lui parle, la toque à la main, doucement, sans emphase ; sa cliente est pour lui un autre tribunal, devant lequel il se montre plus éloquent et plus persuasif encore que devant celui où siègent les juges. Voici ce dont il s'agit : la dame ci-présente est une Angélique, ayant placé, sur le front de son époux, une paire de cornes invraisemblables qui doivent le gêner pour passer sous

la voûte fraîchement restaurée de la porte Saint-Denis;
Georges Dandin, qui l'a bien mérité, l'ayant bien voulu,
plaide en divorce, et la cause va être appelée devant la
quatrième chambre du Tribunal civil. De son côté,
Angélique accuse Georges Dandin de n'être qu'un
infâme Don Juan, et soutient qu'elle l'a découvert, au
logis conjugal, en conversation criminelle avec Charlotte et Mathurine. L'attaque promet d'être vive du côté
du demandeur, la réplique sera non moins foudroyante
de la part de la défenderesse; la galerie en aura pour
leur argent. Il est probable que la blondinette n'espère pas
obtenir gain de cause; mais perdre son procès avec un
avocat si aimable, si délicat, si chaleureux dans la
péroraison, n'est-ce pas encore du bonheur?

Au pas de course, un galopin, qu'on appelle saute-
ruisseau, traverse la salle des Pas-Perdus; il va porter
des paperasses à un avoué assistant, dans la Chambre des
criées, à l'adjudication d'un immeuble. Mise à prix:
350,000 francs. — 1er feu — 60, 70, 80; 400,000 francs.
— 2e feu — personne ne dit mot. — 3e et dernier
feu — 410; 450; 480,000 francs,... le lumignon s'éteint.
L'immeuble est adjugé à Me un tel; il fera connaître,
dans le délai de trois jours, le nom de l'adjudicataire.

Le public du Palais de Justice est des plus variés;
outre ceux qui y sont amenés par leur devoir professionnel ou par leurs affaires, pas mal de simples curieux
et beaucoup de flâneurs. A chaque audience de police

H Gerbault

correctionnelle, on pourrait repêcher plus d'un vagabond, parmi les auditeurs qui se tiennent debout, derrière la balustrade; à chaque procès de cour d'assises, on pourrait cueillir plus d'un filou à la même place.

La grande chambre du Tribunal Civil, dont les sculptures dorées et les peintures s'éteignent dans la pénombre d'un demi-jour, est, en hiver, le refuge des frileux qui aiment être à leur aise. La Cour d'Appel, avec ses grands divans, où se prélassent les conseillers, est peu fréquentée du public, il faut monter trop haut, et l'intérêt des causes qu'on y plaide est surtout très vif pour l'intimé, c'est-à-dire pour celui qui, ayant gagné son procès en première instance, ne se soucie pas de le perdre devant de nouveaux juges. Je conseillerai pourtant aux artistes de tâcher de voir, de près, le très beau tryptique gothique placé au-dessus du bureau du président de la Cour d'Appel. Je leur dirai aussi de ne pas oublier d'aller faire un tour, du côté de la Cour de Cassation, dans la galerie Saint-Louis; la statue polychrome du royal législateur est l'œuvre du statuaire Eugène Guillaume, et les fresques qui l'entourent sont du peintre Olivier Merson. Quant à la grande salle de

la Cour d'Assises, elle renferme le fameux Christ de
Bonnat, traduisant beaucoup mieux, dans un relief de
trompe-l'œil, la réalité d'un être humain qui souffre
cruellement, que le corps de l'Homme-Dieu certain de
rentrer chez lui, au ciel, après le sacrifice consommé.

C'est devant cette figure douloureuse que le misérable chargé de crimes comparaît, c'est devant elle que
les témoins cités à la barre doivent lever la main, en
jurant de dire la vérité, toute la vérité, et rien que la
vérité. Du côté droit, un buste de la République, posé
sur une console, a pour voisin un splendide cartel
Louis XIV. Ce buste et cette horloge m'ont l'air de
remplir un double but; les libres penseurs, qui ne
voudraient point prêter serment sur le Christ, peuvent
lever la main vers la tête sculptée; les Juifs, qui ont
crucifié le Messie, sont libres d'étendre leurs phalanges du côté du cartel, ses bronzes paraissent très
bien dorés, et l'objet a du prix.

La Cour d'Assises présente, depuis quelque temps, un
étrange spectacle : ses intéressants-clients, transformant
leur sellette d'accusé en tribune littéraire, conférencient
comme au boulevard des Capucines, ou déclament
comme au théâtre libre. Un peu plus, ils dirigeraient
les débats, rappelleraient le président à l'ordre, et
suspendraient la séance. Ils veulent se défendre eux-
mêmes, non pour sauver leur tête ou leur liberté,
mais pour sauvegarder la réputation de leur avocat qui

ne sait pas s'y prendre, suivant eux. Ils connaissent
cinq ou six langues, ont fait plusieurs fois le tour du
monde, se disent alliés aux têtes couronnées, parlent
de leurs entrailles de père, censurent les actes de la
justice dans de précédents procès; ils cherchent à com-
promettre le juge d'instruction, à hypnotiser l'avocat
général et les membres du jury. Adroits comme Robert
Houdin, ils menacent les gendarmes de les escamoter;
un peu plus, ils feraient sortir, du mortier du président, un lapin vivant et des bouquets de violettes, pour
les distribuer aux belles dames qui remplissent le pré-
toire. Cet usage que nous conservons de laisser pénétrer les femmes dans mille endroits, où elles n'ont que
faire, tourne à la manie. A la Sorbonne, elles prennent la place des étudiants; à la Chambre, elles sont au
premier rang des tribunes; au Palais, elles frottent
leurs robes à celles des avocats et des juges; ajoutons
que les professeurs, les hommes politiques, les orateurs du barreau, et les accusés eux-mêmes en parais-

sent ravis. L'élément féminin n'a-t-il pas toujours
dominé dans les assemblées où les hommes bataillaient
et ferraillaient ; aux amphithéâtres, dans l'antiquité,
aux tournois, pendant le moyen âge et la Renaissance.
Aujourd'hui, où l'on combat surtout avec de belles
ou de vilaines paroles, les femmes n'ont pas renoncé
à revendiquer leur place de juge du camp. Attendons-
nous donc à voir, prochainement, les modistes inventer
des chapeaux particuliers pour les solennités judiciaires : le Pétase d'Hermès en feutre gris, avec aile-
rons blancs, servira de coiffure, quand on plaidera les
grands procès d'escroquerie ; la capote forme billot, en
soie rouge, retenue, sur le chignon relevé, par un poignard d'or, paraîtra, les jours où l'on jugera un émule
de Pranzini ou de Prado.

Les femmes ne viennent pas seulement en curieuses
à la cour d'assises, elles y comparaissent souvent pour
leur propre compte. Le revolver, et, surtout, le vitriol
sont les instruments les plus employés par le sexe
faible, pour se venger de l'amant perfide ou de l'époux
libertin.

Assister à un procès où la tête d'un assassin est en
jeu, cela ne manque pas d'attrait, pour les femmes
d'un monde ou d'un autre, surtout, si l'assassin est
joli garçon, s'il a les yeux d'un bleu verdâtre et la
moustache fine, surtout, s'il court sur son compte des
indiscrétions relatives à certaines particularités indivi-

duelles, (rien de la phrénologie). Suivre les débats d'une
affaire où une autre femme s'est posée en Charlotte
Corday de l'amour outragé et de la fidélité trahie,
voilà qui est, certes, encore plus intéressant. Il
faut voir l'affluence des jolies mines peureuses et
anxieuses qui se montrent à la cour d'assises, lorsque
l'une de ces terribles héroïnes parait devant la ligne
des toques rouges. La plupart des sympathies vont à
l'accusée, tandis que les malédictions pleuvent sur la
victime, comme une nouvelle rosée corrosive et venge-
resse. Malgré le réquisitioire virulent de l'avocat général

défendant la société contre ces justicières de leur passion ou de leur honneur, le jury, neuf fois sur dix, rentre en séance avec un verdict d'acquittement sur toutes les questions.

Quand, sous la lumière des couronnes de gaz qui éclaire la salle des Assises, le président prononce la mise en liberté de l'accusée, l'enthousiasme est à son comble dans l'auditoire féminin, les mouchoirs s'agitent, les applaudissements éclatent, on se croirait à une représentation de la Patti à l'Opéra ; attendons-nous à voir jeter, en guise de fleurs, à la vitrioleuse, des éventails, des manchons et des bracelets.

Le tribunal de police correctionnelle est, avec la Cour d'Assises, une des plus grandes attractions du Palais. Il comprend quatre Chambres : la huitième et la neuvième au premier étage, la dixième et la onzième au second. A chacune de ces Chambres sont attachés six juges, dont un vice-président, deux juges suppléants, un substitut du procureur de la République et un commis greffier. Ce personnel, en apparence considérable, n'est que tout juste suffisant; pensez donc qu'il y a, chaque jour, dans Paris, près de deux cents arrestations, réfléchissez aussi qu'on juge, en cet endroit, les falsificateurs de vin, de lait et de denrées, les vendeurs à faux-poids et les contrefacteurs d'objets patentés.

Tous les vagabonds arrêtés sous les ponts, dans les fours à chaux ou sur la voie publique, tous les voleurs à

la tire, les joueurs de bonneteau, les serviteurs infi-
dèles, tous les pochards ayant insulté les agents, les
Alphonses à rouflaquettes, ainsi que leurs chastes
marmites, passent par *la Correctionnelle.* Les voitures
cellulaires, dites *paniers à salade,* qui amènent les
hommes de Mazas et les femmes de Saint-Lazare,
pénètrent dans la cour de la Sainte-Chapelle, et déposent leurs précieux voyageurs à la porte de *la Souricière.* On nomme ainsi le dépôt du Parquet, divisé en
quatre-vingt-quatorze cellules, soixante-quatorze pour
les hommes et vingt pour les femmes. Chaque cellule
a, pour mobilier, une planche servant de siège et une
tinette; elle ne reçoit d'air et de jour que par un petit
carreau, ce qui a fait donner, à ce lieu infect, le sur-
nom de *trente-six carreaux,* par les habitués plus infects
encore. Le sous-brigadier commandant aux gardiens a
reçu, de ces êtres, le sobriquet de *vitrier.* Les prévenus
du petit parquet, arrêtés en flagrant délit, n'entrent
même pas à *la Souricière,* on les conduit tout droit du
dépôt de la Préfecture à la salle d'audience; le garde
municipal, qui les amène, prévient facilement toute
velléité d'évasion, en tirant sur la ficelle du *cabriolet*
enserrant leurs pouces.

En plus du dépôt de la Préfecture qui est une prison
temporaire, où le *panier à salade* amène, chaque matin,
la récolte des postes de police de la ville, le Palais de
Justice comprend encore une autre prison : la Concier-

gerie. Ce mot de Conciergerie évoque bien des souvenirs historiques en notre mémoire. On y montre
encore la salle où les Girondins ont fait leur dernier
repas, ainsi que le cachot dans lequel Marie-Antoinette
fut détenue. La Conciergerie occupe la partie la plus
ancienne du Palais, celle construite sous saint Louis et
Philippe le Bel; ses sombres et longues galeries, les
vastes salles à piliers, qui s'étendent sous la salle des
Pas-Perdus, constituent un ensemble des plus pitto-
resques et des plus curieux, pour les passionnés de l'art
du moyen âge. Tout le manoir féodal, avec son appareil
dramatique, renaît, un instant, devant les yeux de l'ar-

tiste ou du littérateur ayant obtenu la
permission de pénétrer sous ces voûtes
ogivales; il n'est tiré de sa rêverie
archéologique qu'en passant auprès de
la *cour des cochers*. On appelle ainsi le
préau dépendant du quartier où l'on
enferme, pour quelques jours, les individus condamnés à de faibles peines
par le tribunal de simple police; ils
n'ont d'autres crimes, sur la conscience,
que des contraventions ou des infrac-
tions aux règlements de police; messieurs les cochers, très coutumiers du
fait, sont les plus nombreux en cet endroit.

Leur détention n'est pas bien terrible, quoiqu'ils soient les voisins des accusés destinés à paraître devant la Cour d'Assises; ils ont, pour la plupart, l'humeur joviale, nos automédons, et savent égayer le temps qu'ils passent sous la remise de Thémis; ils jouent au bouchon, fredonnent la chansonnette, et boulottent à la cantine les derniers sous de leurs pourboires. Beaucoup d'entre eux ne sont, au reste, que des déclassés; il y en a qui furent tabellions de province, instituteurs primaires, étudiants en droit, acteurs, professeurs de piano et séminaristes.

L'un de ceux-ci, sortant de la Conciergerie, après une retraite de quarante-huit heures, rencontre, sur le quai de l'Horloge, une de ses clientes de nuit, qu'il avait souvent conduite à l'œil : « Tiens, te voilà Finette, tu rappliques par ici, à cette heure, que viens-tu faire dans ce sale quartier? » — « Je vais rendre visite à ma mère » : répond vivement la belle. — « Compris! dépêche-toi, je t'attends. » — Et l'ancien tonsuré d'ajouter, tout bas, en riant dans sa barbe : « *Speculum Justitiæ, ora pro nobis!* »

IX

AUTOUR DE LA CORBEILLE

L'autre soir, au coin du feu, douillettement enveloppé dans ma robe de chambre, je relisais une traduction de *Macbeth*, cette œuvre terrifiante du grand
Shakespeare ; comme j'en étais à la scène d'incantation
des sorcières, un ouragan terrible, déchaîné sur Paris
depuis quelques heures, redoubla d'intensité, faisant
claquer les jalousies de mes fenêtres et grincer plainti-
vement les chapeaux mobiles de toutes les cheminées ;
la bourrasque qui ululait, sinistre, dans le puits des
courettes, vint rabattre la fumée de mon âtre, et la
bûche roula sur les chenets, éparpillant les braises
ardentes de ses entrailles à demi consumées. La nature
se trouvait à l'unisson de la scène que j'étais en train
de lire ; on aurait dit que les trois ricanantes filles
d'enfer renouvelaient pour moi leur sabbat, en tour-
noyant autour de la chaudière écumante. Pourtant le

décor était changé, je ne reconnaissais pas la grotte
aux fantastiques rochers, je me trouvais dans une vaste
et sombre salle entourée d'arcades superposées, pleine
de bruits confus d'abord, de rumeurs sourdes dont le
diapason allait *crescendo* et qui se transformaient
bientôt en hurlements. La chaudière avait décuplé ses
proportions, et les trois sœurs s'étaient multipliées
comme par enchantement, elles étaient bien une
soixantaine qui gesticulaient en poussant des cris
bizarres. Agitant fébrilement leurs longs bras osseux,
elles projetaient, dans le récipient, des vipères et des
crapauds, des branches de cyprès, de la ciguë, des
lézards verts, de la graisse d'assassin, des fœtus
éventrés et de la corde de pendu. Macbeth parut, non
point revêtu d'une armure ; il portait une redingote
noire, bien ajustée, avec un bout de ruban rouge à la
boutonnière, et le casque à aigrette était remplacé
par un tube neuf aux poils luisants ; il les interpella :
« Que faites-vous là ? sorcières du mystère, des ténèbres
et du minuit ? Que faites-vous là ? » — Toutes, en
chœur, répondirent : « Une œuvre sans nom ! » —
Des centaines de mains, appartenant à des corps invi-
sibles, se tendirent alors vers elles, en leur présentant
des carrés de papier couverts de signes hiéroglyphiques ;
les sorcières gesticulaient de plus belle, lançant dans
la marmite infernale les bulletins mystérieux. Macbeth
les conjura de répondre à ses questions. « Aimes-tu

mieux recevoir la réponse de notre bouche ou de celle
de notre maître ? » lui dirent-elles. — « Faites-le donc
moi voir » : ajouta-t-il. Et les soixante sœurs de reprendre
en chœur leurs évocations magiques : « Viens d'en
haut, viens d'en bas, allons, fais ton devoir ! » Soudain
la chaudière se transforma en une corbeille remplie
d'œillets rouges ; au centre, le buste d'un empereur
couronné apparut ; il avait la barbe blonde et un
binocle bleuté dissimulant son regard. Le fantôme
murmura : « Macbeth ! Macbeth ! Macbeth ! ne redoute
rien, tant que les arbres des forêts ne marcheront pas
contre toi !... » A ces mots, Macbeth s'élança vers
l'apparition, le lorgnon bleu tomba... Horreur ! ce fantôme est son ménechme, et ce double de lui-même
porte, au milieu du front, une blessure béante d'où
ruisselle un filet de sang... — Sept heures du matin
sonnaient à ma pendule, quand je sortis de cet étrange
cauchemar ; j'avais la tête horriblement lourde, et une
lancinante névralgie dans la mâchoire. La bourrasque
était apaisée ; dans un ciel bleu pâle, balayé par la
tempête de la nuit, rayonnaient les premiers sourires
du soleil de février. La lecture que j'avais faite du
poète anglais, l'oscillation du baromètre, les préoccupations politiques du moment, telles étaient, selon
moi, les causes de mon rêve et de ma migraine.
« Allons ! me dis-je, un tour au grand air, et il n'en
sera plus question. »

J'avais complètement oublié mon cauchemar, quand, vers deux heures, arrivé au milieu de la rue Vivienne, les bruits confus de la nuit résonnèrent de nouveau à mes oreilles, augmentant d'intensité à mesure que j'approchais de la place de la Bourse. On eût dit les multiples voix d'une mer en furie battant la forteresse des hautes falaises. Bientôt, je fus en face du monument que l'architecte Brongniart a construit et que Bertall a si bien décrit dans *les Guêpes* : « La Bourse,

vaste quadrilatère entouré de colonnes, qu'un Français peut regarder sans aucune espèce de fierté ; — on y voit les oies en grand nombre, on y plume les pigeons, on y élève les canards, et l'on se charge d'y bien accommoder les actionnaires. — La Bourse est divisée en deux parties très distinctes : le parquet et la coulisse. — Le parquet est un endroit parqueté où sont parqués les agents de change. — La coulisse est tout ce qui n'est point le parquet. »

Sur les marches et sous le péristyle du temple, une foule

de gens, s'agitant frénétiquement, poussaient des cris de damnés ou d'énergumènes. Je gravis les degrés de pierre, comme hypnotisé; entraîné par une force surnaturelle, je me fis un passage au milieu du groupe pressé des agioteurs. Encore des marches devant moi, je monte, je monte toujours, et me voici dans une vaste galerie, d'où je domine l'intérieur du palais.

Le décor de mon rêve surgit de nouveau, avec sa double rangée d'arcades superposées; une vaste Corbeille, bordée d'une couronne de velours rouge, occupe la place où se trouvait le chaudron des sœurs infernales. Quel vacarme! quel brouhaha!! quelle poussée!!! quel tohu-bohu!!! Une houleuse marée de dos noirs et de chapeaux noirs, tachetée, de place en place, par le luisant d'un crâne chauve; des bras qui gesticulent de droite et de gauche, des poings tendus, des mains agitant fébrilement des papiers, une bousculade où l'on s'étouffe, où l'on se collette, où l'on s'injurie, où l'on se provoque; des chiffres, des chiffres, des chiffres qui volent de bouche en bouche; on crie, on braille, on vocifère, on gueule! — La Bourse bat son plein.

Rangés autour de la Corbeille, les agents de change reçoivent les ordres des clients, transmis par leurs commis ou par ceux des coulissiers qui se pressent comme des moutons bêlants, dans quatre parcs qu'on nomme les *guitares*. Les sorcières d'Écosse sont devenues

des sorciers en veston et en redingote, eux aussi se démènent
fébrilement, luttant de la voix et
du geste ; on dirait qu'ils vont s'é-
gorger, ils ne font que s'égosiller,
et sont, au demeurant, les meilleurs collègues du monde. Si vous
leur demandiez ce qu'ils font là, ils
pourraient vous répondre, comme
le ténébreux trio de *Macbeth :*
« Une œuvre sans nom ! » — Sous le
fallacieux pré-
texte de ne traiter
que des affaires
au comptant, ils
ne s'occupent, en
réalité, que des opérations à terme,
se fiant, la plupart du temps, à leurs
commis, pour accomplir les premières.
Les rentiers, retirant leurs titres
contre espèces sonnantes, sont de
braves gens, qui, une fois en possession de ces titres, ne songeront qu'à
émerger les coupons à date fixe, pour
payer le propriétaire et les fournisseurs ; les rentiers, il leur en chaut
bien à ces messieurs de la corbeille,

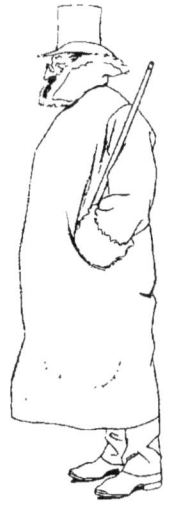

ce sont les haussiers et les baissiers qui les intéressent ;
la liquidation au 15 ou fin de mois, avec reports,
déports et primes, le jeu de Bourse, enfin, avec toutes
ses ficelles, toutes ses ruses et ses surprises, voilà ce
qui a le don de les émouvoir.

Si les rentiers fournissent aux agents de change leur
raison d'être, les coulissiers, les remisiers, les courtiers
et, en somme, tous ceux qui agiotent, avec ou même
sans couverture, leur procurent les moyens d'exister. Où
seraient leurs bénéfices s'ils ne résidaient que dans le
courtage des opérations au comptant ? — Les agents de
change, en définitive, ne sont pas censés enfreindre la
légalité, ils payent leurs charges et répondent des
affaires qu'ils traitent ; si, par hasard, l'un d'eux est le
jouet de la malchance, la compagnie
des agents est solidaire et désintéresse
la partie lésée. Un homme qui connaît
assez bien la Bourse a écrit les lignes
suivantes : « La corporation des agents
de change est fort honorable. En ce
genre, rien de mieux en Europe. Je me
rappelle 27 millions de perte au parquet,
après la bataille de Solférino, payés ru-
bis sur l'ongle. Et au krack, la compagnie a emprunté 82 millions pour assurer le service ; c'est une corporation que
cela ! »

Je veux bien reconnaître, en général, le bien fondé de ces assertions et ne pas confondre le parquet avec ce qui l'entoure, malgré le souvenir d'un scandale récent qui s'est dramatiquement terminé. J'irai même plus loin, en affirmant que, parmi ces coulissiers et ces remisiers, il y a des hommes sur la parole desquels on peut compter. S'il en était autrement, les jeux de Bourse subsisteraient-ils encore? La confiance est le moteur le plus puissant des transactions; il s'agit seulement de la bien placer. — Gare aux Mercadets de la prime, aux Robert-Macaires de la question d'Orient, aux Gobsecks du report! il n'en manque pas dans ce temple grec. — Si les grands banquiers, qui ont des capitaux assez considérables pour faire la pluie et le beau temps, tiennent suspendue à leurs lèvres, l'attention de tous les agioteurs, si ces banquiers, dis-je, sont les rois de la finance, les banquistes, plus nombreux encore, n'en sont que les valets hâbleurs et fripons. Il y a toujours des gogos pour souscrire des actions des *Mines de gutta-percha fusible,* pour jeter, au fond de l'Océan, l'épargne de leur travail, dans l'espoir de repêcher quelques vieux gallions remplis d'or, échoués depuis des siècles sur un banc d'huîtres. On trouve toujours des gobeurs pour souscrire à n'importe quelle combinaison financière, réelle ou fictive, et je pourrais citer, à ce sujet, les exemples les plus invraisemblables de la crédulité humaine. Qu'il me suffise de rappeler ce qui

arriva en 1869, lorsque le *Figaro* publia son fameux numéro du 26 octobre, spirituelle et amusante fumisterie, dirigée contre l'Empire libéral. « *Le Journal officiel de demain*, S. G. D. G. » : tel était le titre de cette parodie de grand format, où les proclamations et les décrets les plus abracadabrants se succédaient avec un aplomb merveilleux. A la quatrième page, s'étalait, dans l'appareil de la composition de rigueur, l'annonce de LA FRANCE, société en commandite, à capital variable, pour *l'application des procédés de l'industrie moderne à la politique sociale*. — Directeurs-gérants : Charles-Louis-Napoléon Bonaparte et fils. — Conseil de surveillance : l'archevêque de Paris, Renan, le grand rabbin, le marquis de la Seiglière, etc. — Conseil judiciaire : MM. Allou, Em. Arago, Gambetta, Clément Laurier. — Notaire : M. Bertall. — Voyageur pour le compte de la Société, dans toutes les parties du monde: le prince Napoléon (Jérôme). Enfin, au bas de la page, à droite, se trouvait le bulletin de souscription, qu'on devait renvoyer au *Figaro*, sous enveloppe affranchie, avec cinq francs en timbres-poste, pour chaque action

ou obligation souscrite. Quand je vous dirai que
l'administrateur, Auguste Dumont, trouva, le lendemain,
en dépouillant sa correspondance, plusieurs enveloppes
contenant des bulletins signés et accompagnés de
timbres-poste, je n'aurai rien inventé.

Les mystifications les plus grossières ont réussi sous
la colonnade de la Bourse ; les bruits politiques les plus
alarmants s'y faufilent, chaque jour, avec une impu-
dence sans bornes. La bêtise humaine est profonde, et,
si l'on voulait en trouver le fond, ce n'est pas à la
Bourse, qui exploite sa bourse et ses fonds, qu'il faudrait venir la jauger.

Pendant que je pérore, la bataille des valeurs cotées
n'a pas cessé, une seconde ; des millions ont passé
comme une muscade, d'une poche dans une autre,
sans qu'on s'en doute, et la lutte durerait jusqu'au
soir, si trois heures ne résonnaient à la grosse horloge.
Aux trois vibrations du timbre répond un son de cloche
annonçant la fermeture du marché financier, cela ne
se passe pas autrement à la Halle et partout où l'on
vend à la criée. Les agents de change quittent la
Corbeille, tandis que les remisiers les plus acharnés
traitent encore des affaires entre eux et se donnent
rendez-vous, pour le soir, à la petite Bourse, dans le
Hall du Crédit Lyonnais ; peu à peu, le grand quadrilatère se dépeuple, les masses noires se dispersent, et
dans l'air, monte une poussière épaisse, fétide, qui

rancit, depuis un demi-siècle, les fresques d'Abel de Pujol.

O philosophes, qui cherchez quel est le grand meneur de cette meute de financiers de tout ordre et de toutes classes, vous n'avez qu'à lever les yeux vers ces peintures encrassées et enfumées, vous le découvrirez immédiatement ; il apparaît dans sa blanche nudité, se détachant en relief parmi les autres dieux, aussi nettement que Rothschild parmi les autres banquiers. De tous les habitants de cet Olympe pictural, celui-là est le seul dont on ait fait la toilette. — Son nom? — L'Amour.

Vous riez, gens de Bourse! « L'Amur notre maître! fus êtes fu! » me crient en chœur les Joas, les Salomon, les Ézéchiel. « L'Amour! l'Amour! qué qu'c'est qu'ça; bon pour les poètes et les littérateurs! » s'exclament les gommeux de la Coulisse. — Eh! non, je ne me trompe pas, gens de sac et de... Bourse, c'est bien l'Amour qui vous mène, mais un amour spécial à votre race, un amour fait de vanité et d'esbrouffe, un amour recruté dans les coulisses des grands théâtres ou des bouibouis lyriques, un amour qui suspend des rivières de diamants au cou d'une reine de féerie ou d'un page bleu d'opérette; Éros vous mène, vous dis-je, encore plus par le sot orgueil que par les sens. Jouez à la hausse, jouez à la baisse, trafiquez sur les reports et sur les primes, allez-y sans crier gare, car il vous faut

afficher la brune Irma au prochain grand prix, dans
une calèche à la Daumont ; achetez du 3 0/0, vendez
du Panama, débinez la Banque de France, allez, allez-y
de tout cœur, car une mouche d'or, suspendue à un fil
d'archal dans une apothéose, réclame de votre vanité
un hôtel au parc Monceaux ou dans le quartier Fran-
çois Ier. Jouez, jouez, enrichissez-vous, par amour de
faire croire que vous croyez encore à l'Amour, vous qui
ne croyez à rien et qui spéculez sur les défaillances et
les défaites de la Patrie.

    La rente peut monter, même après Waterloo !

Cependant la salle est déserte, et, penché sur la
galerie du télégraphe, je ne cesse de regarder, comme
dans mon rêve, la double rangée d'arcades qui l'entourent. Est-ce un songe encore, ne dirait-on pas la
bordure noire d'une lettre de deuil ; pourquoi cette
sinistre teinte autour de chaque pilier ? En y regardant
de plus près, on voit qu'elle a été produite par le frotte-
ment incessant des crayons de mine de plomb sur la
pierre ; les chiffres, superposés pendant des années, ont
mis ce liseré mortuaire autour de ce temple des richesses
incalculables et des ruines formidables... La mine de
plomb qui a maculé ces pierres, n'a-t-elle pas, aussi, fait
charger plus d'un revolver avec des balles de plomb ! —
Une détonation retentit à mes oreilles, un ruisseau de
sang colore la dalle de la coulisse. — Tu peux sourire,

Éros, dieu vainqueur, tu peux sourire, enfant cruel et sans pudeur, le rouge sied si bien aux femmes!

Comme je descendais les marches de la Bourse, trois vieilles édentées, pareilles à celles de la nuit dernière, s'entretenaient des trafics véreux qu'elles avaient faits avec le père Melchisédech... « Les sorcières! » me dis-je tout bas.

Sur la place, une bande d'individus s'avançait en hurlant : « *Vive Boulanger!* » — Et le fantôme de mon cauchemar réapparut devant moi, en murmurant : « Macbeth! Macbeth! »

X

PARIS RELIGIEUX

Paris, tout d'abord, est-il religieux, va-t-on me demander? — Oui et non; non et oui; cela dépend de quelle façon vous entendez la chose. Paris tient à ses églises, à leurs cérémonies, à leurs fêtes; il fait donner à ses enfants le baptême et la communion, se marie à l'autel, et demande aux prêtres les dernières prières; en revanche, il pratique d'une façon irrégulière, observe couci-couça les commandements de l'Église, jeûne peu les jours d'abstinence, mais déjeune davantage à Noël et à Pâques, fait gras, tous les vendredis de l'année, mais s'impose de manger de la morue, le vendredi saint. Paris n'est point pour la laïcisation à outrance, il a de l'admiration pour les sœurs de charité, de la déférence pour les ministres du culte, et, cependant, il dénigre l'éducation congréganiste, tout en reconnais-

13

sant un certain mérite à l'enseignement des Jésuites ;
il ricane de Lourdes et de la Salette, mais il touche du
fer, quand passent les robes noires. Paris est religieux
par habitude, par respect du passé, ou par aristocratie ;
il est libre penseur par instinct, par insouciance, ou
par libéralisme. Bien entendu, nous mettons à part,
d'un côté, tous ceux qui ont pour métier de prier, et,
d'un autre, tous ceux qui font métier de crier ; les
dévots d'état à droite, les athées de profession à gauche.
En matière de religion, comme en politique, Paris est
centre gauche.

Suivant les quartiers, suivant les paroisses, la religion est plus ou moins démonstrative. Le quartier Saint-
Sulpice, par exemple, pourrait être qualifié d'*Arsenal
de la dévotion ;* on n'y voit que boutiques d'objets de
piété. A chaque pas, on a le regard attiré par des chemins de croix coloriés, des statues de saints et de
saintes, des ostensoirs brillants de pierreries et des
chapes brodées d'or, des calices en vermeil et des
rochets en dentelle, des ciboires et des burettes, des
mitres et des barrettes. Ici, un étalage d'images de sain-
teté, des bons pasteurs, des *mater dolorosa*, des sacrés
cœurs de Jésus et de Marie, dans des gloires rayon-
nantes, ou sept fois percés par des poignards d'argent ;
là, des festons de chapelets en buis, en verroterie, en
cèdre du Liban, des palmes, jaunes ou vertes, venant
de Rome, des bénitiers en albâtre incrustés d'émaux.

Les libraires de ce quartier ne vendent que des euco-
loges, des paroissiens, des missels, des semaines saintes,
des guides du parfait Chrétien, des livres de pèlerinage,
des journaux comme la *Semaine religieuse*, le bulletin
de la *Propagation de la foi*, celui de l'*Œuvre de la
Sainte-Enfance,* et, pour broder sur le tout, des traités
de morale religieuse rédigés par le sieur Léo Taxil, le
même qui écœura Paris avec d'obscènes affiches à gravures, annonçant les *Amours de Pie IX,* le même qui
publia, à la librairie anticléricale de la rue des Écoles,
*les livres secrets des confesseurs dévoilés aux pères de
famille,* et toute une série de pamphlets dont je veux
oublier les titres. Le diable s'est fait ermite, paraît-il.

La place Saint-Sulpice est décorée, au milieu, d'une
fontaine où les statues de Bossuet, de Fléchier, de Fénelon et de Massillon sont assises dans des niches ; le
bâtiment situé sur cette place, entre la rue Férou et la
rue Bonaparte, et qui a l'air d'une caserne, n'est autre
que le grand séminaire. Quant à la belle église Saint-
Sulpice, dont le majestueux portail a été construit par
l'architecte décorateur Servandoni, elle a le monopole de
toutes les ordinations. Les communautés et les couvents
se trouvent aussi plus nombreux, de ce côté de Paris ;
les hôtels meublés du quartier exhalent des odeurs de
sacristie ; aux tables d'hôte, le parfum de l'encens se
mélange à celui de la friture, on y récite le *benedicite,*
avant les repas, et les *grâces,* après ; on y parle discrè-

tement, *mezza voce :* « Veuillez me passer le sel, mon
cher frère. » — « Mon père, désirez-vous de la mou-
tarde? » On s'y risque même à faire quelques plaisanteries sur la couleur de ce condiment, la religion n'in-
terdisant pas une salutaire gaieté.

Le vieux faubourg Saint-Germain, malgré le percement de son boulevard à boutiques, malgré la décadence
de sa noblesse, sur l'arbre généalogique de laquelle
sont venues se greffer les branches de la bourgeoisie
enrichie dans les tissus ou dans la finance, malgré l'exil
des princes et la dispersion de la Compagnie de Saint-
Ignace, est resté le foyer religieux le plus ardent de
Paris; Saint-Germain-des-Prés, Saint-Thomas-d'Aquin,
Sainte-Clotilde voient leurs nefs fréquentées par les
derniers représentants de l'aristocratie restés fidèles à
Dieu et au Roy. Les équipages armoriés s'arrêtent nombreux, surtout devant Sainte-Clotilde, les jours de
grands mariages, et les écussons, portant en chef une
couronne de comte ou de duc, viennent souvent rehausser,
de leur coloriage, les tentures de deuil, suspendues au
porche néo-gothique.

Le sanctuaire·du grand luxe est, par excellence, la
Madeleine. Ce Parthénon corinthien qui devait être, dans
le principe, le temple de la Gloire, s'accorde à merveille, par le paganisme de son style, avec le caractère de
ses paroissiennes : celles-ci passent d'une table de festin à
la sainte table, et sortent d'un bal pour les pauvres,

où l'on a exhibé des saphirs sur des épaules nues, pour
aller, le lendemain, s'agenouiller, en robe montante
soutachée de perles, devant le petit guichet du second
vicaire. Le vocable même de l'église n'est-il pas aussi
en situation, ne confond-t-il pas, sous le nom de
Madeleine, une double personnalité, celle d'une péche-
resse blonde, amante idéale du Christ, et celle d'une
grande damé romaine qui se retira, peu vêtue, dans
le désert, pour larmoyer sur une tête de mort.

Une coïncidence analogue, étrange, frappante, ne
vous fait-elle pas rêver, quand vous passez devant
Notre-Dame-de-Lorette, placée sur le versant de la
montagne des Martyrs, à trois pas du quartier Bréda.
Cette église, ornée de claires et joyeuses peintures à
l'intérieur, a des airs de boudoir et de salle de danse
tout à la fois ; Jésus s'y montre vêtu de couleurs
tendres, avec les cheveux blouclés et le sourire aux
lèvres. La *Santa-Casa* transportée à dos d'anges, en
Italie, à Loretto, était un peu plus rustique que le
monument édifié par Lebas ; aurait-elle suffi à attirer
les pénitentes du quartier ?... Je ne crois pas.

Encore deux types d'églises modernes qui symbo-
lisent admirablement, suivant moi, la religion du Paris
actuel ; on les nomme : Saint-Augustin et la Trinité.

La première, située sur le boulevard Malesherbes,
presque à l'intersection du boulevard Haussmann, a emprunté à Sainte-Sophie de Constantinople la confor-

mation de sa belle coupole, tout en respectant les
règlements d'alignement, pour la construction de ses
bas-côtés ; ce beau résultat d'obéissance à l'édilité
impériale donne aux façades latérales l'aspect de vraies
maisons de rapport. Saint-Augustin est, d'ailleurs, resté
la paroisse du bonapartisme ; deux fois, chaque année,
les fidèles du régime échoué à Sedan et achevé au
Zoulouland, viennent pieusement implorer la misé-
ricorde de Dieu, pour l'âme du César vaincu et celle
du jeune et innocent martyr, et, par la même occasion, faire un peu de propagande pour Victor. La
religion est bonne à tant de choses, pour ceux qui
savent en jouer !

La Trinité apparaît au bout de la rue de la Chaussée-
d'Antin, avec la coquetterie cristallisée d'un croque-en-
bouche renaissance ; le square qui la précède fait
songer aux jardinières de faïence, dont les formes
capricieuses serpentent au milieu du luxe de nos tables.
L'intérieur de l'église est celui d'un palais somptueux,
sculpté sur toutes les faces, entouré de colonnes en
marbre de toutes les couleurs, de galeries, de balustrades et de tribunes ; vrai décor d'opéra, composé à
souhait pour célébrer de nouvelles noces de Cana. A la
Trinité, la religion vous parle peu du détachement des
biens de la terre, de mortifications et de pénitence ;
quand ses orgues résonnent, les voix célestes ont des
langueurs de valses amoureuses ; les anges en marbre

des bénitiers ont des expressions câlines d'adolescents et de fillettes de seize ans; les confessionnaux eux-mêmes paraissent disposés pour entendre l'aveu de jolis péchés, qui ne demandent qu'à se faire pardonner pour recommencer, les récidivistes !

Les vieilles églises ogivales, comme Notre-Dame de Paris, Saint-Séverin, Saint-Germain-l'Auxerrois, Saint-Eustache, Saint-Germain-des-Prés sont, il me semble, des sanctuaires où la prière doit monter avec plus de ferveur vers le trône d'un juge miséricordieux. La foi ardente n'est point de ce siècle, et, pour la ressaisir, il n'est peut-être pas inutile de rétrograder vers le passé, en s'agenouillant sous des voûtes gothiques.

Il existe une église d'un art assez vulgaire, qui
est pourtant très fréquentée par les fidèles; on y vient
en pèlerinage, de tous les coins de la France, et
même de l'étranger; des centaines de cierges brûlent,
du matin au soir, devant l'autel de la Vierge, formant
un buisson ardent, au milieu duquel se dresse l'image
vénérée d'une madone couronnée d'or, soutenant son
divin enfant, en équilibre sur une boule du monde. Des
hommes, des femmes, des enfants sont là, prosternés
dans la pénombre de la nef, durant des heures entières;
des prêtres, des soldats, des commis de magasin, des
sœurs de charité, des dames du monde, des ouvrières,
des garçonnets contrefaits et des fillettes toussant la-
mentablement joignent les mains, en demandant la
consolation, le courage et la guérison à Notre-Dame
des Victoires. Cette église, connue aussi sous le nom
d'église des Petits-Pères, dépendait du couvent des
Augustins déchaussés; son vocable de Notre-Dame des
Victoires remonte à sa fondation, par Louis XIII, en
1629; il lui a valu, depuis, la clientèle de tous les
vieux militaires perclus de rhumatismes et couturés de
blessures; le nombre des croix d'honneur suspendues
en ex-voto, sous des vitrines, de chaque côté de l'autel
privilégié, est considérable : plus d'un officier, sacrant
comme un païen sur le champ de bataille, est venu
accrocher là, en signe de reconnaissance, la petite
étoile à cinq branches.

Un autre but de pèlerinage parisien est Saint-Étienne-du-Mont, où l'on conserve, dans une chapelle latérale, le tombeau, vrai ou présumé vrai, de sainte Geneviève. La dévotion à la patronne de Paris est, pour ainsi dire, locale ; elle s'est transmise, de génération en génération, dans la population croyante de la ville et des localités circonvoisines. Un prêtre en surplis ne cesse de bénir, toute la journée, des petites médailles, des scapulaires et des crucifix qu'il approche du tombeau de la sainte. Des mères de famille apportent aussi des chemisettes, des brassières et des béguins de bébés malades, pour qu'on leur fasse toucher la pierre miraculeuse. Croyance, foi naïve, superstition, donnez à ces pratiques d'un autre âge le nom que vous voudrez, mais avouez qu'elles n'ont rien de bien menaçant pour le libéralisme moderne.

Quant au pèlerinage de l'église du Sacré-Cœur, en construction sur la butte Montmartre, c'est une affaire différente ; les processionnistes qui viennent y manifester ont surtout pour objet d'affirmer leur Foi, *urbi et orbi ;* si Notre-Dame-des-Victoires n'est que la succursale de Notre-Dame-de-Savone, le Sacré-Cœur est la succursale du Vatican, et le Catholicisme y joue un rôle politique. Le quartier Saint-Sulpice, disions-nous, est l'*Arsenal de la dévotion ;* le Sacré-Cœur en est *la Forteresse,* et l'Église y braque ses canons. Est-ce pour éteindre leurs feux que la municipalité parisienne a fait construire, tout auprès, un immense réservoir en pierre?

Chaque église, chaque paroisse serait à examiner séparément, non seulement au point de vue de son architecture et des objets d'art qu'elle renferme, mais aussi en ce qui regarde son personnel et ses habitués, son fonctionnement et son entretien. Paris religieux est une mine inépuisable d'observations et d'étude, pour un psychologue et un physionomiste; j'en connais un, surtout, qui passe son temps à inspecter la curieuse variété des types de dévots, quand des devoirs de société l'amènent à l'église, pour un mariage ou un enterrement.

Les messes d'enterrement sont très suivies à Paris, pour mille motifs étrangers à l'affectueux souvenir qu'on a conservé au défunt ou à la sympathie qu'on veut témoigner à la famille. L'inégalité subsiste, même après la mort, quoiqu'on en dise, au moins pendant quelques heures; le cercueil d'un homme en vue recevra beaucoup plus d'eau bénite que celui d'un bourgeois ou d'un commerçant retiré des affaires. A Paris, il existe des gens qui ne ratent pas un seul enterrement de marque; en échangeant mille banalités avec leur voisin de chaise, sur les mérites du décédé, ils se créent des relations utiles, traitent des affaires, concluent des traités, obtiennent des billets pour la Comédie ou l'Opéra, des places pour une réception

à l'Académie ou · pour une séance orageuse à la
Chambre, des laisser-passer sur une ligne de chemin
de fer; pendant qu'il y sont, ils vont jusqu'au bout, c'est-
à-dire jusqu'au cimetière. — Le suiveur d'enterrement
rentre chez lui en se disant : « J'ai serré la main au
prince Stirbey, à Mounet-Sully, à Meissonier, à Clémenceau. » Il le répète à son concierge, à ses fournisseurs.
Enfin, à force d'enterrer des gens qui avaient du talent,
il se figure en avoir lui-même; il croit faire partie du
tout Paris, du public des premières au théâtre, quand
il n'est que du public des dernières à l'église. Sa joie
est à son comble, lorsqu'il lit dans son journal : « Nous
avons remarqué, dans l'assistance, MM. *un tel, un tel
et un tel* », et qu'il est un de ces *un tel* là.

Les messes des grands mariages sont non moins bien
suivies; elles servent de prétexte à l'exhibition des
robes à tralala, des chapeaux à trois étages et des
bijoux qui dorment, ordinairement, dans le bas des
armoires à glace. Ici, les hommes et les femmes se
trouvent mêlés les uns aux autres, au contraire de ce
qui se passe pour les enterrements, où les jupes
occupent le côté gauche de la nef et les culottes le côté
droit. Pourquoi cette distinction des sexes, dans le
second cas, et pas dans le premier? Demandez-en la
raison aux plus familiers des coutumes religieuses, ils
vous répondront : « C'est l'usage. » Soit! mais cet
usage est un symbole, rien n'étant laissé au hasard

dans les *us* de la religion, et toute chose ayant une
signification emblématique. — Le *De profundis* sépare
les êtres, le *conjungo* les unit; la disposition des assistants à l'église accentue la différence des cérémonies.

Il est rare que les messes de mariage commencent à
l'heure indiquée sur le billet, la mariée a toujours quelque fanfreluche à rajuster sur sa toilette blanche. Les
invités profitent de l'attente prolongée du cortège, pour
bavarder à qui mieux mieux; la maison de Dieu est un
vaste salon où les potins vont leur train, on s'examine
de droite et de gauche, on se dit bonjour de la main.
« Quelle est donc cette dame qui vient de te sourire si
gracieusement? » demande une jeune ingénue à sa
cousine; et la cousine de répondre : « La vicomtesse
de C..., une vraie grue. Ah! ma chère, figure-toi que,
le soir du bal de la Société de secours aux blessés, elle
s'est affichée, tout le temps, aux bras de M. de F...,
cela m'étonne qu'il ne soit pas là, le gringalet! » —
Une dame vêtue de soie amarante débine la robe d'une
dame habillée en velours vert olive; une modiste de
renom vante le chapeau qu'elle a fait à la mignonne
duchesse de Prévalet, un bijou de chapeau, léger
comme un souffle et brillant comme un colibri, elle l'a
signé du bout de son aiguille, comme aurait fait
un maître peintre d'une miniature. — Les amis du
futur époux blaguent, tout bas, ce pauvre Fernand, un
si gentil viveur, un si bon garçon; sa fiancée est affreuse,

disent-ils, sans la connaître, mais elle a le sac. « Pauvre bougre de Fernand, pauvre vieux, le voilà embourgeoisé, adieu les fines parties et les nuits folles! » — Pourtant la grand'porte s'ouvre, l'orgue résonne, et le cortège nuptial fait son entrée dans la nef; la mariée s'avance couverte de dentelles et de fleurs d'oranger, elle est très jolie, très jolie, excessivement jolie. Les camarades de Fernand se tiennent coi, rougissant de dépit et baissant le nez. Le marié leur sourit amicalement, en passant devant eux. Le cortège ayant défilé, les commérages recommencent, on se moque de l'embonpoint de la belle-mère; on se montre la dame qui a tout fait, c'est-à-dire qui a été la cheville ouvrière du mariage; les uns en font l'éloge, en disant qu'elle est la meilleure des femmes, les autres, les rageurs, la traitent de vile intrigante. Pendant les salamalecs du prêtre, on toussaille, on se mouche : « N'aura-t-il pas bientôt fini; c'est assommant, on n'entend pas un mot. » Derrière le maître-autel, un artiste de l'Athénée lyrique chante, avec âme, l'*Ave Maria* de Gounod. « Quelle voix admirable! on dit qu'il est l'amant de Mme de R..., elle a de la chance! » — « De la chance, répond une méchante langue, cela dépend, car il paraît qu'il l'accompagne et que c'est elle qui chante. » — La messe dite, on se presse à la sacristie, où les mariés et les gens de la noce se tiennent debout; les poignées de mains, les com-

pliments fades s'échangent; la mariée est embrassée
par une foule de vieilles parentes, qui ont les joues
ratatinées et du poil au menton. — Au bout d'une
demi-heure, le cortège repasse par l'église, au son des

grandes orgues; les amis de Fernand sont restés fidèles
au poste. « Elle est tout de même jolie, sa femme! »
soupire l'un d'eux avec franchise. « Tant pis pour son
front » : répond cette mauvaise bête de Camusard, un
copurchic que Fernand a sauvé du déshonneur, en lui
prêtant soixante louis qu'il a oublié de rendre.

Les baptêmes se font très simplement, le père et
les grands parents, le parrain et la marraine accompagnent seuls M. Bébé à l'église. Dans les bras de sa
nounou, M. Bébé, les yeux clos, la face encore conges-
tionnée de ses premiers efforts de gymnastique, ne se
doute pas de ce qui l'attend, on va lui retirer sa belle
capote en soie blanche, pour lui verser de l'eau sur la
tête et lui fourrer du sel dans la bouche ; il criera, en se
débattant comme un beau diable, le nouveau chrétien,
il fera une rigole de lait caillé sur sa bavette à dentelles, et, mieux que cela, dans ses couches. Ce dont
il se doute moins encore, c'est des engagements qu'on
prend pour lui, sans qu'il ait donné procuration ; cette
petite cérémonie lui prépare, en perspective, d'inter-
minables leçons de catéchisme, des examens de conscience plus ou moins troublée, des stations aux
confessionnal et une foule de pratiques religieuses,
desquelles il saura s'affranchir, probablement, quand il
sera arrivé à l'âge d'homme. La sortie de l'église s'effectue sans encombre ; parrain, marraine et nounou
remontent en fiacre, sans être harcelés par des bandes
de gamins, ainsi que cela a lieu à la campagne. Pourtant, dans l'île Saint-Louis, qui est la ville de province
la plus proche du centre de Paris, suivant l'expression
de je ne sais plus quel auteur, les baptêmes ont le don
d'attirer une foule de mômes réclamant des dragées et
des sous. Vers quatre heures, surtout le jeudi et le

samedi, il n'est pas rare d'entendre une trentaine de
galopins criant à tue-tête : « Parrain, marraine! parrain, marraine ! » Quand les amandes et les noisettes de
couleurs variées sont jetées avec profusion à ces insur-
gés de la gourmandise, ils se précipitent comme une
meute de chiens à la curée, repêchent cette manne
sucrée, dans la boue grasse des pavés et l'eau peu filtrée
des ruisseaux; quand, au contraire, les bonbons ne
sont pas de la fête, le vocabulaire des gavroches s'exhale
en imprécations courroucées : « A la crasse! à la
crasse! »

A Paris, comme ailleurs, la véritable fête religieuse
est la première communion : ouvriers, bourgeois et gens
du monde se trouvent, momentanément, réunis dans
une trêve qui est la véritable trêve de Dieu, et cela,
grâce à leurs fillettes ou à leurs garçonnets qui auront,
les unes le même voile blanc sur la tête, les autres le
même brassard à franges argentées au-dessus du coude.
Si le père est libre penseur, il mettra une sourdine à
ses réflexions, en disant à sa femme : « Mêle-toi de
cette affaire-là, ça ne me regarde pas. » Cela ne l'em-
pêchera point d'embrasser plus tendrement l'innocente
fillette, au sortir de la messe, quand celle-ci viendra,
toute émue, se jeter, comme une petite mariée, dans les
bras de papa. Des larmes, de brûlantes larmes ruis-
sellent souvent sur de mâles visages, en cet instant,
car l'époux retrouve dans les plis de la robe de mousse-

line de la première communiante, le souvenir des tendresses nuptiales, car le père prévoit l'avenir ; dans
quelques années, ce n'est point pour Dieu que la

mioche sera, de nouveau, habillée en blanc ; un jeune homme,
un inconnu, un mauvais sujet,
un brutal peut-être, lui enlèvera
légalement, par devant le maire
et devant le curé, l'être candide
qu'il serre, en ce moment, sur
son cœur. Pleure donc, ô scep-
tique, pleure donc ! tes larmes

sont un second baptême pour ton enfant, un baptême
de tendresse divine et de religion naturelle.

Dans les prédications du Carême, à Notre-Dame, à
Saint-Sulpice, à Saint-Roch, à la Madeleine, on entend
encore parfois des voix éloquentes, sachant, avec un art
suprême, émouvoir les plus rebelles à la cause de Dieu.
Les grands orateurs chrétiens tendent pourtant à disparaître, les Ravignan, les Félix et les Lacordaire n'ont
pas été remplacés. Le père Hyacinthe, qui a fait
vibrer, naguère, par sa parole ardente, les vitraux de
notre vieille cathédrale, a jeté son froc blanc aux orties
pour créer la secte de M. Loyson, dans une maison de
la rue d'Arras, entre deux boutiques de blanchisseuses :
le père Didon, lui, a cessé de plaire; brusquement, on
a imposé silence à son libéralisme religieux. Reste le
père Montsabré, un guerrier militant de la foi austère;
restent aussi quelques autres prédicateurs qui savent
arrondir académiquement leur phrase, pour nous indiquer le chemin de la coupole céleste.

Les solennités religieuses de Paris attirent, dans certaines églises, une grande affluence de curieux, beaucoup plus sensibles à l'ordonnance d'une belle cérémonie
qu'à la parole sacrée; le côté artistique du Catholicisme
rattache à son culte la population flottante des indécis
et des rêveurs. Il est rare de voir, dans les temples protestants et dans les synagogues, beaucoup de visiteurs
étrangers à la religion qu'on y pratique; l'aspect glacial

des uns, où pas une joyeuse image n'apparaît, les sin-
guliers usages des autres, où l'on garde son chapeau
sur la tête comme à la Bourse, n'ont rien de bien
attrayant ; en revanche, les enfants d'Israël, les disciples
de Luther ou de Calvin ne se font pas faute de venir
dans nos églises, qui sont, pour la plupart, de véritables
musées, quand elles ne se transforment point en salles
de concert. La messe de Sainte-Cécile, à Saint-Eustache,
la messe de minuit à Saint-Roch, le mois de Marie dans
beaucoup de paroisses, ne sont pas des spectacles à
dédaigner, et l'on comprend qu'une foule de déshérités
de la vie, ignorants du luxe de nos fêtes mondaines et
de la fascination de nos féeries théâtrales, se laissent
prendre, corps et âme, par le déploiement d'un culte
artiste, brillant de lumières, vibrant de mélodie, saturé
du parfum des fleurs et de l'encens. On conçoit que
des cœurs simples recherchent, dans ces pompes de la
religion, un avant-goût des splendeurs et des félicités
qu'on leur promet dans un autre monde, où ils seront
mieux lotis qu'ici-bas... c'est la grâce que je leur
souhaite. Ainsi soit-il!

XI

LES ARTISTES CHEZ EUX

Autrefois, quand on avait dit : « Intérieur d'artiste! »
on avait tout dit; une expression de pitié, accentuée
par un haussement d'épaule, accompagnait la phrase.
Intérieur d'artiste! cela signifiait le désordre, la toquade,
la misère noire, l'atelier sans feu, la table sans pain,
les mioches sans chaussures. Aujourd'hui, les mêmes
mots sont prononcés sur un tout autre ton; les mêmes
syllabes résonnent comme une fanfare de luxe et de
bien-être, elles évoquent la vision des mobiliers somptueux, des crédences sculptées surchargées de faïences
aux colorations joyeuses, des tapisseries de haute lisse
bordées de capricieuses arabesques, des miroirs de
Venise reflétant à l'infini les tableaux des maîtres italiens ou hollandais, les marbres énamourés de la
Renaissance ou les terres cuites voluptueuses du dix-

huitième siècle. L'intérieur d'artiste apparaissait, jadis, sous l'aspect d'un logement carrelé, éclairé au nord, perché au quatrième d'une maison douteuse située sur un boulevard désert; il rayonne, aujourd'hui, dans le composite décor d'un quartier neuf, occupant les trois étages d'un hôtel particulier, chauffé comme un ministère, garni de fleurs comme une serre, capitonné comme un nid d'amoureux. Les peintres, surtout, passent pour des nababs, chez lesquels l'or afflue de tous côtés; l'État leur fait des commandes de cent mille francs, le moindre portrait de femme du monde est coté sept cent cinquante louis, les marchands de tableaux américains couvrent de dollars leurs toiles de quatre, on s'arrache leurs pochades à des prix fous.

Cette légende dorée de l'artiste riche a pris naissance dans les ateliers de quelques favoris de la fortune, beaucoup plus dotés par l'héritage paternel que par les revenus de leur talent. Le petit hôtel de la rue de Prony ou de l'avenue de Villiers a été, le plus souvent, payé avec l'argent gagné dans la manipulation des corps gras ou la vente des sapins de Norwège; les quelques petits bleus de la Banque, acquis au bout de la brosse, ont été à peine suffisants pour solder les notes de l'ébéniste, du tapissier ou de l'encadreur. Le pire de l'affaire, c'est que le luxe des uns a fait tourner la tête des autres; le plus infime des impressionnistes rêve, aujourd'hui, d'avoir sa maison à lui, avec des tentures

orientales, des armes damasquinées et des piscines en
onyx. Il compte sur les raclures de sa palette pour
payer les billets à ordre; et, quelquefois, le jour de
l'échéance, une tenture noire, écussonnée d'une lettre
en argent, couvre la porte finement sculptée du ruineux
hôtel.

Tel autre peintre est tombé entre les mains d'un
Shylock qui lui a fait construire le palais convoité, avec
tout le confortable possible : à partir du jour où il s'y
est installé, il est devenu, pour la vie entière, le débi-
teur de ce nouveau Juif de Venise. Un traité l'a lié à
cet homme qui, chaque année, vient non point lui
couper une livre de chair sous la mamelle gauche, mais
fait une râfle de toutes les toiles qu'il a peintes. A ce
labeur mercantile, l'artiste épuise peu à peu ses forces
et son talent; parfois, de dégoût, il briserait ses pinceaux; cependant Shylock est là qui réclame l'exécution
des conventions signées, il faut peindre, peindre encore.
A ce chevalet, et plus vite que ça, martyr du luxe moderne!

D'autres artistes, plus sages, ne cherchent point à
épater la capitale, ils se contentent d'un modeste
atelier, avec un poêle en fonte dont ils remontent eux-
mêmes les tuyaux, au commencement de chaque hiver;
leur seule dépense extraordinaire se résume dans des
frais de déplacement à la campagne; ils vont, pendant
six mois de beau temps, s'enterrer dans la verdure

d'un trou champêtre, où ils fument des pipes et
entassent études sur études; voilà de vrais philosophes
et je ne les plains pas.

Ceux qui s'attellent à
l'illustration des jour-
naux et des livres ne sont
pas les moins heureux,
car ils trouvent, dans cette
branche vivace de l'art,
l'assurance du pain quo-
tidien, et, souvent, une
célébrité que l'on n'obtient
qu'à la longue
avec la peinture
sérieuse. Le
métier du des-
sinateur est loin
de nuire à celui
du peintre; il

excite son imagination, assouplit sa facture et le force à la lecture d'œuvres littéraires, occupation que trop de peintres négligent. Pendant les longues soirées, sous la lumière tamisée d'une lampe, l'artiste crayonne ses compositions, ce qui ne l'empêche point d'avoir modèle, tout le jour, et de faire son tableau pour la prochaine exposition.

Les plus à plaindre ressemblent à ce pauvre diable de X..., un garçon qui promettait à l'École, où il a obtenu un second grand prix. Depuis vingt-cinq ans il végète avec des copies de tableaux religieux pour les églises de campagne, avec quelques portraits d'épiciers et des leçons de dessin dans les pensionnats de banlieue. Il a eu, pourtant, son heure de célébrité au Salon, les critiques d'art ont signalé sa *Mort d'Adonis*, et le tableau, acheté par le Gouvernement, est allé s'enfouir dans les magasins humides du garde-meuble; au bout de sept ou huit ans, on a exhumé la toile à demi chancie, pour en doter généreusement le musée de Dax ou de Saint-Flour. X... est la meilleure pâte du monde, mais pas intrigant pour deux sous, il subit l'adversité sans se plaindre, et, quand on le rencontre promenant son triste sourire dans quelque cabaret de rapins, il reprend avec vous sa gaieté des jeunes années. Si vous lui demandez ce qu'il a fait depuis l'École, il vous répondra jovialement : « J'ai eu des hauts, j'ai eu des bas, des bas surtout, et pas toujours de chaussettes! »

Le peintre peut, cependant, se tirer d'affaire à Paris,
s'il est quelque peu débrouillard. L'existence est plus
dure et plus précaire pour le sculpteur; on ne vend
pas une statue comme un paysage ou un tableau de
genre; le modèle vivant s'impose à l'artiste qui manie
l'ébauchoir, plus encore qu'il ne s'impose au peintre;
on n'invente pas le relief palpable des formes humaines,
ni le jeu des muscles; le hâtif croquis du dessinateur
ne suffit pas pour établir, sur tous ses plans respectifs,
une figure de nymphe ou de héros. Dans l'humidité
d'un atelier au rez-de-chaussée, travaille le statuaire,
qui sera perclus de rhumatismes avant la vieillesse.
Juché sur des caisses renversées ou les degrés d'un
marchepied, les bras en l'air pendant des heures, il
cherche consciencieusement, dans la glaise, à immobi-
liser le mouvement de l'être réel. Quand il croit avoir
trouvé, et qu'il fait tourner la selle sur ses galets, il
s'aperçoit bientôt que tout est à refaire; ce qui s'harmo-
nisait de face manque d'équilibre sur le côté, la tête
est trop droite, le torse pas assez renversé, la jambe
qui porte a besoin d'être reculée; sans hésiter, il se
remet à l'œuvre, corrige, rectifie, pondère. Lorsqu'il a
donné le dernier coup de pouce aux nus de sa statue,
et le dernier coup d'ébauchoir aux draperies, il songe
à faire mouler. De gris bleuté qu'elle était, l'œuvre
devient blanche; alors des défauts, inaperçus à la terre,
apparaissent dans le plâtre; il faut limer, boucher les

bouillons, engraisser une partie déprimée au moulage, remettre des noirs dans la chevelure, épurer la
forme des pieds et des mains, enlever, avec une pré-
caution infinie, le relief des coutures. Allons, voilà la
chose terminée, en route pour le Salon, et gare la
casse ! Tant de labeur, tant de soins vont avoir leur
récompense, la statue sera acquise par la Ville ou l'État.
Erreur, erreur profonde, la critique a beau se montrer
bienveillante et le jury décerner une médaille à l'artiste,

l'administration fait des économies cette année-là, et
répond : « Nous n'achetons pas les plâtres, faites un
marbre, nous verrons. » — Le statuaire, convaincu
du mérite de sa création, la fait mettre au point,
choisit son bloc de marbre, prend un praticien pendant
un an, passe lui-même six mois dessus, à polir, à

ciseler, et, quand tout est terminé, il réexpédie au palais des
Champs - Élysées. Enfin, il va
céder l'objet de tant de soins,
de tant de rêves; de la vente, il
tirera l'argent nécessaire pour
créer une autre œuvre, encore
plus grande et plus parfaite. Il
recommence les démarches auprès des inspecteurs des Beaux-
Arts, rappelle les promesses de
l'administration, fait agir des

amis influents... et, un beau matin, il reçoit, du ministère, l'avis d'acquisition, mais à quel prix, ô misère !
En faisant le calcul de ses frais, de ses déboursés, c'est
à peine s'il aura gagné trente sous par jour. « Ah !
tu crois être un artiste, se dit-il avec amertume, tu ne
vaux même pas un tâcheron ! »

Entrons maintenant chez le graveur. Incliné devant
une fenêtre, sous la blancheur d'un écran, il taille avec
le burin de profonds sillons dans une planche de
cuivre ; autour de lui, des fioles vertes d'acide, des
pointes, un brunissoir, des grattoirs, de la cire à
border, des entonnoirs en verre, des cuvettes en gutta-
percha ; sur la gauche, un miroir dans lequel se re-
flète, à l'envers, le tableau ou le dessin qu'il repro-
duit ; sur la droite, un dernier état de la gravure
entreprise. Pendant des jours, des semaines, des mois,
il s'est fatigué la vue à inspecter, à travers une loupe,
les tailles du métal ; trente fois, il est allé à l'impri-
merie pour faire tirer des épreuves d'essai, et, trente
fois, il est revenu découragé par l'insuffisance du
résultat obtenu et par l'ingratitude de la tâche pour-
suivie. Mais le graveur est un patient, un obstiné qui
reprend vite le dessus, et le voici incisant à nouveau sa
planche, entre-croisant les tailles, rehaussant les tons
des premiers plans, atténuant, avec le brunissoir, les
lointains et les pénombres. A force de persévérance, il
obtient enfin un état définitif, fait tirer sur Japon, envoie

chez le doreur qui se charge de porter le cadre au Salon. Le jour du vernissage, notre graveur se dirige vers les petites salles désertes où l'on accroche les sous-verre; il cherche à droite, à gauche, son envoi, sans rien trouver. « Je suis reçu pourtant, c'est étrange, pourquoi ne suis-je pas placé? » se demande-t-il; tout à coup, il pousse un cri : il aperçoit, à trois mètres, en l'air, sa gravure posée sens dessus dessous, avec le verre qui la recouvre fendu en diagonale. Abasourdi, une sueur froide au front, il se laisse tomber lourdement sur la banquette en velours rouge... Un chat, seul habitant de ces régions désertes, vient vers lui à pas comptés, en consolateur, et frôle, de sa robe rousse, les jambes du pantalon roussi par l'eau-forte.

Les déçus, les malchanceux, les ratés du bataillon artistique, ne sont pas les moins nombreux, et, cependant, jamais on n'a vendu tant de tableaux, on n'a élevé tant de statues, jamais on n'a décoré tant de monuments et illustré tant de livres; jamais aussi, à aucune époque, il ne s'est produit une pareille éclosion de peintres, de statuaires et de graveurs.

Il faut reconnaître, malgré tout, que la bohême des rapins râpés est en décroissance; entre les favorisés de la fortune qui affichent un luxe de millionnaire et les déclassés qui vivent de privations, s'est établie une honnête moyenne de travailleurs infatigables et résignés

qui se contentent de l'*aurea mediocritas* du poète.
Sans avoir en bien propre un hôtel princier, avec des
serviteurs et des chevaux, ils savent donner, à leur intérieur, à leur atelier, ce merveilleux cachet de l'art que
les plus riches capitalistes s'efforcent en vain d'imiter à
grands renforts de tapissiers. Heureux hommes qui
trouveront plus de jouissance à posséder le moulage
d'une élégante statuette de Tanagra qu'à mettre sur
leur cheminée un bronze ciselé de Barbedienne, auxquels il suffira d'un morceau de tapis de Smyrne pour
avoir la vision de l'Orient et d'un kakémonos brodé de
soie pour rêver du Japon et de ses jardins roses ! D'ailleurs, mieux qu'un expert à l'hôtel Drouot, ils se connaissent en bibelots de tous genres, ils ont le flair,
la main heureuse, et parviennent encore à déterrer, pour
quelques louis, chez d'infimes brocanteurs ou dans un
fond de province, des panneaux sculptés du xvie siècle,
des terres cuites du xviiie, des pages d'enluminures
gothiques, des dessins de Leprince ou de Frago, des
faïences de Rouen, Moustiers ou Lunéville, des ferron-
neries anciennes, etc.

A côté des raffinés de la curiosité, qui jouissent pour
eux-mêmes de la possession de ces jolis riens, il y a les
roublards qui les étalent pour la plus grande satisfaction de leur vanité et le plus grand bien de leurs intérêts artistico-commerciaux. Calligratte, le portraitiste
des têtes couronnées, est du nombre ; il est supérieur

dans l'art de la réclame, dégotant avec grâce et Barnum
et Mangin. Peintre de profession, il manie aussi l'ébauchoir, du moins il s'en vante, tout en ayant des prétentions à la littérature. Il a trois ateliers qui commu-
niquent entre eux, dans le premier est disposée une
estrade avec baldaquin en velours nacarat rehaussé de
crépines d'or, sur un fauteuil en bois sculpté à dossier
armorié s'asseyent les duchesses et les notairesses dont
il peint les charmes plus ou moins passés. Dans le
second atelier, il a disposé, sur des selles en poirier
noirci, de mignonnes statuettes en marbre très délica-
tement taillées par des praticiens italiens, et qu'il
montre comme étant de ses œuvres. La troisième
pièce, enfin, est entourée de bibliothèques garnies de
reliures de Simier, de Trautz-Bauzonnet, de Chambolle-
Duru; au centre, un bureau chargé de paperasses, de
revues d'art; saluez, messieurs, vous êtes dans le sanctuaire du poète! Ce fauteuil est celui de Calligratte, il
s'y repose, le soir, de son labeur de peintre, en écrivant
une dissertation sur la *Vénus Callipyge*, saluez! —
Un de ses émules en vanité était feu Marlot; n'avait-il
pas eu la singulière idée de garnir tout un panneau
de son salon avec les diplômes qu'il avait obtenus aux
expositions de province ou de l'étranger, parmi lesquels, pour faire nombre, on trouvait ceux de l'académie de Paimbœuf et de la société protectrice des
animaux! Après cela, il faut tirer l'échelle.

La vanité est le péché mignon de beaucoup d'artistes et le débinage confraternel est pratiqué quotidiennement par eux comme une vertu. « Je ne sais vraiment pas, disais-je, dernièrement, à un paysagiste, pourquoi les critiques s'occupent encore de vos œuvres, nous n'avons qu'à vous laisser faire, mieux que les plus hargneux d'entre nous, vous savez démolir les réputations. » Tous les peintres, tous les sculpteurs et graveurs sont-ils ainsi, ce serait dommage, et je puis affirmer qu'on trouve encore, en dehors des coteries et des églises artistiques, de braves cœurs rayonnant de joie devant le succès d'un camarade, des mains loyales et franches tendues, aux heures de détresse et de découragement, pour secourir indistinctement les victimes du sort, qu'elles appartiennent à l'École des Batignolles ou à celle de Montrouge.

Pour se faire une idée exacte des intérieurs d'artistes, il faudrait commencer par visiter en détails l'École des Beaux-Arts, et courir, ensuite, aux quatre coins de Paris. L'itinéraire est vaste; pour en consigner les stations les plus importantes, un guide Joanne de douze cents pages serait à peine suffisant; je dois me contenter d'une légère et sommaire esquisse.

L'École des Beaux-Arts se trouve sur l'emplacement d'un ancien couvent fondé par la reine Margot et transformé, sous la Révolution, en Musée des Monuments Français par l'archéologue Alexandre Lenoir. L'archi-

tecte Debret en a jeté les premières fondations, vers 1818,
et Duban en a élevé les différents bâtiments neufs.
Depuis plus de soixante ans on y enseigne la Peinture,
la Sculpture, l'Architecture et la Gravure; depuis vingt-
six ans seulement, des ateliers d'élèves ont été installés dans l'intérieur de l'École. Dans les ateliers de
peinture et de sculpture, le modèle homme et même le
modèle femme posent sans voile et sans honte. Des
jeunes gens, dont quelques-uns sont encore des adolescents, étudient la conformation de ces corps plus ou
moins bien bâtis, plus ou moins mal lavés. La petite
Dora possède un torse superbe, mais elle a des abatis
canailles; Adelina, en revanche, est jambée comme une
reine de féerie, mais elle a deux œufs sur le plat; cette
autre a des pieds et des mains de duchesse et les reins
veules; cette autre encore, bâtie comme une nymphe de
Jordaens, avec des bourrelets de chair rose et une cri-
nière rousse, a les genoux cagneux. Avec toutes ces
femmes, l'artiste créera un être à lui, être idéal de
forme et de couleur qui inspirera des vers aux poètes
et des velléités picturales aux fils de famille. L'École
des Beaux-Arts n'est pas une école d'immoralité, que
les mères de province se rassurent! Pour tous ces écoliers le modèle n'a pas de sexe, il est considéré à peu
près comme une chose, comme une ronde bosse, différant seulement des statues en plâtre par la coloration
et l'incorrection des formes. Ce déshabillage *coram*

populo n'est point fait pour monter l'imagination; les demoiselles qui se trémoussent au bal Bullier ou qui beuglent dans les dessous du Paradis latin, sont plus dangereuses.

A côté des ateliers des élèves sculpteurs, se trouvent les ateliers des architectes, jeunes hommes très bien mis pour la plupart, et qualifiés de bourgeois par

leurs voisins. Les tire-lignes, les godets d'encre de Chine,
les teintes plates, les épures de stéréotomie n'ont rien
d'excessivement émoustillant, il est vrai ; ces messieurs
qui se courbent sur des planches grand aigle, pour pocher
des plans ou tracer des frontons pointus, doivent être,
semble-t-il, des gens froids, méthodiques et sans expan-
sion. Détrompez-vous, les élèves architectes sont les
plus gais compaings qu'on puisse trouver, ils ont la
blague spirituelle, la frénésie de la charge drôle et
cocasse. Quelques-uns même conservent, après l'École,
cet entrain merveilleux qui fait la joie des nuits de
charrette; pour vous en convaincre, parlez, un quart
d'heure, avec Charles Garnier, l'architecte de l'Opéra, et
vous ne me direz pas que je vous ai menti.

Ne pouvant vous conduire, ô curieux que vous êtes,
dans tous les ateliers d'artistes, je suis obligé de faire
un choix, ce qui est assez embarrassant. Allons, si vous
le voulez, chez trois de nos peintres les plus connus;
le talent très différent de chacun, nous donnera des
notes variées, et nous verrons si l'intérieur qu'ils
habitent est en concordance avec le caractère de
l'artiste.

Vers le milieu de l'avenue de Clichy, sur la droite,
se trouve une ruelle tortueuse, sans issue, qui s'appelle
l'impasse Hélène; elle est bordée, de chaque côté, par
des masures de chétive apparence et des murs de clôture, au-dessus desquels s'élancent de frêles branches

d'arbres. Au bout, une villa d'artiste, très proprette, contraste singulièrement avec l'aspect faubourien du chemin qui y conduit. M. Benjamin Constant demeure là, il occupe le bâtiment du fond. Son accueil est celui d'un parfait homme du monde, à l'allure un peu militaire, au teint légèrement bistré. Pour arriver à son atelier, il nous faut descendre par un petit escalier tout garni de tapisseries et d'armes orientales, et, dès que nous avons abandonné la dernière marche, c'est un éblouissement de féerie qui nous arrête. Une lumière dorée comme celle d'un songe, câline comme un bercement maternel, voluptueuse comme la caresse de l'être aimé, nous arrive en plein visage et nous réchauffe en plein cœur; elle éclaire un groupe de femmes, le plus merveilleux que l'imagination puisse concevoir, avec ses enlacements de couleuvre et ses prébendes charnelles. Sur les molles tiédeurs des tapis de Kabylie et des coussins du Maroc, elles étalent la splendeur de leur nudité : comme pour contraster avec la blancheur blonde de ces corps amoureux, la négresse découvre son torse d'ébène, la mulâtresse offre aux regards les trésors de sa peau mate. Chut! ne les réveillons pas, elles fuiraient et l'extase serait finie.

Où sommes-nous, dans l'Eldorado du seigneur Fortunio, sans doute; nous allons retrouver sa favorite Soudja-Sari, Rima Pahès aux immenses cheveux noirs, Sicara, à la bouche rose comme l'églantine; et la splen-

dide description que Théophile Gautier a faite de cet
Éden revient à notre mémoire : « C'était un petit
monde étincelant de femmes, d'oiseaux et de fleurs, un
palais enchanté que le magicien Fortunio avait eu l'art
de rendre invisible au milieu de Paris ; ce rêve de poète,
exécuté par un millionnaire poétique, chose aussi rare
qu'un poète millionnaire, s'épanouissait comme une
fleur merveilleuse des contes arabes. » Cependant, les
rayons de cette lumière dorée, d'où peuvent-ils venir ?
Tout à l'heure, nous promenions notre mélancolie sous
le ciel gris d'une rue déserte, et nous voici devant un
tableau des *Mille et une Nuits*. Oui, c'est bien, en effet,
devant un tableau que l'on se trouve, mais tout ce qui
l'accompagne et lui sert de cadre établit un lien si
intime entre l'image et le spectateur, qu'on prendrait
la fiction de l'artiste pour une scène vivante et réelle.
L'atelier du peintre continue le motif décoratif du fond
de la toile, ce beau dallage de marbre onyx buvant
l'or du soleil, quand un rayon le baigne, et se colo-
rant, dans l'ombre, d'un pâle ton d'azur, nous le
retrouvons dans sa matière même ; ces tapis aux multiples arabesques, ces étoffes lamées d'or et d'argent,
ces soieries changeantes comme le plumage d'un pigeon, nous en sommes entourés de tous côtés, les
murs et le sol en sont couverts. Devant un pareil spectacle, je suis tenté d'écrire la contre-partie du mot
final que Théophile Gautier faisait prononcer au gentil

Fortunio, et je m'écrie : « Pourquoi aller en Orient,
restons à Paris, c'est plus simple ! »

En sortant de cet alhambra, dirigeons-nous vers la
rue Brémontier. A l'angle de cette rue et du boulevard
Berthier qui longe les fortifications, est situé l'atelier
du grand peintre de la vie populaire et laborieuse, Alfred
Roll. Ici, point de mise en scène sardanapalesque,
point d'oripeaux magiques ; ne cherchez ni cassolettes
d'or, ni escabeaux à incrustations de nacre, ni tentures
à ramages ; nous sommes dans un vaste hangar où l'on
entrepose, quelquefois, tout l'attirail des chantiers de
construction : pelles, pinces et pioches, brouettes, charrettes et binards. Hier, on y a fait entrer une voiture
de charbon de terre, aujourd'hui, on y traîne un canon
monté sur son affût et des caissons d'artillerie ; demain,
attendez-vous à y voir pénétrer une locomotive garnie de
son chauffeur et de son mécanicien. Quant aux chevaux,
aux taureaux et autres ruminants, ils sont là comme
chez eux. « Cela sent le travail, ici », disait un jour
Henner, en rentrant dans l'atelier de Roll. Il avait
raison, certes, car je ne connais pas de plus acharné
bûcheur que ce courageux artiste ; cent mètres superficiels de toile à couvrir ne l'effraient pas, il abat de la
besogne comme un terrassier, et fait sa journée de
peintre comme s'il comptait sur sa paye. L'argent, il
s'en soucie bien ! L'argent qu'il a, il le dépense pour
créer des œuvres colossales, sans jamais songer à ce

qu'elles lui rapporteront. Il ne fait pas de la peinture
pour les bourgeois, il en fait pour lui, par passion,
par conviction, par tempérament. Ses œuvres peuvent
choquer les gourmés du grand style et les gourmets du
petit art, elles émotionneront sincèrement les passionnés
de la nature harmonieuse et ensoleillée. *Manda La-
métrie la fermière* et *La femme au taureau* sont de
ces œuvres qui classent un peintre dans l'histoire artistique d'une époque.

Rentrons dans Paris; vers le milieu de la rue de
Lisbonne, se trouve l'hôtel de Charles Chaplin, le
peintre du rose. Toutes les élégances et toutes les
séductions de la femme, les jolies mines effarouchées,
les pudeurs feintes, les langoureux abandons, les
soieries qui miroitent, luttant d'éclat avec les yeux
qui brillent, les mousselines qui ne cachent rien, les
corsages qui promettent beaucoup et tiennent .....
leurs promesses, quel est le peintre au monde ayant
jamais su, aussi bien que Charles Chaplin, mettre en
œuvre ces multiples tentations offertes à la faiblesse
de l'homme? On me jette les noms de Watteau, de
Boucher, de Fragonard, et l'on a raison, mais ceux-là
étaient de la galante époque, du xviiie siècle enrubanné,
ils n'ont eu que le mérite d'avoir su regarder autour
d'eux. Charles Chaplin, lui, est venu égayer notre
maussade société, il a fait pénétrer le charme persuasif
d'un sensualisme distingué et artiste, dans un milieu

avide de documents par trop humains, et les derniers
délicats recherchent ses œuvres comme on recherche
les fleurettes de mai et les émotions de vingt ans. Le
salon de son hôtel a été décoré, par lui, de panneaux
et de dessus de portes que ne désavoueraient pas les
gentils maîtres de la grâce. Quant à son atelier, il n'a
rien de particulier comme décoration ; ses œuvres en
font le principal attrait et l'unique ornement. Charles
Chaplin, anglais d'origine et d'allure, est un vrai
Parisien par l'esprit et l'affabilité. Ne lui parlez pas de
l'école naturaliste, par exemple, vous le feriez bondir,
et, tout en sifflotant suivant son habitude, il irait vous
chercher, dans ses cartons, de superbes eaux-fortes
très crânes, différant du tout au tout avec les œuvres
de sa seconde manière, en ayant l'air de vous dire :
« Vous voyez, je n'avais qu'à continuer comme ça, si
j'avais voulu ! » Il répond souvent à ceux qui le ta-
quinent : « Du naturalisme, rien de si facile à faire !
Tenez, vous croyez peut-être que je ne peins que des
femmes décolletées, regardez-moi ça ! » Et il vous tend
un minuscule panneau, où il a représenté, avec un brio
endiablé, la physionomie du plus charmant animal qui
soit au monde, tant qu'il reste poupon, celle d'un
délicieux petit cochon rose.

XII

LES EXPOSITIONS

Les salons où l'on cause se faisant de plus en plus rares, les salons où l'on regarde se multiplient, cela va de soi. La vanité mondaine s'accommode assez bien de ces réunions, où l'aristocratie des titres et de la richesse se trouve en contact avec l'aristocratie du talent et de l'esprit; la mode s'en mêle, d'ailleurs, et sous toutes les formes; l'exhibition du tableau d'un grand peintre se doublera, bien souvent, de l'exhibition de la dernière œuvre d'une grande modiste; la statue en marbre d'un jeune dieu rassemblera, autour de son piédestal, les toilettes les plus pimpantes et les tournures les plus élégantes, et l'habitant de l'Olympe ne sera pas celui qui recueillera toujours le plus de compliments. Les expositions particulières installées dans les cercles et les galeries artistiques ont un intérêt tout spécial, pour ceux qui veulent faire l'étude de notre société parisienne, sous le rapport de l'élégance, de la fashion ou simplement du chic; elles nous font trouver encore plus hideux le fétide intérieur de l'hôtel Drouot, avec ses poussées d'Auvergnats, les miasmes de ses ventes interlopes, les étouffements de ses salles trop étroites. Les premières de la belle galerie de la rue de Sèze, du cercle Volney, les solennités plus académiques de l'École des Beaux-Arts, voire même la visite aux petites chapelles privées, à la porte desquelles fonctionne un tourniquet, peuvent amplement satisfaire la curiosité des amateurs de peinture ou d'objets d'art; ils trouvent, là, une sélection toute faite des chefs-d'œuvre anciens et modernes, ou bien la réunion des productions d'un grand maître, ou bien les tentatives plus récentes d'un audacieux de la palette; ne voilà-t-il pas des attractions suffisantes pour expliquer le succès croissant de ces expositions?

Chaque année, à la fin du mois de janvier, le cercle artistique et littéraire de la rue Volney ouvre, le premier, ses portes aux amateurs de tableaux; le monde élégant et artiste ne laisse vide, un seul instant, pendant toute la durée de l'exposition, ce joli salon où la peinture est si bien présentée et si bien éclairée. Il n'y a rien de tel, voyez-vous, que de recevoir chez soi. Vos invités seront mille fois plus flattés d'être accueillis dans votre hôtel, si petit soit-il, que d'être convoqués dans la plus splendide salle de fête prise en location. Ces expositions, qui précèdent la grande exhibition du mois de mai, doivent, dans leur intérêt, conserver leur caractère d'intimité de Salon fermé, dont là faveur seule entrebâille les portes et force le huis clos. La barrière est légère, me dira-t-on, et facilement franchie. Soit! l'obstacle existe pourtant, au moins en apparence, en faut-il davantage pour exciter la curiosité des uns et faire chuchoter très bas les critiques des autres? On serait mal venu et plus mal vu encore, si l'on allait déblatérer contre ses hôtes et dénigrer leur intérieur, rien ne vous oblige à répondre à leur invitation, rien ne vous condamne à dire votre avis, s'il est acerbe et mécontent. Cette carte d'entrée, qu'on obtient facilement, et que les laquais de service négligent de demander aux personnes connues, est une garantie contre l'intrusion de visiteurs errants; elle flatte même ceux qui la reçoivent et peuvent dire : « J'ai ma carte pour le Volney, j'ai mon entrée aux Mirlitons. »

Les artistes qui exposent en ces salonnets ne cherchent pas, pour la plupart, à nous éblouir par des morceaux de grande virtuosité, réservés aux grands salons officiels, c'est la menue monnaie de leur talent, la meilleure souvent qu'ils nous donnent, c'est le petit cadre choyé dans les instants de délassement, l'esquisse toute fraîche et sans repentir, brossée sous le coup de l'inspiration et dans l'instantanéité de l'émo-

tion. Ces toiles sans prétention démesurée dénotent
parfois mieux le tempérament et le talent de ceux qui
les ont peintes que de vastes labeurs au mètre carré,
achevés dans la presse des heures trop courtes qui précèdent l'envoi au palais des Champs-Élysées. Beaucoup
de ces toiles reparaissent, pourtant, devant nos yeux, le
jour du grand vernissage printanier; elles se désignent
d'elles-mêmes aux malins de la critique, qui prennent
d'avance des notes, pour la rédaction des articles sur le
Salon. Le cercle Volney, ouvrant ses portes avant celui
des Mirlitons, semble avoir à cœur, depuis quelques
années, de se distinguer et tenir à honneur de relever,
aux yeux du public, la signification de son sobriquet
populaire, *la Crémerie*, en nous offrant le dessus de la
jatte, c'est-à-dire la crème de la peinture du jour. Ses
détracteurs prétendent qu'il ne nous en donne que
le *petit lait*.

Presque en même temps que l'exposition de la
Crémerie a lieu celle de la Société des Aquarellistes, chez
Georges Petit, rue de Sèze. Elle en est à sa onzième
année ; elle compte dix membres honoraires, parmi
lesquels le prince de Joinville, Édouard André, Emma-
nuel Bocher, le baron Edmond de Rothschild, et cinquante membres titulaires. Le programme en est connu
d'avance, il subit peu de variations d'une année sur
l'autre; on est certain d'y rencontrer de poétiques
idylles d'Émile Adan, des Parisiennes futées de Jean

Béraud, des apparitions fantastiques de Besnard; Gaston
Béthune y expose régulièrement ses impressions de
voyage; John-Lewis Brown, ses cavaliers à casaques
rouges; Maurice Courant ses marines; Harpignies, des
arbres aux branches tourmentées; Jeanniot, des tourlou-
rous. On y retrouve aussi les chats gourmets et malicieux d'Eugène Lambert, les brassées de fleurs de
Mᵐᵉ Madeleine Lemaire, les paysanneries de Lhermitte,
les meutes d'Olivier de Penne et les cardinaux de
Vibert. L'exposition des Aquarellistes a fait, on s'en
souvient, un grand bruit de verre cassé, il y a quelques
années, à la suite d'un incident comico-tragique entre
un de nos peintres de la haute élégance et l'un de nos
littérateurs les plus connus. « Pauvre Jacquet! »

Au mois de février, l'*Union des femmes peintres et
sculpteurs* fait son appel annuel à la curiosité et à l'indulgence de la critique. Le souvenir d'un grand talent
trop tôt fauché par la mort, plane encore au-dessus de
ce groupe d'art féminin : je veux parler de Marie
Bashkirtseff, « cette pâle et ardente jeune fille qui faisait songer à quelque extraordinaire fleur de serre,
belle et parfumée jusqu'au prodige. »

Le Cercle de l'Union artistique, (*vulgo : les Mirlitons*), nous convoquera, désormais, dans son fastueux
hôtel de la rue Boissy-d'Anglas et non plus dans son
hôtel de la place Vendôme. On s'étouffait, il est vrai,
dans les salles trop exiguës de l'ancien local, on s'y

écrasait même un peu; cependant, l'on avait plus de plaisir que de peine à se sentir bousculé par le bataillon des misses blondes et des petites comtesses brunes. Le demi-jour de la pièce d'introduction, où se donnaient les rendez-vous mondains, transformait ce salon en un mystérieux sanctuaire de la conversation élégante; l'odeur de la peinture fraîche se mélangeait aux subtiles émanations de la lingerie brodée et des chiffons aristocratiques, on y retrouvait la voluptueuse sensation qui émane d'un roman de Paul Bourget.

En avril, l'exposition des Pastellistes français a lieu chez Georges Petit. Depuis cinq ans, le Pastel est rentré en faveur chez nous. Poudré comme un marquis, brillant comme un petit-maître, vrai papillon en bonne fortune, il met ses crayons au service des déesses du jour. On doit, en partie, la résurrection de cet art charmant et éminemment français au peintre Émile Lévy, qui se montre, dans ses œuvres, le digne successeur de Latour, de Chardin, de Prud'hon et de Perroneau.

Bien des initiatives privées ont créé, à date fixe, des expositions particulières, entre autres celles des *Trente-trois*, de *Noir et Blanc,* de la *Société internationale de peinture et sculpture,* des *Animaliers,* des *Peintres-graveurs*, des *Amants de la Nature,* des *Impressionnistes* et des *Indépendants*. Les artistes indépendants se composent de tous ceux qui ne tiennent pas à se faire

retoquer par le jury du Salon annuel. Ils ont d'abord
exposé dans les baraquements du palais des Tuileries;
aujourd'hui, ils reçoivent l'hospitalité dans le pavillon
de la Ville de Paris, situé sur le Cours-la-Reine. Au milieu
d'un déballage de croûtes, plus épouvantables et plus
ridicules les unes que les autres, on trouve, quelquefois,
une étude sincère de nature, peinte avec conviction
par un naïf jeune homme, trop pressé de montrer ses
œuvres au public et de faire partie d'un groupe d'artistes. On va généralement voir ces choses pour s'en
gaudir et s'en gausser; quelques pouffeurs, peu délicats,
se tordent de rire, devant ces barbouillages de vitriers,
de farceurs ou de détraqués. J'avouerai que, pour ma
part, cela me produit l'effet absolument contraire : une
tristesse noire m'envahit, lorsque, par devoir professionnel, je suis obligé de chercher, dans le tas, ce que
nos modernes Ennius y ont peut-être égaré ; si je ne
me retenais, je serais capable d'imiter l'accompagne-
ment musical que font les toutous aux orgues de
Barbarie.

L'exposition parisienne par excellence est le *Salon*,
contre lequel il est de bon ton de clabauder dans les
petits cénacles des *impossibilistes* de Batignolles et des
inartisses de Bagnolet ; à les entendre, il n'y aurait
qu'une seule manière de relever le niveau de l'art
français, ce serait de supprimer le Salon. En attendant,
plus de huit mille œuvres arrivent, chaque année, à la

porte n° 9 du Palais de l'Industrie, dans l'espoir de figurer à l'exposition.

Le dernier jour fixé pour le dépôt des ouvrages soumis à l'examen du jury, on voit défiler, dans les Champs-Élysées, une

véritable procession de chars à bancs et de tapissières trimballant des tableaux petits, moyens et grands. Des charrettes pleines de châssis bordés de papier bleuté, sont tirées par des élèves architectes, des crochets chargés d'aquarelles, de pastels et de gravures se balancent au dos des commissionnaires. De petites *peintresses,* accompagnées par leur mère, apportent elles-mêmes les sempiternelles assiettes en faïence fixées sur des fonds en velours peluche, les inévitables bouquets de chrysanthèmes et de pivoines, les minia- tures peinturlurées d'après des photographies. — Depuis deux ou trois ans, on ne laisse pénétrer, à l'intérieur du pavillon sud-est, que les exposants ou leurs repré- sentants. Auparavant, une meute de rapins chevelus et bruyants envahissait l'escalier de pierre, par lequel passent les toiles peintes, acclamant avec des onoma- topées cannibalesques l'arrivée de certains tableaux bizarres. Les nymphes, les baigneuses, les bacchantes étaient accueillies par des *Ah! Ah!* significatifs; un portrait de juge en robe rouge était conspué; à l'apparition d'un paysage trop vert, tous les loustics de crier : *Artichauts! mes beaux artichauts!* L'imitation d'une sonnerie de caserne accueillait un tableau mili- taire; le pastel d'un monsieur à lunettes d'or provo- quait un *tolle* général : « *Oh! c'te gueule!* » Un des manifestants, grimpé sur les épaules d'un camarade, signalait l'approche d'une *bondieuserie* grand format, et tout le monde de chanter en chœur : *Esprit-Saint descendez en nous!* Puis, c'étaient des refrains d'École, des crix d'animaux féroces, se croisant et se mélangeant; des bousculades faisant chavirer, comme des navires en détresse, les malheureux commissionnaires qui montaient péniblement, avec mille précautions pour ne pas crever les toiles. On dut mettre un terme à ces fumisteries d'écoliers en belle humeur, à la suite d'un accident regrettable; un tableau important fut déchiré et ses porteurs faillirent être blessés.

Les œuvres de sculpture sont entreposées au rez-de-chaussée du pavillon nord-ouest. Les statues en marbre, en bronze et en plâtre s'alignent sur les premières tables; quant aux innombrables bustes d'hommes célèbres ou non, de propriétaires, de vieilles femmes et de moutards, ils sont relégués dans le fond, pressés les uns contre les autres, comme dans une boutique de mouleur.

Le dépôt des ouvrages effectué, le jury procède aux opérations délicates de l'admission. La moitié au moins des envois est destinée à retourner à l'atelier, sans passer par le Salon, tellement est considérable l'affluence des postulants; et, chose terrible à penser, pour un R majuscule inscrit au crayon noir sur le derrière d'un cadre, ou la plinthe d'une statue, le désespoir va peut-être entrer dans l'âme d'un pauvre diable d'artiste qui rêvait la gloire et la fortune. Tout le monde n'a pas la philosophie de Malinet qui complétait le sens de cette lettre, en la faisant suivre de la mention : « *Remarqué par le Jury*. » Cette loi de proscription et d'exclusion est cruelle, elle peut frapper des gens de talent et même d'avenir, qui seront stupéfaits, à l'ouverture du Salon, de trouver des œuvres médiocres, cent fois au-dessous

16

des leurs comme mérite, placées sur la cymaise. Voilà
le triste côté de ces solennités artistiques; cependant,
est-il possible qu'il en soit autrement, étant donnée
la non-infaillibilité des juges, et, surtout, l'énorme pro-
duction annuelle de l'art parisien.

Avez-vous jamais réfléchi que, d'année en année, le
nombre des envois augmente et représente à peine la
dixième partie de ce qui se fabrique de tableaux, de
dessins, de sculptures et de gravures à Paris, pendant
un espace de douze mois consécutifs. — Où toutes ces
toiles, tous ces sous-verre, tous ces plâtres encombrants
et de valeurs diverses peuvent-ils bien trouver un
refuge? Évidemment, beaucoup de tableaux et de bustes
seront vendus et donnés, mais beaucoup aussi seront
détruits par leurs auteurs.

L'ouverture officielle du Salon a lieu, le premier mai;
elle est précédée, la veille, de ce qu'on est convenu
d'appeller *le Vernissage,* baroque appellation de cette
répétition générale à l'usage des exposants et de leur
famille, des critiques d'art et de quelques privilégiés.
Le jour du vernissage, toutes les toiles ont déjà reçu
le brillant enduit qui redonne l'éclat aux couleurs; en
fait de vernis, c'est un nuage de poussière qui vient se
déposer sur la surface à peine sèche des tableaux.

Le 30 avril, dès dix heures du matin, le Tout-Paris
des arts se presse aux portes du palais des Champs-Élysées; la foule qui s'empile et s'entasse dans les galeries

du premier étage devient bientôt une cohue. Les peintres
courent d'abord dans les salles, à la recherche de leurs
œuvres, les uns sont dans la désolation de voir leur tableau
perché dans les frises, les autres sont navrés de l'effet relativement médiocre qu'il produit sous ce nouveau jour :
« Ma *Judith* faisait si bien à l'atelier! » — « Mon *Soir
d'Automne* était si poétique dans mon trou de rapin! »
— « Décidément, je n'exposerai plus, le Salon est une
duperie. » Les autres enfin, les *bidards* de la cymaise,
se plaignent du voisinage qu'on a imposé à leur toile :
« Moi qui avais cherché des tons si fins, si rompus pour
mon *Calme plat sur la Manche,* me voici écrasé par le
pétard jaune et rouge de cet animal de Lagingeolle »
— « Fichue place! murmure un portraitiste, ma
duchesse dans un angle! Ne devait-on pas la poser au
milieu d'un panneau! » Le chapitre des récriminations
est ouvert et l'on se met à la recherche de Prétet, le
placeur en chef des tableaux du Salon. Prétet, taillé
comme Hercule, frisotté comme Cupidon, jovial
comme le curé de Meudon, est un véritable artiste,
en son genre; il cherche, autant que possible, à contenter tout le monde et à équilibrer l'aspect harmonique
de ses panneaux; cependant, malgré son ingéniosité, il
ne parviendra jamais à refaire le caractère grincheux
de certains peintres qui ne sont jamais satisfaits.

Une nuée de *vernisseuses,* en toilettes claires et tapageuses, jabotent et jacassent avec entrain, elles ont de

jolis rires perlés de pensionnaires en vacances, s'exta-
sient devant le tableau d'un mari, d'un frère ou d'un...
ami. Elles ont de chaleureuses poignées de mains pour
les artistes qu'elles connaissent, et de charmantes gron-
deries pour certains : « Ah! bonjour, Jojotte, mon
petit Jojotte! elle est superbe ton *Almée*, trop superbe
même, j'en suis jalouse; oh! fi! le vilain Jojotte! » —
« Tous mes compliments, monsieur Félix, pour votre
Plage d'Étretat; c'est très réussi... mais c'est très mal,
très mal. M'avoir dit que vous aviez passé tout votre
été, auprès de votre grand-père, dans le fond de l'Auvergne, quand vous étiez à folichonner au bord de la
mer avec... Oh! ne me dites pas que vous avez fait
votre tableau de chic, affreux menteur! Et la petite
dame en rose, assise sur les galets, l'avez-vous faite de
chic aussi?... Votre nez remue. Va, je ne t'en veux pas,
tu auras tout de même ta médaille! » Les journalistes
et les critiques d'art se promènent, les mains dans les
poches, ils connaissent déjà le Salon sur le bout de
leur crayon, ayant pris des notes pendant les trois
jours qui précèdent l'ouverture. Quelques-uns d'entre
eux ont même écrit un article qui a paru dans un journal,
le matin du vernissage; ils ont accumulé, dans
cinq ou six colonnes, une série de noms d'artistes et
de titres de tableaux ou de statues, avec un mot d'appréciation bien sentie sur les *clous* de l'exposition; quelques autres rient dans leur barbe, en pensant aux traits

malicieux qu'ils vont décocher aux pontifes de la palette.

Aujourd'hui, cependant, on critique peu, on exalte ou l'on adule beaucoup. Les peintres et les sculpteurs sont tellement convaincus de leur talent, ils sont à un si haut point persuadés que toutes les adorations et génuflexions leur sont dues, que la moindre réflexion,

mettant en doute leur impeccabilité de coloriste ou de modeleur de glaise, les enflamme et les irrite. Le critique assez osé pour écrire sa pensée est voué aux dieux infernaux par les académiciens, ou tout bonnement envoyé à la *balançoire* par les impressionnistes.

Un simple compliment bien franc suffisait autrefois, pour satisfaire les demi-dieux de la peinture; il faut maintenant se taper le front sur les colonnes des temples et exhaler son lyrisme : « Salut à toi, grand peintre, émule du Corrège et de Léonard, salut à toi qui sais poursuivre les nymphes au fond des forêts ombreuses, qui as vu la Vierge sainte descendre dans sa clarté, sur les autels d'or; à toi qui confonds, dans un même amour d'artiste, le grand style païen et le chaste idéal catholique. A toi le cygne lumineux de Délos, salut! A toi le lévite béni de l'inspiration divine, salut! »

Et je n'invente rien, je reste peut-être même au-dessous de la réalité, en donnant cet échantillon pathologique des admirations à outrance.

Il y a aussi le compliment sucré et liquoreux, la louange du confiseur parlant : « d'un tableau d'une exécution matérielle très brillante, du vaillant artiste habile à unir la grâce à la fierté; des détails exquis, de la coloration générale éclatante et suave en même temps; des contours modelés dans une pâte souple et ferme à la fois »; mais tout cela n'est que pathos, fadeur et fadaise, et bien peu d'artistes s'y laissent prendre.

Vers. midi, la grande nef du rez-de-chaussée, où l'on a disposé, autour de parterres gazonnés, les œuvres des sculpteurs, se trouve soudainement remplie ; le buffet est pris d'assaut par les affamés. S'il fait beau temps et que le soleil fasse risette, dans les Champs-Élysées, beaucoup de visiteurs du Salon vont déjeuner chez Ledoyen, sous la véranda ou en plein air : on s'y bourre de truite saumonée, sauce verte, un mets de coloriste et de gourmet ; on y discute, à cœur ouvert, le mérite ou les imperfections de la grande machine de Pulvinar, qui brigue la grande médaille pour la troisième fois ; on y acclame joyeusement la présence de certains doyens de l'art français. Des cancans très drôles circulent à propos de l'admission d'œuvres ineptes et du retoquage de Berluron. « Ce pauvre Berluron, il était certain d'être reçu, étant élève de Raphanel. On sait que Raphanel est le meilleur et le plus obligeant des maîtres et qu'il ne lâche jamais un des siens devant le jury. Cependant lorsque le tableau de Berluron est passé à l'examen : *nisco*, unanimité complète pour le mettre à l'écart, pas une seule canne levée en sa faveur. Raphanel ne s'est pas tenu pour battu, il a discuté, supplié même, en faisant valoir les qualités du terrain et le modelé d'un bras gauche ; il avait l'air de tant tenir à l'acceptation de son protégé,

que son confrère Barrière lui
cria : « Soit, nous recevons
le tableau de M. Berluron,
mais à une condition, c'est
qu'il va rester placé, devant
nous, comme étalon, et nous
nous engageons à recevoir
tous les tableaux d'un mérite
égal. » — Raphanel était
vaincu, il baissa le nez devant
ce beau jugement de Salo-
mon. — « Enlevez cette
œuvre, elle est refusée! » dit-il au garçon de service... Et voilà comment ce pauvre Berluron a remporté sa veste, on n'a pas même pu le repêcher! »

A deux heures, le palais des Champs-Élysées se remplit encore; dans le haut, c'est une poussée effroyable,
on s'écrase et le piétinement de la foule produit, sur
les planchers, un vacarme semblable à celui d'une mer
houleuse qui roule des galets. Tous les bancs du jardin
de la sculpture sont garnis de gens éreintés, fourbus,
suants; on est tellement fatigué vers la fin de la journée, que beaucoup s'asseyent par terre, sur les bordures de gazon, sur les plinthes des statues, sur les
madriers qui doivent servir à hisser des marbres pas
encore placés. Les sculpteurs profitent de la circonstance pour vous entraîner vers leurs produits. « Arrive

que je te montre mon bas-relief. Viens donc voir ma
terre cuite. — Je ne vous lâcherai pas avant que vous
ne m'ayez dit votre sentiment sur ma statue. »

Le Salon dure deux mois, et fait régulièrement de
très belles recettes. Il a son jour à cinq francs, le
vendredi, pour les gens à équipages, ce dont profitent
certaines visiteuses équivoques, pour jouer à la baronne.
A la fin de mai, a lieu le remaniement des tableaux ;
Prétet, à ce moment-là, est rangé au niveau des dieux.
Puis vient le vote général de la grande médaille d'honneur, accompagné des intrigues ordinaires pour capter
les voix des artistes électeurs. Suivent, à la queue-leu-leu,
la répartition des premières médailles, des secondes
et des troisièmes *dito,* des mentions honorables, des
bourses de voyage et du prix du Salon. Fin juin, on
ferme les portes, on distribue les récompenses, et en
voilà pour huit mois, pendant lesquels les journaux
illustrés vont publier, sans interruption, les gravures
sur bois reproduisant les statues et les tableaux les plus
remarqués, sinon les plus remarquables.

Vous croyez que Paris en a fini avec les expositions.
Que nenni! — En août, la nef élyséenne se transforme en caravansérail commercial, où, sous prétexte d'art
appliqué à l'industrie, de sauvetage et d'hygiène, de
métallurgie ou d'électricité, on nous exhibe des pianos
à queue, des orchestrionettes, des poupées, des billards-
lits, des photographies au charbon, des boîtes de con-

serve, des assiettes dites
incassables, des cuvet-
tes inodores et hygié-
niques, des bas pour
varices, des bronzes en zinc, des
statues antiques en toc, des dentelles en papier; on nous y fait
déguster de la bière, des liqueurs
et du lait; on nous y vend de la

pommade, de l'eau pour
les dents, du poil à gratter,
etc., etc., etc.

Des expositions, on en crée de nouvelles tous les jours; musées de cires, galeries de charges, exhibitions de sauvages, de femmes, de fleurs, de bébés, de fromages, de chiens, de chats, d'insectes; on en installe partout, dans les baraques, les appartements de maisons en construction, dans les passages, les culs-de-sac, dans des mansardes et des sous-sols. Nos cabarets eux-mêmes se changent en expositions, depuis les bouges des *Père-Lunette* jusqu'aux brasseries littéraires du quartier des Martyrs.

Paris, non content de cette profusion d'expositions, se prépare, en ce moment, à la plus merveilleuse, la plus étonnante, la plus stupéfiante des expositions universelles. Une ville entière, féerique, prodigieuse, invraisemblable s'est créée, en quelques mois, de l'esplanade des Invalides au Champ-de-Mars. Jamais on n'aura vu pareil éblouissement, pareil luxe, jamais on n'aura éprouvé pareilles surprises.

Que va nous produire cette extraordinaire entreprise, en sortirons-nous plus riches ou plus pauvres, Parisiens, mes frères? Bien malin qui saurait le dire. — Ce que je puis prévoir c'est l'augmentation de toutes les denrées, la plus-value de toutes les chambres d'hôtel et la hausse immodérée des faveurs féminines. Nos fournisseurs deviendront plus âpres au gain, nos cochers plus arrogants, nos *pschutteuses* plus cosmopolites. Pendant la durée de l'Exposition, notre beurre se chan-

gera en margarine, notre café en chicorée, notre vin
en teinture; l'eau potable étant à peine suffisante, l'été,
en temps ordinaire, nous tirerons la langue pendant la
canicule; quand nous voudrons aller à la campagne,
nous trouverons les chemins de fer encombrés par les
provinciaux et les étrangers. En revanche, nos appartements seront envahis par tous ceux qui se diront nos
amis, pour coucher dans notre lit, manger à notre
table et faire les yeux doux à nos belles; en revanche,
les entomologistes parisiens pourront piquer, sur le
liège de leurs boîtes, des variétés infinies de parasites
voyageurs; en revanche, la tour Eiffel restera plantée,
sur les bords de la Seine, comme un spécimen de la
hauteur de nos vues artistiques. En peu de mots,
voilà les agréments auxquels nous sommes exposés avec
l'Exposition.

XIII

L'HOTEL DES VENTES

Passez, le matin, dans la rue Drouot, et regardez à votre gauche, en venant du boulevard, cette bâtisse en pierre, muette comme un tombeau, close comme une prison, c'est l'Hôtel des Ventes ou des commissaires-priseurs. Repassez au même endroit, vers deux heures et demie; autour du même monument, l'activité humaine se déploie; des individus de toutes conditions arrivent à pas précipités, et se pressent contre la porte d'entrée, comme des moutons entrant au bercail. A la file, s'avancent des fiacres; le client saute à terre, avant l'arrêt complet de la voiture, et paye vivement son cocher, sans même fermer la portière. Dans la rue Rossini et dans la rue Grange-Batelière stationnent des coupés de maîtres, dont les chevaux piaffent en faisant cliqueter leur gourmette. Sur les trottoirs, des commissionnaires, des Auvergnats de la rue de Lappe, des chineurs, des bricoleurs, tout l'escadron volant du bric-à-brac.

Par ici, suivez-moi, nous allons entrer du côté de la rue Chauchat, nous serons peut-être moins heurtés; les ventes commencent à peine et l'on ne transborde pas encore les meubles ou les tableaux. Dans la cour couverte, on a improvisé une douzaine de comptoirs de vente à la criée, pour les petits mobiliers provenant de saisies ou de modestes successions : les lits de fer, les tables de nuit désarticulées, les commodes en noyer, les pendules en zinc doré, les livres au tas, les gravures entourées de baguettes noires, des casseroles trouées, des chenets rouillés, des amas d'objets sans forme et sans nom connu sont jetés là, pêle-mêle, et constituent le fond d'achat des regrattiers de dixième catégorie. Quelquefois, au milieu de ces détritus, se trouvent, par le plus grand des hasards, des feuillets de manuscrits gothiques, des gravures de Callot en premier état, des terres cuites du siècle dernier, des autographes de Voltaire ou de Lamartine; je ne vous conseillerai pourtant pas d'aller vous mêler à cette assemblée de la regratte, ce serait perdre votre temps et risquer de n'avoir ensuite qu'à vous gratter. Les salles du rez-de-chaussée, où l'on adjuge les rossignols de magasins en faillite et les meubles des bourgeois modestes, ne sont pas mieux fréquentées. Cinq salles,

plus ou moins étroites portant les nos 11, 12, 13, 14
et 15 sont bondées d'un public spécial qui s'empile
sur des estrades en bois, dans une promiscuité inquié-
tante ; des effluves de senteurs variées nous arrivent,
dès que nous entrons dans le couloir sur lequel s'ouvrent ces salles de vente ; des relents d'ail, de vieux
vernis et de guenilles ; des odeurs de chambres mor-
tuaires, de lits d'hôpital et de bouges de pochards se
mélangent ensemble, pour former le bouquet de la basse
brocante. Des bruits confus nous
arrivent, vociférations des crieurs,
enchères des assistants, toussaille-
ments des catarrheux, ponctués, à
intervalles irréguliers, par
le coup de marteau du
commissaire-priseur.

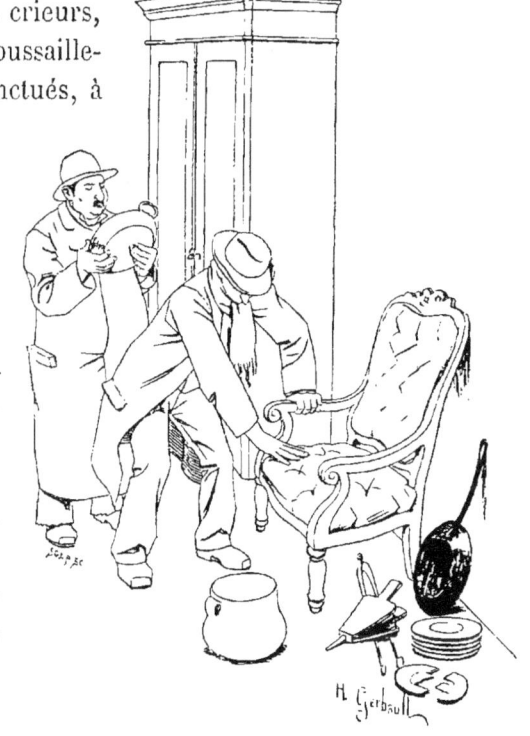

Bouchons-nous le nez,
fuyons loin de ce *Mazas*
des nippes infectes et des
ébénisteries puantes. Nous
sommes dans l'escalier qui
conduit au premier étage ;
à mi-chemin, à l'entresol,
on aperçoit un réduit de
quelques mètres carrés,
où l'on offre, aux ama-
teurs, un choix de toiles

fraîchement peintes, encadrées de bordures dorées
au procédé. « Messieurs, dit l'expert, nous mettons
en vente un superbe paysage d'Onésime Grenouillet,
Vue de Venise, dans le genre de Ziem; l'acquéreur
pourra prendre le pendant, *Vue de Constantinople,* au
prix d'adjudication du premier. Nous demandons qua-
tre-vingts francs. » Silence sur toute la ligne; la mise à
prix descend successivement plusieurs échelons de dix
francs, personne ne souffle mot. « Voyons, messieurs,
continue l'expert, je suis acheteur à quinze francs, suivez! » De cinquante centimes en cinquante centimes, la
toile de l'illustre Grenouillet arrive à vingt et un francs
cinquante; elle est adjugée au docteur Malaprès, chirur-
gien-dentiste, qui profite de l'occasion pour s'offrir,
au même taux, la *Vue de Constantinople.* Le commissaire-priseur, avec des larmes dans la voix et l'air navré,
dit : « Je crois bien, à ce prix-là, on peut prendre la
paire, c'est donné! » On met alors sur table deux
remarquables natures-mortes de Monflanchard, adjugées ensemble, pour dix-huit francs, à Mlle Henriette,
logeuse en garni, impasse des Vertus. Nouvelles lamentations du commissaire-priseur. Ainsi de suite, se
succèdent les croûtes les plus invraisemblables qui
s'écoulent dans les prix doux, pour le plus grand ornement des loges de concierges, des bureaux de nourrices
sur lieu et des tables d'hôte de province. — Si nous repas-
sons devant cette salle de vente, huit jours plus tard,

nous retrouverons des toiles identiquement semblables
à celles qui viennent d'être acquises; sans atteindre
une cote plus élevée, elles seront adjugées par
l'homme au marteau d'ivoire, sur le même ton pleurard
et découragé. L'usine *Grenouillet, Monflanchard and C°*
n'en continue pas moins à fonctionner, pour le plus
grand luxe des salons de dentistes, des chambres meu-
blées et des arrière-boutiques de mastroquets.

Nous arrivons maintenant, en haut de l'escalier;
dans la salle n° 1, s'étalent, avec une habile recherche
de mise en scène, les objets mobiliers provenant de la
succession de la trop célèbre Dinah de La Charmille,
victime d'un drame récent. Dans le fond, le lit de
parade, monté avec le baldaquin et les rideaux; à droite,
accroché au mur, un tableau représentant une *Danaé,*
sans aucun voile, fécondée par une pluie de pièces d'or
à l'effigie du prince de Monaco; à gauche, le portrait
en pied de Dinah, très décolletée, aux pieds de laquelle
jappe un King-Charles. On a groupé, avec art, une
table de salle à manger, un buffet et des chaises en
chêne sculpté, un meuble de salon en palissandre
garni de soie vieil or, une psyché, un lavabo en marbre
blanc, un large sopha en soie noire dont les ressorts
sont quelque peu avachis, des vitrines remplies de
sujets libertins en Saxe moderne. On se montre surtout
une immense carpette de Smyrne, tachée de sang, sur
laquelle fut retrouvée la malheureuse femme, à demi-

17

nue et la gorge percée d'un coup de poignard. La salle est archi-comble, toute la fine fleur du sport, des coulisses et de la haute gomme est présente. Nos plus célèbres impures, coiffées de chapeaux extravagants, entourent le bureau du commissaire-priseur, qui ne s'est pas vu, depuis bien longtemps, à pareille fête; des souffles d'iris, d'hylang-hylang, d'opoponax encensent l'autel de l'oracle. Ça va chauffer tout à l'heure, paraît-il, on parle d'une certaine cuvette, en argent massif, qui sera disputée à coups de banknotes; le vieux baron de X... veut l'acheter, à tout prix, comme souvenir.

Dans la salle nº 5, on adjuge des médailles grecques, romaines et gallo-romaines; quelques messieurs, graves et décorés, munis de loupes, inspectent des pièces de bronze vert-de-grisé qu'on leur passe sur des plateaux, et contre lesquelles ils échangeront, tout à l'heure, des louis et des billets de banque.

La salle nº 4 est ordinairement consacrée à la vente des estampes et des dessins. Les amateurs et les marchands sont non moins sérieux ici que dans le local précédent. L'expert et le commissaire-priseur n'ont pas à faire de grand frais d'éloquence, les enchères se suivent paisiblement, et atteignent, en général, des prix convenables; la lutte ne devient assez vive que si l'on a signalé la présence des grands amateurs ou des représentants des collections publiques. M. Béraldi est-il là, vous allez voir monter les belles gravures en couleur du XVIIIe siècle, M. Faucou est-il assis dans un coin, les vues de Paris ne s'en iront pas à vil prix. Au reste, la bataille est courtoise, on se passe, avec mille précautions, les feuilles volantes préservées par des chemises en papier bulle. Les acquéreurs de gravures

ou de dessins ne se soucient pas de laisser aller en magasin ce qu'ils achètent, ils gardent devant eux, se font faire un bordereau à leur nom, ou payent de suite. « On garde, on paye ! » annonce le crieur, en ce dernier cas.

De nouveaux arrivants remplissent, sans discontinuer, le couloir du milieu : ce ne sont que brocanteuses en chapeau à fleurs ou en bonnet de linge, millionnaires

vêtus de paletots à collets de fourrures, mendiants
dépenaillés venant là pour se chauffer, filles en cheveux
cherchant un adjudicataire, pâles voyoux en quête
d'un chronomètre, dont ils s'exposent à payer les frais
en police correctionnelle. L'odeur de *Mazas* monte du
rez-de-chaussée au premier étage; des tourbillons de
poussière nous entrent dans le larynx, un bruit de
piétinements incessants et de bavardages mercantiles
nous assourdit les oreilles, on étouffe dans une chaleur
moite où se condensent les émanations des vêtements
mouillés par la pluie et des vestes suantes des employés.
Dans les autres salles, on vend soit des bijoux et des
parures, soit des tableaux sous crassé ou trop nettoyés,
soit le matériel d'un atelier d'artiste avec mannequins,
chevalets, boîtes à couleurs, esquisses et statuettes en
plâtre.

Entrons dans la salle nº 6; les objets disparates
que vous voyez forment ce qu'on appelle une vente
composée, c'est-à-dire une vente résultant de l'association de plusieurs marchands désireux d'écouler leurs
rossignols. Les naïfs qui se dirigent de ce côté, avec
l'espérance de *faire un coup*, risquent fort d'être
exploités. Dans un fouillis de choses à peine indiquées
sur un catalogue sommaire, nous distinguons quelques
vieux meubles en chêne bâtis de pièces et de morceaux
vermoulus, rebouchés tant bien que mal à la cire; des
cadres italiens fabriqués rue du Petit-Musc; des faïences

de la Révolution cuites et décorées à Lille, l'année
dernière; des boucliers du moyen âge, en galvano; des
estampes sans valeur, d'apès Girodet Trioson ou
Mme Haudebourt-Lescot; des paysages très *flous*, dont
les bouleaux secouent leurs feuilles jaunes sur un étang
pâle, avec un réveillon de vermillon sur la tête d'une
figurine de second plan, et les initiales C. C. auda-
cieusement apposées dans le coin gauche; quelques
tableaux noirâtres attribués à Salvator et au Bourgui-
gnon; des portraits ovales de guerriers à perruques
Louis XIV, outrageusement repeints, etc., etc. Au
milieu de ce ramassis peu attrayant, une toile mieux
encadrée que les autres; elle représente une madone
debout, son bambino dans les bras; un ange en adoration présente, aux divins personnages, le linge miraculeux de Véronique, où se dessine la sainte face;
un brillant vernis s'étale sur cette composition baroque,
œuvre de quelque italien de troisième ordre, peinte
à la fin du XVIIe siècle. Ce tableau est pompeusement
annoncé sur l'affiche, comme une des plus belles
œuvres de Raphaël, il appartient non pas aux marchands
coalisés, mais à une vieille dame du Marais, qui rêve
une fortune, depuis quarante ans, sur ce chef-d'œuvre.
Quand on a besoin d'un *clou* pour une vente, on
trouve toujours une vieille dame du Marais qui possède
un Raphaël.

La vacation a débuté par l'écoulement de divers lots

de gravures au tas, à moitié déchirées, et de photographies pisseuses d'il y a trente ans. Les meubles et les
faïences ont été adjugés deux fois plus cher qu'on ne
les aurait achetés en boutique. Un des portraits à per-
ruque est présenté, maintenant, par l'expert, un petit
homme louche, crasseux et grêlé comme une écumoire,
il le donne comme étant le portrait du grand Condé,
par Hyacinthe Rigaud. « Très belle peinture, dit-il,
facture large et puissante accusant le maître ; elle est
un peu ternie, mais le vernis fera tout revenir. »
Pour accentuer son dire, il ajoute au conseil un commencement d'exécution, en projetant, sur la figure du
célèbre capitaine, un jet de salive qu'il étale complai-
samment avec la paume de la main. Malgré cette toilette sommaire, le grand Condé ne trouve pas marchand.
« Retiré ! » prononce le commissaire-priseur. En ce
moment, un nuage, noir d'orage, passe sur l'hôtel
Drouot ; on n'y voit goutte, et les garçons de magasin
bousculent brutalement les acheteurs pour allumer les
becs de gaz. Quatre heures sonnent au cartel de la
galerie ; on va mettre en vente le fameux tableau de
Raphaël ; l'expert rajuste, pour la circonstance, son
binocle sur son nez crochu. « Messieurs, le tableau
que nous vous présentons est du divin Sanzio : l'ingéniosité du sujet est, en tous points, digne du maître ;
cette toile a, d'ailleurs, ses titres de noblesse, elle a été,
pendant longtemps, dans un hôpital de Varsovie auquel

elle avait été donnée par le pape Grégoire XV; nous demandons 40,000 francs. » Silence de mort, interrompu par un petit rire étouffé; pardon! le rieur n'est autre que votre serviteur. « Allons, messieurs, commençons par un prix, je suis toujours marchand à 5,000. » A ce mot, comme par enchantement, les enchères arrivent à 6,000 francs. « A 6,000 francs, messieurs, prononce le commissaire-priseur, 6,500, 7,000; faites passer, on demande à voir, 7,200; 300; 400; 7,500; personne ne dit mot, pas de regrets? 7,600; 7,800; 8,000 francs; bien vu, bien entendu, 8,000 francs, je vais adjuger; 9,000, dans le fond à droite, 9,200... 10,000, personne n'en veut plus, bien vu, pas de regrets, bien entendu 10,000 francs le Raphaël... — Adjugé! » Le marteau, longtemps balancé comme la baguette d'un prestidigitateur, a frappé un coup sec sur le bois de la chaire aux enchères. Le louchon d'expert s'approche de Me Z... et lui glisse dans l'oreille le nom du dernier enchérisseur. Me Z... sourit, se penche vers son scribe qui sourit à son tour; celui-ci donne le mot au garçon de magasin chargé du précieux tableau; un gros rire échappe à l'Auvergnat qui en a vu bien d'autres. « Quel peut donc être le badaud qui a pu se laisser enfler de la sorte? » me demandez-vous. Personne parbleu! c'est la vieille dame du Marais qui a mis les 10,000 francs; elle avait secrètement averti l'écumoire d'expert qu'elle ne laisserait

pas aller le tableau au-dessous, et, pour plus de sûreté,
elle avait chargé son confident de pousser en son nom.
Des compères, distribués dans la salle, avaient fait le
jeu, et le tour était joué. La vieille dame paiera les
frais, l'homme, qui nettoie le grand Condé en crachant
dessus, touchera sa commission, et la Vierge à la serviette retournera s'accrocher, dans la rue Pavée, au
chevet de sa propriétaire, qui fera encore des rêves
d'or, devant l'œuvre du divin Sanzio. — Pour la conso-
ler de son insuccès, le commissaire-priseur lui a insi-
nué que c'était la faute au gouvernement et à Ferry.
« Patience, attendez le règne de Boulanger, les Jésuites
reviendront, et vous vendrez votre Raphaël 200,000
francs. »

Dans le fond du couloir, on se bouscule pour pénétrer dans la salle n° 8; un garçon est posté en travers
de la porte, pour empêcher de pénétrer les personnes non
munies de cartes; c'est jour d'exposition particulière
d'une collection représentant plus de 800,000 francs
en tableaux et en objets de curiosité. Les critiques
d'art, les collectionneurs de haute marque, les marchands venus de l'étranger, les grandes et honnestes
dames piétinent sur place, en attendant leur tour d'entrer. On a beau adjoindre la salle 9 à la salle 8, il n'y a
pas de place pour tout le monde, et ceux qui sont entrés
ne ressortent pas vite. Tant de chefs-d'œuvre sont
réunis en cet endroit, paraît-il : des Rembrandt dorés

comme une grappe, des Van der Meer lumineux et
rayonnants, des Rubens à fleur de chair, des Van
Goyen blonds et transparents, des Fragonard volup-
tueux, des Corot pâles et poétiques, des Delacroix
érubescents, des Decamps fantastiques... — Quelle

intéressante histoire de l'art il y aurait à faire,
rien qu'en prenant comme sujets d'étude, les merveilles
qui ont passé, depuis vingt ans, par les salles 8 et 9 de
l'hôtel Drouot; combien de collections célèbres s'y sont
éparpillées, sous le feu des enchères allumé par les
Pillet, les Escribe, les Chevalier; à combien de splen-
dides catalogues ornés d'eaux-fortes n'ont-elles pas donné
naissance, listes précieuses pour les écrivains d'art,
rédigées par des experts reconnus experts, qui se
nomment : Haro, Féral, Petit, Durand-Ruel, etc...
Ceux qui ont suivi ces ventes passionnantes n'ont qu'à
fermer un instant les yeux, ils verront repasser,
comme dans un songe, les milliers de toiles hors ligne
des collections Pomersfelden, Edwards, Paturle, Michel
de Trétaigne, Laurent-Richard, Papin, Schneider,
Sedelmeyer, Jacobson, les œuvres provenant des ateliers de Millet, Delacroix, Fortuny,... les objets d'art
recueillis par Beurdeley, Benjamin Fillon, Jacquemart...
Pensez aux millions rapportés par ces ventes, et avouez
que le local où elles s'effectuent est bien misérable et
bien indigne de tant de splendeurs.

Il se fait temps que cette prison cellulaire de la
brocante tombe sous la pioche des démolisseurs, pour
faire place à une nouvelle construction spacieuse,
bien éclairée et bien ventilée. Il devient nécessaire
de créer de vastes amphithéâtres, où l'amateur, puisse
voir à l'aise, et en belle lumière, les objets pour la

possession desquels il jette une fortune sur le bureau de l'officier ministériel.

En 1858, quand l'hôtel Drouot fut construit, on s'extasiait devant cette bâtisse comme en face d'un palais. Le goût du sport artistique, de cette lutte à coup d'audace et de billets de banque, s'est tellement développé depuis trente ans, que le palais d'alors est plus qu'insuffisant à l'heure actuelle; on doit donc le raser pour cause d'utilité et de salubrité publiques. Les brocanteurs et les truqueurs de toutes sortes ne réclament pas de semblables démolitions, ils se trouvent, m'assure-t-on, très à leur aise, dans cette incommode tanière; l'atmosphère leur en est salutaire, paraît-il, et ne nuit pas à leurs petites affaires. Ce n'est donc pas pour eux que je prends la parole, mais pour tous ceux qui, n'aimant pas se frotter de trop près à cette plèbe interlope, estiment que les grandes ventes de tableaux et d'objets d'art ont droit à une installation en rapport avec leur importance.

J'appelle donc, de tous mes vœux, le jour où l'on convoquera les entrepreneurs de démolition pour la vente des matériaux de l'hôtel Drouot, et le moment où le commissaire-priseur s'écriera : « Adjugé! »

XIV

LES JOURNAUX ET LES LIVRES

Les journalistes! oui, en effet, il y a longtemps qu'on ne nous en avait rien dit, parlez-nous donc des journaux et des journalistes! Des blagueurs, des crétins ou des canailles que vos journalistes! Tous tarés, vendus ou à vendre vos journaux; des feuilles publiques! Ah! elle est propre votre Presse, ils parlent une jolie langue décomposée, vos écrivains; on peut croire à leurs opinions, ils en changent comme de chemise; on peut se fier à leurs renseignements, ils démentent, le lendemain, ce qu'ils ont avancé la veille. Je leur conseille d'entrer dans la vie privée des autres, quand ils mènent, eux-mêmes, une vie de bâtons de chaises; ce ne sont que des noceurs, des jouisseurs, des cabotins, des pitres et des fumistes!

— Pardon, monsieur, voulez-vous écrire ce chapitre à ma place?

— M'occuper de ces gens-là, je les ai trop fréquentés, trop connus.

— Justement, vous pourrez, peut-être, apporter à cette étude des détails inédits,... notamment sur la façon dont certain d'entre eux a été expulsé de la corporation, avec un coup de pied au...

Mon interlocuteur baisse le nez, hausse les épaules et tourne les talons,... Touché. — Ancien boursier, chassé du temple pour n'avoir pas soldé ses différences, il est resté quelque temps dans l'ombre, a fait le mort, puis, un beau jour, (on oublie si vite à Paris!) il s'est faufilé dans la Presse. Avec des capitaux, quêtés de droite et de gauche, il a fondé une feuille de choux célèbre par ses pataquès; au bout de six mois, poussé par l'instinct, il a barboté dans la caisse de ses co-associés. Chassé du journalisme comme il avait été chassé de la Bourse, il croit, peut-être, qu'on ne se souvient plus, et fait le fendant avec ceux qui ignorent ou sont censés ignorer son passé.

Malheureusement, le jugement porté sur les journalistes, par ce dévoyé, est adopté par nombre de gens d'esprit rassis, bons bourgeois touchant régulièrement leur coupon de rente, assoiffés de tranquillité, de paix et d'ordre public. Quand ils sortent du café de leur quartier ou de leur cercle, après avoir parcouru cinq ou six journaux d'opinions différentes, bondés de boutades et de paradoxes, appréciant contradictoirement le même fait, lesdits bourgeois, tant soit peu congestionnés, s'écrient à leur tour : « Ces journalistes ! »

Ces journalistes, voudriez-vous donc qu'ils fussent tous des petits saint Jean ou des saint Jean-Chrysostôme ? Eh bien ! croyez-moi, si vous voulez, ils ne sont ni meilleurs ni pires que les hommes politiques, les fonctionnaires et les financiers, que les artistes, les industriels et les commerçants. Par profession, étant obligés de se tenir constamment sur la brèche, ils sont plus en vue que personne ; ils disent tout haut ce que d'autres marmonnent tout bas, et payent, souvent, de leur personne, pour l'audace d'une phrase provocatrice qu'ils ont lancée inconsidérément ; il est rare, cependant, qu'ils ne rectifient pas spontanément leurs assertions quand leur bonne foi a été surprise.

Le grand reproche qu'on adresse aux journalistes est de former une armée immense, grossissant chaque jour, et se recrutant un peu partout. L'on ne songe pas qu'il y a pléthore dans les professions libérales ; il existe trop d'avocats, de professeurs et de médecins, trop d'architectes et d'artistes ; comment veut-on qu'il ne se produise pas aussi trop de journalistes ? — La vie moderne est houleuse, cahotée, incertaine ; l'instruction, prodiguée à haute dose, n'est pas suffisante pour créer des clientèles aux jeunes hommes se destinant à une carrière. La bureaucratie rebute, par la tristesse de son

train-train et la pénurie de ses émoluments, ceux qui
se sentent quelque chose dans la cervelle. Beaucoup de
ceux-là, ne voulant pas troquer leur indépendance
contre un rond de cuir, se jettent corps et âme dans
le journalisme, comme dans un refuge de la pensée
libre. Là, du moins, ils pourront, croient-ils, montrer
leur talent, développer leurs idées, dire son fait à ce
monde trop étroit qui n'a pas voulu leur faire de place,
ils seront les arbitres des grands et des petits, feront
les réputations et arracheront les masques, dirigeront
la politique, les affaires, le goût et la mode. De fait, la
presse est, aujourd'hui, un des moteurs les plus puis-
sants de l'humanité, elle englobe tout, élève ou abaisse,
adule ou conspue, porte sur le pavois, ou bien attache
au pilori.

Paris, à lui seul, publie plus de soixante journaux
politiques quotidiens, et plus de quinze cents gazettes,
moniteurs, annales et bulletins périodiques : organes
littéraires, artistiques, scientifiques, médicaux, religieux, financiers, militaires, commerciaux, industriels,
agricoles, vinicoles, etc., etc. Les presses gémissent,
jour et nuit, pour tirer à des milliers d'exemplaires
ces recueils d'élucubrations de la pensée humaine, qui
vont distribuer, aux quatre coins de la France, les idées
les plus diverses, les plus nouvelles, les plus saugre-
nues, les plus dangereuses même. Combien d'erreurs
de tous genres, de barbarismes et de solécismes de

toutes natures sont mis ainsi en circulation!... Et,
cependant, au milieu de cela, combien de talent dé-
pensé, prodigué, gaspillé, combien d'idées chevale-
resques et généreuses mises en avant, combien d'études
sérieuses et réfléchies, jetées en pâture à qui ne saura
même pas s'en nourrir! Une grande catastrophe décime-
t-elle une population, la presse est là, vigilante, em-
pressée, secourable, organisant des souscriptions et
des fêtes de bienfaisance; une misère imméritée vient-
elle affliger un homme de talent, la presse est encore
là, discrètement charitable, renonçant à son jargon des
jours de bataille, et trouvant des paroles persuasives
pour attendrir les cœurs et ouvrir les bourses. Allez
donc encore reprocher aux journalistes leur ardeur
d'*interview* et de *reportage!* Qui les a faits comme ils
sont, si ce n'est votre folle curiosité, votre inépuisable
désir de savoir tout vivement et dans les moindres
détails? — A ce métier, d'ailleurs, ils ont fait découvrir
plus de malfaiteurs que les polices les mieux organi-
sées, ils ont dévoilé plus d'abus que n'importe quelle
ligue du bien public, ils ont fait retrouver plus d'objets
égarés, de chiens perdus et de femmes en fuite, que
tous les crieurs assemblés des anciens temps.

Le journalisme d'information est destiné, fatalement,
à remplacer le journalisme de politique pédantesque
de nos pères. Les grandes tartines indigestes de première page, rédigées sur le même ton sentencieux, à la

même place, par la même plume, pendant les trois cent soixante-cinq jours inscrits au calendrier, n'ont plus beaucoup d'action sur les électeurs ; les tintamaresques jongleries des pamphlétaires conservent une influence plus directe, étant donné l'instinct des masses, toujours prêtes à écouter, de préférence, celui qui les fait rire, et à applaudir surtout celui qui tient le bâton.

Le journaliste d'information est, qu'on ne s'y méprenne pas, supérieur, dans sa tactique, aux phraseurs doctrinaires, et plus machiavélique que les clowns de la blague. Un reporter habile veut-il vous imposer son homme, il n'ira pas s'emberlificoter dans de grandes phrases pompeuses qui sentiraient trop la réclame, il s'y prendra doucement, simplement, vous introduisant dans la maison et la vie intime du Monsieur, il vous le montrera à son petit lever, à table, en promenade, en soirée, au bal, sur le champ de course, dans une loge d'actrice, sur le terrain, à cheval, en voiture, en chemin de fer. Vous saurez combien le héros fume de cigares par jour, quel est le menu de ses repas, s'il aime les brunes ou les blondes ; ses bons mots, ses poignées de main, ses sourires et même ses secrets avantages seront enregistrés scrupuleusement, pour le plus grand bénéfice de votre curiosité. Petit à petit, vos sympathies iront inconscientes vers ce citoyen quelconque, à l'existence duquel on aura insensiblement

18

associé vos pensées, et dont chaque mouvement, chaque
geste prendra une importance démesurée à vos yeux.
Cela est tellement vrai, qu'à force de parler des assassins, on finit par les rendre plus intéressants que la
victime. Les femmes surtout se laissent prendre à ce
piège grossier, et, quand la femelle est prise, le mâle
est bien près de se faire emprisonner dans les filets de
l'oiseleur.

Ce même *reporter* veut-il, au contraire, démolir la

réputation d'un fétiche
officiel, il ne déversera
pas sur lui son récipient
nocturne, ne le couvrira
pas des fleurs du voca-
bulaire poissard; plus
adroit et plus cruel, il
s'apitoiera sur la pituite
du pauvre homme, cons-
tatera les progrès de son
obésité ou de sa calvi-
tie, nous initiera à ses
démêlés avec son gen-
dre; il insistera sur le
bourgeoisisme de ses re
lations, sur la frugalité
avaricieuse de sa table;
il nous le montrera en

manches de chemise faisant des massés sur un billard rapiécé, comptant sa dépense avec sa cuisinière, rognant les mémoires de ses entrepreneurs, encaissant le montant des loyers de ses immeubles, et donnant quinze francs d'étrennes à son concierge ; ses gaffes, son air rogue, et même ses infirmités cachées, n'auront plus de mystère pour vous. Peu à peu, le fétiche deviendra fantoche et la galerie n'aura pas assez de sifflets pour lui indiquer le chemin de la coulisse.

Pour être un vrai *reporter*, il ne suffit pas d'être un littérateur (quelques plaisants assurent, au contraire, que cela est plus nuisible qu'utile), il faut encore avoir des jarrets d'acier, une élasticité de vélocipède, un aplomb à tout casser, un bagou de commis-voyageur, un flair de détective, savoir saluer les autorités, rire aux enfants, chatouiller l'amour-propre des hommes, et l'amour chaste des femmes, regarder sous les lits, écarter les rideaux, ouvrir la porte d'un placard, celle d'un cabinet particulier, ou même d'un cabinet plus particulier encore ; il faut, de plus, pouvoir passer les nuits sans avoir la migraine, écrire cent cinquante lignes, debout, dans l'embrasure d'une fenêtre, courir au Journal à deux heures du matin, corriger d'un trait, dormir peu, s'habiller lestement, manger vite, et recommencer, le lendemain, le métier de la veille. Un reporter sera exposé à mille rebuffades, incartades et bousculades ; il est de toutes les foules et de tous les meetings, de tous les banquets, de toutes les premières, qu'elles aient pour théâtre l'Opéra, *Beaumar* ou la place de la Roquette. Il a pour clientèle les assassinés, les vitriolés, les meurtriers, les escarpes, les inventeurs, les conspirateurs, les portiers, les femmes de chambre, il fera parler les uns, *jaspiner* les autres, il fera s'expliquer ceux-ci et graissera la patte à ceux-là pour débiner le truc. Grâce à son activité, à sa loquacité, à son don d'ubiquité, le *reporter* est le maître du journalisme moderne, n'est-ce pas Figaro?

Dans le journalisme, les rôles sont distribués comme à la Comédie. Le rédacteur en chef, le secrétaire de la rédaction et l'administrateur dirigent la boîte (le journal); autour d'eux se groupent les chefs d'emplois et les sous-ordres; aux premiers sont réservés les articles de fond, les variétés, les articles à sensation; aux seconds incombe le soin de la cuisine à grands coups de ciseaux, et la confection des entrefilets de remplissage. Dans quelques journaux de premier ordre, le rédacteur en chef est un véritable potentat, beaucoup plus important qu'un ministre et plus redouté qu'un juge d'instruction. Les gouvernements composent avec la composition de son journal, les auteurs frappent discrètement à la porte du cabinet directorial, où leur plume ne pèse pas plus lourd que celle d'un moineau. « Le Patron est-il content, que va-t-il dire? » se demande l'écrivain. Que va-t-il dire? écoutez-le parler :

« Impossible, votre article ne peut passer, il n'est pas
à la hauteur. — Trop de verbiage, mon cher, faites
des coupures. — Dites-moi donc, votre machine d'avant-
hier n'était qu'une plate réclame industrielle. Combien
le Journal a-t-il touché pour cela? — Vous m'apportez
une affaire, dites-vous; paye-t-on comptant, ou après
réussite? — Charmante, votre boutade de l'autre samedi, charmante, elle nous a valu trente désabonne-
ments... rassurez-vous, continuez, elle nous en a rap-
porté soixante nouveaux. »

On fait des fortunes dans le journalisme, regardez
le palais de la rue Drouot, dont Villemessant a posé la
première pierre; regardez l'hôtel du *Petit Journal,*
avec ses sculptures et sa pièce de 5 centimes comme
enseigne (une pondeuse qui a fait des louis d'or) ;
voyez rue Montmartre, au coin de la rue du Croissant,
l'immeuble de *la France,* avec son balcon à caria-
tides, bâti sur l'emplacement de l'ancien marché Saint-
Joseph.

Bien curieuse à examiner, cette rue du Croissant,
qui est le magasin central de toute la paperasse des
journaux quotidiens et périodiques ; à l'exception de la
bâtisse monumentale de *la France,* toutes les maisons
de ce long boyau, plus ou moins étroit, ne sont pas
de construction récente. Quelques hôtels particuliers
du siècle dernier sont devenus de véritables turnes
de la presse : au rez-de-chaussée, dans de vastes hangars,

fonctionnent les merveilleuses machines à imprimer, dévidant, sur leurs rouleaux, ces grosses bobines de papier que vous voyez arriver, par camions, dans leurs couvertures jaunâtres. A chaque étage, les bureaux d'un journal différent sont installés ; l'escalier est poussié- reux, graisseux, enfumé, dégageant un relent de vieille machine mal nettoyée. Pas de luxe par ici, pas de divan turc dans le cabinet du directeur, pas de *hall* d'abonnement semblable à celui d'une compagnie financière, ni fresques sur les murs, ni mosaïques sur le sol ; un guichet en fil de fer rouillé devant la caisse, quelques tabourets en paille autour d'une table bancale, et des rayons en sapin, pour entreposer les collections, constituent le mobilier de la salle du public.

Entrons dans le bureau de rédaction d'un journal de caricatures ; la pièce est remplie de la fumée des ciga- rettes et des pipes, une demi-douzaine de journalistes attablés confectionnent leur article, en blaguant et en absorbant des bocks qu'on a fait venir de la rue Mont- martre ; des charges de rédacteurs, crayonnées par un des illustrateurs bouchent les trous d'une tenture verte jaunie par la lumière ; sur un poêle en fonte graillonne un restant de café. Des mots drôles et méchants sur des confrères circulent, on débine le patron qui est un crasseux et paye la rédaction le moins cher qu'il peut, on engueule un saute-ruisseau

qui a oublié de préparer les lampes ou qui a coupé
la mèche de travers ; le timbre résonne, c'est un abonné
modèle, il vient lui-même payer sa quittance de six
mois, lui donnant droit à une prime ; il sort un louis
de sa bourse, et, pour lui rendre, on n'arrive pas,
en fouillant dans toutes les poches, à faire l'appoint nécessaire. Lucien des Aubrayes, monocle dans
l'œil, entr'ouvre en ce moment la porte ; Lucien, c'est
le sauveur, l'ami du journal, celui qui paye toujours
les tournées à la brasserie, il doit avoir de la monnaie.
« Lucien, encore un abonné ! » lui crie-t-on, et il
s'exécute, trop heureux de rendre service ; le sonnet
qu'il a composé pour la petite Rosa Fromageot, des
Menus-Plaisirs, passe cette semaine en troisième page,
avec la signature pseudonymique du Chevalier de
Faublas.

A quatre heures, la rue du
Croissant se trouve remplie d'une
populace de marchands de journaux de tous les quartiers de
Paris et de la banlieue, surtout
à la fin de la semaine, aux jours
où paraissent les illustrés heb-
domadaires ; ils viennent faire
les rassortiments aux agences des
entrepositaires, ou attendent que
les journaux politiques du soir

H. Gerbault

aient tiré. Guguss' et Ugène jouent au bouchon dans le
ruisseau, devant *la Bataille*, les camelots qui vendent
les canards dans les rues, s'attroupent et s'attrapent,
comptent les feuilles sur leurs genoux, en mâchant une
chique; les petits imprimeurs en veston bleu et les
compositeurs en blouse noire se donnent des renfon-
cements amicaux dans le ventre, et vont boire, à la six-
quatre-deux, une chopine, chez le *troquet*. — *La France,
la Bataille, le Paris,* s'enlèvent par ballots; les crieurs,
pour se mettre en voix, commencent à assourdir les
passants, en sortant de la rue du Croissant. Un distri-
buteur de journaux de Vincennes et de Saint-Mandé
grimpe sur son vélocipède à grelots, portant, sur le
dos, un baluchon de papier fraîchement imprimé. Des
fiacres, à destination de Passy et d'Auteuil, s'emplissent
de numéros divers; de petits omnibus, chargés d'ap-
provisionner Ménilmontant ou Belleville, filent avec leurs
colis de feuilles politiques.

Tout à l'heure, grâce à ce déploiement d'activité,
chaque quartier aura sa pâture de dernières nouvelles,
les boulevards, les carrefours résonneront des appels
des vendeurs. Dans les kiosques, les grosses marchandes
pansues et tétonnières plieront et replieront, avec la
précision et la prestesse d'une machine remontée, les
grandes diablesses de pages du *Temps* ou celles du
National, de *la Liberté*, du *Courrier du Soir*. A chaque
station d'omnibus et de tramways, des hommes coiffés

d'une casquette à galon rouge, où se lit en blanc le titre de *la Lanterne*, circuleront en hurlant à tue-tête leur marchandise; ils la présenteront aux voyageurs de l'impériale, au moyen d'un grand bâton à crans, où s'étagent les différents journaux; l'acheteur met le sou dans la sébile et fourre le journal dans sa poche; deux fois sur six, il oubliera de le lire, ou le par-

courra à peine. A Paris, acheter un journal est plus qu'un besoin, c'est une manie; on refuse un sou à un mendiant, mais on achète n'importe quel canard inepte, parce qu'un crieur vous tympanise habilement avec son *coin-coin*.

Les premiers intéressés à la réussite du journalisme sont les romanciers et les nouvellistes, dont les œuvres

paraissent, d'abord, en feuilletons ou en variétés, puis
ensuite, sous la forme d'un in-18. Le livre lui-même
est reproductible dans les journaux, suivant certaines
conditions traitées de gré à gré avec les auteurs ou
leurs représentants. La Société des Gens de Lettres est
l'intermédiaire le plus efficace, pour ce genre de con-
trats. Cette Société ne se borne pas à admettre, au
nombre de ses membres et de ses adhérents, des romanciers et des nouvellistes, elle tient à honneur de
représenter la grande famille littéraire, dans toutes ses
manifestations intellectuelles ; elle compte, dans ses
rangs, des poètes, des historiens, des savants, des critiques de littérature et d'art, des économistes, des
philosophes..... Elle voudrait être non seulement une
Société de secours mutuels, mais aussi une Société
d'estime mutuelle.

L'homme de lettres sera un éternel objet d'étude
pour l'homme de lettres ; s'il ne se connaît pas lui-
même, il n'ignore pas comment est fait son confrère
et ne se gêne pas pour le dire. Les coteries, les clans,
les églises littéraires ont fait le sujet de plus d'un
livre ; les Goncourt, Jean Richepin, Maupassant, entre
autres, ont mis en scène les écrivains et les journalistes avec un grand talent d'observation. Quand on a
lu *Charles Demailly*, *Madame André* et *Bel-Ami*, l'on
se dit : « Oui, voilà bien comment sont taillés certains
de nos bons petits camarades. » On reconnaît la vanité

effrontée de l'un, l'envieuse attitude de l'autre, les félonies de celui-ci, les mercantiles procédés de celui-là. Tout compte fait, on ajoute philosophiquement : « Bah ! les hommes de lettres ne sont pas plus méchants que d'autres,. et, au moins, ils ont pour excuse l'esprit de leur méchanceté. » Puis on se remet à écrire, en se moquant de ce que pensera ou ne pensera pas le cher confrère ; est-ce donc pour lui que l'on tient la plume?

Le plus terrible confident que puisse rencontrer un novice écrivain est un autre écrivain de l'espèce de Chenillade. Pas méchant garçon en apparence, Chenillade, il a de l'esprit critique, du flegme et du coup d'œil. On l'aborde, il vous tend une main loyale, vous regarde en face et vous voit venir : la conversation entre gens du même métier tombera, inévitablement, sur ce qu'on fait ou ce qu'on a l'idée de faire; Chenillade y compte bien, il n'attend que ce moment-là. « Moi aussi, je travaille, mais à quoi bon! soupire-t-il avec une nonchalance et une amertume affectées, je mets du noir sur du blanc, des lettres plus hautes à côté de lettres plus basses, des phrases sans *qui* ni *que* venant se souder avec des phrases regorgeant de *que* et de *qui*. Une belle foutaise que d'écrire ! Ressasser, avec des mots anciens, des idées pas neuves, être l'esclave d'un tas de ruffians qui nous exploitent comme si nous étions des nègres, tel est notre sort. Allez, nous aurons beau faire, beau trimer, nous serons toujours des ratés. Le monde des lettres est aux mains des roublards et des commerçants. Pas pour deux sous de talent chez les trois quarts; les autres, des faiseurs! Allez, mon cher, la vie est triste et bête, la littérature est morte, et ce que nous publions est bien inutile pour nous et les autres. Mieux vaudrait être charcutier et vendre du porc que d'avoir affaire à ceux pour lesquels nous écrivons. Ratés, nous sommes des ratés!»

Chenillade, c'est le *décourageur*, le dernier type à la mode du monde des lettres. Le naïf jeune homme qui l'écoute comme un oracle, se sent rempli d'angoisses; il a le cœur troublé, la tête bondée d'idées noires. Il relit ses vers où il a mis toute son âme et le lyrisme de ses vingt ans; il les trouve absurdes, ses vers, et se prépare à allumer son feu avec; il parcourt le roman qu'il est en train de composer, et convient, à part lui, que la donnée en est inepte et le style plus inepte encore ; un peu plus, il songerait réellement à vendre des saucisses et du petit salé, plutôt que de se remettre à écrire. — « Ratés, nous sommes des ratés! » cette exclamation de Chenillade hante ses songes, résonne à ses oreilles au milieu d'un dîner d'amis, l'accompagne dans ses promenades, sous les arbres printaniers... — Pendant ce temps-là, que fait notre Chenillade, il court à droite, à gauche, se faufile, en père sournois, chez les directeurs de journaux, quémande des articles, fait la courbette aux éditeurs, ne néglige aucune relation avec les hommes en vue, s'insinue dans les coulisses de la presse, flatte l'un, congratule l'autre, admire les maîtres à tour de rôle... Les tristesses de Schopenhauer se transforment en risettes à la copie. Roublard, va !

Jeune homme qui veux écrire et garder ta foi littéraire, ton ardeur à la tâche, ta volonté d'arriver, le ciel te préserve des Chenillade !

Des *décourageurs*, tu en trouveras, au reste, de toutes les formes et dans tous les mondes, parmi ceux que tu considères comme tes amis les plus sûrs et même parmi tes proches parents. Si tu fais de la critique et de l'histoire, on te conseillera de faire du roman ; si tu es romancier, on insinuera mielleusement que des centaines de romans paraissent, chaque année, dont on n'a jamais lu que le titre inscrit sur la couverture. Quand, machinalement, tu jetteras, sur un bout de papier, un croquis sans prétention, on saisira vite l'occasion pour assurer que tu as manqué ton affaire : « Vous étiez peintre, mon cher, te dira-t-on, pourquoi diable avoir fait de la littérature? » — « Il est vrai, ajoute un voisin, que vous écrivez pour vous amuser, il faut bien que les jeunes gens s'occupent; d'ailleurs, vous n'avez pas besoin de ça pour vivre ! » — Oh! mon jeune ami, je vois ta fierté bondir sous cette dernière insulte. « Pas besoin de ça pour vivre ! » Le rouge te monte à la figure, et tu as une légère envie de sauter à la gorge du malotru en lui criant : « Mais si, crétin, j'ai besoin de ça pour vivre; le seul argent qui compte pour moi est celui que me fournit ma plume; les quelques louis que me rapportent mes articles valent plus, à mes yeux, que tous les bénéfices de vos maisons de banque. Pas besoin de ça pour vivre! Ah! oui, je vous comprends, tout homme de lettres devrait être un gueux, un râpé, un bohême. Vous vous demandez à quoi cela peut servir des livres d'imagination, vous qui passez votre temps à compulser vos livres de caisse; c'est vous qui n'avez pas besoin de ça pour vivre! » — Du calme! du calme, mon cher et adorable rageur, va, laisse dire et travaille, travaille avec acharnement, le temps n'est plus où il suffisait d'un sonnet lancé sur le balcon de la Célébrité, pour que la belle vous jetât la fragile échelle de soie qui vous permettait d'arriver jusqu'à elle; actuellement, il est nécessaire d'empiler des milliers d'exemplaires, pour atteindre son entresol et pouvoir enjamber la balustrade.

Malgré les multiples difficultés de la vie littéraire, ses déboires, ses embûches, ses désillusions amères, les entêtés et les travailleurs arrivent quand même. Jamais à aucune époque, il ne s'est produit autant de livres, mais jamais aussi, il ne s'en est autant vendu. Jamais, à la plus belle poussée du Romantisme, un livre a-t-il rencontré un accueil pareil à celui que reçoivent les

œuvres de Zola, Goncourt, Daudet, Maupassant, Richepin, Bourget, Ludovic Halévy et de tant d'autres. —
« Qu'entendez-vous par tant d'autres? Serait-ce une
satire déguisée contre les romanciers qui n'appartiennent pas à votre école naturaliste? » — Je m'atten-
dais à la question, et j'avouerai très sincèrement que ce
« *tant d'autres* » comprend les romanciers qui écrivent
des récits abracadabrants et des romans judiciaires pour
le populo, les fabricants de drames honnêtes à l'usage
des prudes bourgeois, et même le bataillon des outran-
ciers naturalistes qui se croient permis de nous étaler,
sans aucune recherche d'art littéraire, les tableaux les
plus répugnants de la décomposition physique et morale. Parce que les hommes sont de grands enfants, et
que les enfants rient aux éclats et font un succès au
chat quand il a fait caca sur le tapis, l'homme de
lettres doit-il se croire obligé d'imiter Rominagrobis
dans ses écrits?

Malgré ces exagérations d'extrême-gauche, le Naturalisme est, qu'on le veuille ou qu'on ne le veuille pas,
la dernière incarnation du Romantisme, c'est-à-dire la
plus récente manifestation de l'indépendance littéraire
dans la pensée et dans la forme. Le Naturalisme n'est
autre que la littérature du libre examen, donnant le
droit à tous de dire ce qui est et ce qu'il voit dans la
Nature. Plus de formules étroites, plus de fausses
pudeurs, de la vérité et de l'art! Émile Zola s'est posé

comme le dieu du Naturalisme, les Balzaciens prétendent qu'il n'en est que le Mahomet et que Flaubert pourrait bien être regardé comme son précurseur. N'importe, Zola est le maître, et le grand maître de l'École. Ce naturaliste est surtout un *naturiste*; avant de chercher « *le document humain* », il constate l'effet du milieu dans lequel se meuvent ses personnages. Le vaste décor des horizons muables, des ciels changeants, des terrains aux replis complexes est brossé par lui, avec la fougue et la *maëstria* d'un peintre passionné, recommençant, six fois de suite, la même étude, prise du même point, à différentes heures de la journée. Quant aux acteurs mis en scène, ils sont subordonnés au milieu dans lequel il les fait agir; leur joie épouse la joie du ciel ensoleillé, leur tristesse s'endeuille sous les mornes crépuscules; non seulement ils subissent les conséquences de leur névrose héréditaire, mais ils sont aussi sensibles aux variations climatériques; la nature agit sur eux intérieurement et extérieurement. En appliquant sa méthode de constatation *de visu* et d'enregistrement des faits, Zola est plutôt un traducteur fidèle de la Nature qu'un dissecteur au microscope; il groupe et synthétise bien plus qu'il ne vivisectionne; chez lui, l'artiste l'emporte sur le carabin.

La vision de Daudet est toute différente, il regarde autour de lui, avec l'attention d'un myope consciencieux auquel rien n'échappe de ce qui est à sa portée. L'indi-

vidu dont il fait le portrait est
méticuleusement étudié dans
ses moindres détails, et à part
des autres; il analyse le jeu de
sa physionomie, sa démarche,
ses mouvements, les plis de
son vêtement; les ustensiles
dont il se sert, les accessoires qui l'entourent sont traités
avec le même soin précieux. Les grands *ensembles* lui
échappent, et il ne parvient à composer son tableau
qu'avec une infinité de petites études, très exactes,
soudées les unes aux autres avec une habileté de métier
prodigieuse; chaque chose est à son plan, mais le
tableau est également fini dans tous les coins, rien n'y
est sacrifié, et constitue, en somme, ce que les
experts appellent un joli morceau pour les amateurs.
Daudet peut être considéré comme le Meissonier de la
littérature, et, comme l'entomologiste du Naturalisme,

19

il examine à la loupe la structure des êtres avec la même attention qu'un collectionneur de coléoptères examine une coccinelle ou un scarabée piqué sur un bouchon de liège.

Edmond de Goncourt est, par son talent fait d'impressionnabilité et par le heurt de ses phrases à saccades, un écrivain d'une absolue personnalité et un artiste dans le véritable sens du mot. Maître du clair-obscur en littérature, il m'a fait songer bien souvent aux eaux-fortes de Rembrandt. Vous n'êtes pas sans connaître certaines pièces de l'œuvre du grand Hollandais, où le risqué du sujet et l'abjection des types mis en scène sont tellement rachetés par l'habileté de la pointe et l'audace de la morsure, que l'on oublie de reprocher à l'artiste la trivialité de la scène représentée pour n'admirer que la splendeur du résultat. Une impression analogue accompagne la lecture de quelques-unes des pages de *Germinie Lacerteux* et de *la Fille Élisa.* Edmond de Goncourt est non seulement un artiste ès lettres, mais il aime et comprend les arts, tandis que Daudet a écrit : « Je n'entends rien à la peinture et ne l'aime guère. »

Ne croyez pas que je veuille faire, ici, un cours d'esthétique ou de littérature, je n'en ai ni la place, ni le temps, ni la prétention; je tenais seulement à bien établir la diversité du talent des trois hommes qui s'affirment comme les chefs du mouvement naturaliste.

En littérature comme en peinture, le naturalisme a donné naissance aux impressionnistes, et l'impressionnisme a fait éclore les décadents. Il en est de cela comme de la science, en général; les progrès obtenus par les uns, à force de travail et d'étude, tournent subitement la tête aux autres. Inventez, aujourd'hui, une locomotive accélérant la marche des trains, vous rencontrerez, demain, un inventeur qui aura trouvé le moyen d'arriver dans la lune, en enfourchant un obus à hélices. La recherche de la vérité par les premiers conduit les seconds à la trouvaille de l'absurde. Tel est le cas des décadents, dont Stéphane Mallarmé est le grand-prêtre. Voilà quatorze ans déjà que Mallarmé porte le deuil de *l'inexplicable Pénultienne,* et qu'il s'enfuit bizarre, poursuivi par *le Démon de l'analogie,* à la recherche des expressions *assonantes* de la *déliquescence marquée d'un sceau mystérieux de modernité, à la fois baroque et belle.* Prosateur et poète, il a, emmi les fugaces et *lucescentes* revues, semé les *vernales* fleurs de ses élucubrations *absconsement* géniales. Les petits gribouilleurs de papier, et aussi quelques névrosés de talent, sont venus à lui, comme vers l'*emblématoire électuaire* des *navrances* de leur symbolisme, et forment une école qui voudrait se faire prendre au sérieux. Tout dernièrement, leur *bibliopole,* Vanier, a publié un *petit glossaire* spécial, *pour servir* A L'INTELLIGENCE *des auteurs décadents et symbolistes.* Merci pour eux! ...

Un décadent de très bonne foi (il en existe, paraît-il), soumettait à l'un de ses amis le résultat de sa dernière ponte. L'ami, qui n'y va pas par quatre chemins, lui dit brusquement : « Mon cher, ton cas est grave, très grave, je te conseille de voir Charcot. » Cette appréciation individuelle sur le concept décadent ne saurait atteindre tous les « *fin de siècle* », qui ne sont à mes yeux que des DÉCADENTISTES. — Ces mystificateurs ont leurs défenseurs assermentés qui les présentent comme des *instaurateurs* d'une nouvelle langue française. Nous ne sommes pas ennemi juré des néologismes, nous prétendons même avoir le droit d'employer des mots nouveaux, logiquement dérivés des mots usuels ; cependant, nous avons, surtout, la préoccupation de rester toujours intelligible. « Intelligible, je ne comprends pas ce mot-là » : murmure Adoré Floupette.

Quelle étrange ville que Paris ! tout ce qui s'y affiche avec une recherche d'excentricité est certain de se constituer une clientèle d'acheteurs spéciaux et convaincus. On commence à collectionner les livres des décadents, dans l'espoir d'une plus-value, comme sur les romantiques ; on donne à leurs in-18 les reliures les plus matagrabolisantes et mirifiques, en peaux de requin, de négresse du Cap, de chien mort-né et de guillotiné.

Les amateurs de livres se divisent en deux classes bien distinctes, ceux qui aiment les livres pour leur rareté, la beauté de l'exemplaire ou la perfection de la reliure, et ceux qui aiment les livres pour leur originalité, l'intérêt du texte ou la perfection du style. Les uns et les autres sont également qualifiés du nom de bibliophiles, pourtant les premiers sont jugés bien supérieurs aux seconds, dans le monde des livres; ils sont beaucoup plus cossus et n'hésitent pas à payer des sommes invraisemblables pour la possession d'une plaquette insignifiante, mais unique, enfermée dans un maroquin signé par un relieur émérite. Aimer un livre pour le plaisir qu'il vous donne, n'est que le fait d'une âme vulgaire; aimer un livre pour ce qu'il vous coûte, à la bonne heure, voilà qui vous pose en gentilhomme ! Il en est des femmes comme des livres : la maîtresse la plus tendre, la plus jolie, la plus fidèle, ne fait rejaillir sur vous aucune considération, quand elle n'est qu'une grisette et porte le jupon de Mimi Pinson; une marquise entre deux âges, plâtrée et maquillée, sortant des mains de l'émailleur et du salon d'essayage de Worth, pour laquelle vous vous ruinerez bêtement, attire au contraire, sur votre personne, l'attention bienveillante du Tout-Paris. Voulez-vous mon appréciation personnelle; pour moi, le vrai bibliophile c'est l'amant de la grisette.

Le bibliophile tourne facilement au bibliomane, il ne se contente pas d'acheter des livres pour le bénéfice de sa vanité ou la récréation de son esprit, il en achète

avec passion, avec folie, avec frénésie. Le bibliomane
connaît toutes les boutiques des libraires et des bouquinistes, fréquente toutes les ventes de la salle Sylvestre,
reçoit tous les catalogues à prix marqués, il a la nos-
talgie du quai et des étalages de l'Odéon, et rentre
chez lui, les poches remplies de brochures, d'in-12
et d'in-18, les bras chargés de paquets d'in-8°, attachés avec de vieux bouts de ficelles. Le bibliomane
se refusera des voitures, des omnibus, il oubliera de
commander des souliers et de passer chez son chape-
lier, il portera de vieux pantalons et des chaussettes
raccommodées; en revanche, il entassera, chaque jour, de
nouveaux volumes dans les rayons de ses bibliothèques.
Non seulement son cabinet de travail regorge de
livres de tous formats, entassés sur les fauteuils, sur
le canapé, sur la cheminée, gisant en tas dans tous les
coins, mais, peu à peu, son appartement entier se
garnit de rayons en sapin ployant sous le poids des
vieilles reliures en veau, des collections de gazettes, de
revues et de catalogues. Les antichambres, la salle à
manger, et jusqu'à l'alcôve conjugale, s'emplissent d'ouvrages qu'il ne lira jamais, et qui enlèvent à ses poumons une bonne partie d'air respirable. Que voulez-
vous, il est bibliomane!

Demandez-lui pourquoi il s'encombre de la sorte, il
vous rira au nez, car vous êtes un profane, vous ignorez
le seul plaisir de la vie : *bouquiner*.

L'action de bouquiner, n'est-ce pas une chasse en son genre, plus qu'une chasse même, n'est-ce pas une opération assimilable à celle d'une . fouille archéologique, pour laquelle on retourne les terrains, avec l'espoir d'y trouver enfouis des trésors d'art et de

science? Les quais de Paris, où l'on étale les livres, sont si amusants à parcourir; toutes ces boîtes étiquetées qui s'échelonnent, depuis le Petit-Pont, en face Notre-Dame, jusqu'au Pont-Royal, en face la rue du Bac, s'offrent à nous engageantes et pleines de séductions à prix marqué. — Le matin est préférable à tout autre moment de la journée pour bouquiner; les achats faits, la veille au soir, rue des Bons–Enfants, n'ont pas encore été écrémés par les libraires rôdeurs, les étalagistes sont plus accommodants et favorisent d'un rabais et d'un sourire de bienvenue l'acheteur qui les étrenne. De braves gens, en général, les bouquinistes; courageux en diable, exposés, été comme hiver, aux intempéries et aux variations de l'atmosphère, aux bourrasques, aux coups de soleil, à la pluie et à la neige; ils amènent, chaque jour, dans des voitures à bras, les lourdes boîtes qu'ils sont obligés de remporter le soir. Cette vie en plein air ne leur est pas trop funeste, à ce qu'il semble, car quelques-uns d'entre eux sont vieux comme les quais.

Pour mon compte, je ne connais rien de plus délicieux et de plus gai qu'une promenade matinale, au printemps, le long des quais, en fouillant dans cet amas de livres *nouveaulx, de livres vieils et anticques*. Les grands arbres feuillus étendent leurs rameaux sur notre route, une douce fraîcheur monte de la Seine, qui se déroule, brillante comme un miroir, sous le soleil; Henri IV nous regarde passer du haut de son cheval; la statue de la République qui est devant l'Institut nous salue de son épée de marbre, et le vieux Voltaire en bronze sourit, en se disant : « On aime donc encore les livres! »

XV

RAMPE ET COULISSES

Un des majeurs attraits de Paris consiste dans la multiplicité de ses théâtres, dans la variété des pièces qu'on y joue, et dans le déploiement de plus en plus luxueux des décors et de la mise en scène. Veut-on rire à la Comédie, frémir au Drame, se pâmer aux vocalises d'une cantatrice, lorgner, d'un fauteuil d'orchestre, le rose bataillon des jambes des danseuses, on n'a que l'embarras du choix. Suivant votre goût, votre humeur, votre fantaisie, vous pouvez aller ici ou là ; suivant vos ressources personnelles, vous pouvez opter pour tel théâtre ou pour telle place ; le seul défaut du programme de chaque soirée est de vous rendre quelquefois perplexe, sur le genre de distractions mises à votre disposition. En est-il de même en province, où l'on doit se contenter du menu théâtral inscrit à l'affiche du jour, où l'on vous sert un opéra quand vous auriez envie d'un vaudeville, où l'on vous invite à la tragédie quand vous rêvez d'une œuvre badine. Le provincial se targue, cependant, de connaître mieux le théâtre que le Parisien, car, pour lui, l'établissement à colonnes installé sur la grand'place, avec le buste de Corneille à droite, et celui de Molière à gauche, est le seul endroit qui lui soit offert pour échapper à la banalité de sa vie cloîtrée, aussi ne manque-t-il aucune représentation. Il se montre d'autant plus difficile au sujet de l'interprétation des pièces, qu'il n'a pas la ressource d'aller se distraire ailleurs ; il monte à chaque instant, des cabales absurdes, à seule fin de faire preuve de dilettantisme, il est impitoyable pour les pauvres acteurs qui ont le malheur de lui déplaire, et ferait, au besoin, une question d'État d'une question de coulisses.

A Paris, les pièces tombent bien plus, aujourd'hui, devant l'indifférence du public que devant la coalition des protestations bruyantes. Les grands emballements de l'époque romantique ne sont plus à l'ordre du jour, et quelle que soit la thèse défendue par un auteur, le spectateur ne se prendra pas aux cheveux avec son voisin, si leurs opinions diffèrent sur le mérite de l'œuvre représentée. Le Parisien, très éclectique en matière théâtrale, ne s'offusque pas, outre mesure, des audaces scéniques que risquent les novateurs, il ne déteste même pas les tentatives hardies du Théâtre

Libre, qui a pour but d'affranchir l'art dramatique de la routine et des traditions consacrées. Est-il ami du beau langage et de la diction correcte, il ira à la Comédie-Française, a-t-il besoin de se dilater la rate, il donnera la préférence aux calembredaines du Palais-Royal et des Variétés; veut-il se remplir les yeux d'éblouissements féeriques, il prendra son billet pour le Châtelet, la Gaîté, l'Eden-Théâtre, ou même des Folies-Bergères.

Chaque théâtre a, plus ou moins, son public spécial, en outre de la population flottante des spectateurs de toutes classes qui occupent les places des différents étages. Il est de bon ton, dans le grand monde, d'avoir sa loge à l'Opéra; les gens pourvus de petits titres de noblesse ou de gros titres de rente, s'y rendent beaucoup plus par pose que pour y entendre de bonne musique. L'étalage des rivières de diamant sur les épaules nues y rivalise d'éclat avec les splendeurs décoratives de la salle et de la scène, et l'harmonie des toilettes à grand orchestre y prend sa part des admirations suscitées par la *maëstria* de la partition.

Les Bouffes-Parisiens et les Nouveautés ouvrent leurs loges à la haute bicherie ; les types de femmes consacrés par le crayon de Grévin s'y pavanent avec l'effronterie de leur beauté tarifée ; derrière ces poupées de cabinet particulier, se tiennent secs, guindés et légèrement cassés les derniers des petits crevés, sportsmen fourbus et *maquilleurs de brèmes aristocratiques.*

L'Opéra-Comique a la clientèle des familles désireuses de se débarrasser de leur progéniture :

> *Les rendez-vous de prude compagnie*
> *Se donnent tous en ce chantant séjour,*
> *Et, chaque soir, d'une façon suivie,*
> *On y conclut les contrats de l'amour.....*

Ce que le *Pré-aux-Clercs* a repeuplé la France !

Le Gymnase paraît être, aussi, un lieu fort propice à l'engagement des pourparlers matrimoniaux. *L'Abbé Constantin* y a béni les préliminaires de plus d'une union cossue.

L'Ambigu, la Porte-Saint-Martin, la Gaîté et le Châtelet sont ce qu'on peut appeler de vrais théâtres populaires. Les *mélos*, les drames historiques, les féeries en vingt-cinq tableaux ont le don d'attirer le bourgeois, le commerçant et l'ouvrier. Cinq assassinats à l'heure et deux mille calembours par représentation suffisent pour retenir ce public d'élite.

Déjazet et Cluny font le bonheur des boutiquiers, des petits employés et des étudiants en bonne fortune ; on est là comme chez soi, à la bonne franquette, sans pose pour la galerie, très heureux d'être au monde et d'y voir *Claire*.

Ces divisions du public par théâtres sont, bien entendu, purement arbitraires, et je ne les donne que pour indiquer le caractère le plus ordinaire de la composition de chaque salle. Un théâtre est, par lui-même, un véritable microcosme ; là, se trouvent, réunies et disposées en étagères, toutes les classes de la société, avec cette remarque que la basse classe est perchée au poulailler, tandis que la haute occupe les rangs d'en bas, le balcon, les fauteuils d'orchestre et les baignoires.

Le théâtre n'obtient ses vrais et grands succès que s'il arrive à émotionner vivement les différentes parties de cette assemblée composite. Cependant un public spécial prétend encore faire la loi et imposer ses goûts en matière dramatique, on le nomme *le public des Premières ;* il se recrute, aussi bien dans la société des hommes de lettres et des artistes, que dans celle des financiers et des hommes politiques. Une Première est

un événement important dans la vie parisienne, surtout
lorsqu'elle a lieu sur les planches de la Maison de
Molière. Elle a, pour le monde littéraire, la valeur
d'un procès à sensation; l'art dramatique est sur la
sellette, et il s'agit, pour lui, de gagner sa cause; ses
avocats sont les acteurs et les actrices, son jury est le
public, ses juges sont les critiques, parmi lesquels se
rencontrent plus de substituts que de présidents de
cour. Il est rare, pourtant, que le tribunal, établi au
rez-de-chaussée ou à la troisième page des journaux,
ne ratifie pas le verdict du public; les avocats sont
généralement les plus maltraités, les *avocates* bénéfi-
cient, au contraire, de l'indulgence des juges, qui ne
sont pas de bois, après tout!

Notre métier d'homme de lettres n'est pas cousu
d'or, même quand on a du succès avec des romans, et,
à de rares exceptions, on n'y fait pas fortune; le métier
d'auteur dramatique est plus rémunérateur pour celui
qui réussit. Une pièce que le public adopte donne des
bénéfices plus profitables à son auteur que n'importe
quel livre; voilà pourquoi beaucoup de jeunes gens
rêvent de faire jouer leur prose dialoguée sur une
scène quelconque. Pour arriver à ce résultat, il est
nécessaire de faire provision de courage, de patience
et de persévérance; le stage de l'auteur dramatique est
rempli d'épreuves sans nombre et sans fin. Le novice
ira, d'emblée, porter son manuscrit chez un directeur,

dans le fallacieux espoir que les mains de papier écolier, où il a recopié, de sa plus belle écriture, sa comédie ou son drame, seront bénévolement dépliées et examinées. Les semaines et les mois s'écoulent, sans qu'une réponse quelconque puisse lui être donnée sur le sort réservé à son œuvre, et, quand il se décide à faire une dernière tentative personnelle auprès de l'autocrate théâtral, il est accueilli par une fin de non recevoir motivée ou simplement brutale; neuf fois sur dix, le malheureux manuscrit n'a même pas été ouvert; on le lui rend en rouleau, comme il l'avait apporté. Frémissant de colère, il jure de laver un tel affront, en faisant recevoir sa pièce sur une autre scène. Plus habile, cette fois, il se fait recommander par un acteur estimé du théâtre auquel il se présente : quelques semaines après, il reçoit une lettre avec le timbre bleu de la direction, il l'ouvre, croyant déjà tenir le triomphe entre ses mains..... il lit « *Reçu à corrections* », et à quelles corrections! Un acte à supprimer, un acte à refaire, un autre à remanier de fond en comble. Autant valait lui dire que sa pièce était injouable!

A partir de ce moment, les pérégrinations de son manuscrit ne sont comparables qu'à celles du bonhomme Ulysse; il voyage de l'Odéon au Gymnase, du Gymnase à Cluny, de Cluny à Déjazet. Entre temps, notre jeune auteur charpente deux autres comédies, il prend conseil d'un ami dévoué qui le met en rapport avec un

des maîtres de la scène française. Indulgent et serviable,
celui-ci reconnaît quelques dispositions au nouvel
apprenti dramatique, et lui propose sa collaboration
pour le lancer. Enfin, il a donc le pied dans l'étrier!
La pièce nouvelle est terminée, lue, relue, maniée,
remaniée, et définitivement reçue. Il s'agit, maintenant,
de distribuer les rôles, de brosser les décors, de mettre
en répétition, et d'attendre son tour pour passer sur
l'affiche.

Le jour tant désiré de la première est arrivé; la salle
est faite, très bien faite, les amis des auteurs, du directeur, ceux des acteurs et des actrices, des ouvreuses,
des contrôleurs, du costumier, du coiffeur ont été habilement distribués dans tous les coins du théâtre pour
soutenir les applaudissements. Cependant le Tout-Paris
des premières est présent, les critiques assermentés des
grands journaux sont à leurs fauteuils; dans une loge
d'avant-scène, on se montre un ambassadeur, un député
du centre gauche et le préfet de la Seine; au balcon, la
belle Mme de L... et Mme A...; dans une baignoire, la
famille du jeune auteur tressaille d'émotion quand on
frappe les trois coups consacrés.

Lentement, majestueuse, la toile se lève; le dia-
logue commence; les acteurs parlent si bas qu'on
n'entend pas un mot; des portes de loges qui se
ferment tour à tour, avec fracas, sur des retardataires,
et la discussion d'un spectateur avec une ouvreuse, au

sujet d'une erreur dans le placement, contribuent à
rendre tout à fait inintelligible l'exposé de la pièce.
Cependant l'action dramatique s'accuse plus clairement;
des applaudissements nourris saluent quelques mots
d'esprit, soulignés avec trop de complaisance par les
interprètes; le jeune premier a un beau mouvement
de passion, et lance, avec une furia vraiment romantique la dernière phrase de sa déclaration amoureuse.

Pendant les entr'actes, on se communique ses impressions sur la pièce; dans le foyer et dans les couloirs,
les gilets en cœur et les cravates blanches circulent,
de discrets saluts de la main s'échangent; Sarcey est
très entouré, un essaim de rieuses actrices se précipite
sur son passage; Lapommeraye agite sa flottante cri-
nière; la petite Risette, des galeries Saint-Lambert, se
promène, donnant le bras à la brune Louisa, dont les
façons garçonnières font sourire énigmatiquement un
journaliste du *Gil Blas*. — « Bonjour, très cher, com-

20

ment trouves-tu cette nouvelle machine de Chose? Le
second acte me semble assez faiblard. — Faiblard, dis
donc qu'il est idiot, a-t-on jamais vu une femme
repousser un amant qui a le sac? — Il a pris un collaborateur, paraît-il. — Un collaborateur, dis donc un
canevas, il est idiot le canevas! » Ce petit duo est exécuté par deux piliers du café anglais, qui trouvent tout
idiot à l'exception du *bac* et du trente et quarante.

La sonnette électrique vient de vibrer, annonçant la
fin de l'entr'acte; le rideau se lève sur le troisième
acte. On s'attend à un dénouement tragique des plus
émouvants; les indiscrétions d'un courriériste ont fait
savoir, à l'avance, que Mlle Bernerette avait un *râle* de
premier ordre. La pièce s'achève, pourtant, sans catastrophe pour l'héroïne, l'amant de la femme coupable
revient à de meilleurs sentiments, il épouse l'ingénue
qui dit *papa* et *maman* comme un bébé Jumeau, le
mari est content, personne ne se trouve mal et la toile
descend. Les applaudissements d'amis se déchaînent
alors, avec une véhémence et un entrain admirablement
réglés : « L'auteur! L'auteur! L'auteur! » — Le rideau
remonte; le don Juan qui a épousé la poupée à ressort
s'avance vers le *capot* du souffleur, et, d'une voix
ferme, il prononce le sacramentel : « Mesdames et messieurs, la pièce que nous avons eu l'honneur de représenter devant vous est de MM. Émile Duval et Justin
Gérard. » Les claqueurs redoublent d'activité, une ou

deux protestations hostiles et un coup de sifflet, parti
du cintre, sont étouffés par les bravos et le choc des
cannes faisant sortir la poussière du plancher. Le lustre
s'éteint, la salle se vide lentement; le rideau métallique s'abaisse devant l'ouverture de la scène, les ouvreuses jettent de grands morceaux de lustrine verte
sur l'appui des balcons... les pompiers de service font
leur tournée.

Sous le péristyle, on commente le dénouement.
« Et le fameux *râle* de Bernerette annoncé par Cabrion
dans son courrier de ce matin, qu'en a-t-on fait? —
Ce n'était qu'un râle de genêt, un canard sauvage, ou
plutôt une splendide coquille; Cabrion voulait dire que
Bernerette avait un rôle de premier ordre. » Les amis
des auteurs proclament que c'est un succès; le jeune
Agénor répète, en mâchonnant le bec de sa canne :
« Idiot, absolument idiot! » Un critique dramatique
qui s'y connaît, affirme que la pièce n'ira pas à la quin-
zième représentation.

Cependant les plus intimes du jeune auteur se précipitent, du côté de l'entrée de l'administration, et montent, en trébuchant, dans un étroit escalier poisseux et
puant le quinquet. « Où allez-vous? » glapit le concierge, en s'interposant devant cette invasion d'inconnus.
— « Nous demandons M. Justin Gérard. » — Justin
passe précisément, en cet instant, devant le guichet
du Cerbère, il porte dans ses bras un énorme bouquet

destiné à Bernerette. « Bravo, ma vieille branche ! »
lui crient en chœur les camarades. Très ému, une
petite auréole d'orgueil derrière l'oreille gauche,
Justin serre, avec effusion, les mains de ces dévoués.
« Montez donc, mes amis, je vais vous présenter au
maître. Émile Duval m'attend dans le foyer des
artistes. »

On passe par une série de couloirs emplis d'obscurité,
et l'on arrive dans un grand salon glacial, mal éclairé
par deux lampes garnies de globes en verre dépoli.
Duval cause avec le directeur et quelques journalistes,
il présente, à ceux-ci, son jeune collaborateur : « Voici
le véritable auteur de la pièce, dit-il avec infiniment
de grâce, à lui le succès et l'avenir; moi, je n'en ai
plus pour longtemps; place aux jeunes, que diable ! »
— Après avoir subi tous les salamalecs d'usage, de la
part des *reporters* qui ne tarissent pas sur la hardiesse
de la conception de la pièce et sur la perfection du jeu
des interprètes, Justin fait mine de s'exquiver avec son
bouquet. Duval devine la secrète pensée du jeune
homme : « Vous allez porter ces fleurs à Bernerette,
dans sa loge. Je vais vous accompagner; moi aussi, je
veux l'embrasser cette enfant, elle a été splendide dans
la scène de la résistance. » Justin pâlit légèrement et
pince les lèvres... Rien de plus juste, après tout, qu'ils
aillent féliciter, ensemble, le premier rôle, ne sont-ils
pas collaborateurs? Reste à savoir lequel des deux

sera mis en vedette sur l'affiche du cœur de Bernerette.

A dater de cette heure, le maître et l'élève vont devenir
deux rivaux, et peut-être deux ennemis. Il s'agit bien
de succès devant le public! Si la pièce n'a pas sombré,
à qui le doit-on? A Émile Duval, n'a-t-il pas l'acquit
théâtral, la notoriété. Si elle a réussi, à qui en est-on
redevable? A Justin dont la verve juvénile a ravivé les
couleurs du masque de Thalie. Chacun peut marcher
de son côté maintenant! Le succès, le vrai et seul succès désirable n'est-il pas placé plus haut, au troisième
étage, dans cette loge d'actrice. Bernerette, en fine
mouche qui n'en est pas précisément à ses débuts,
recevra les bouquets de Justin, tout en lui faisant comprendre que, du côté des coulisses, la récente formule
« Place aux jeunes! » n'a aucun sens; trop heureux
doivent-ils être les conscrits, quand une actrice leur
donne un strapontin dans son cœur.

Les intrigues qui se déroulent sur la scène ne sont
rien en comparaison de celles qui se machinent dans les
coulisses. La femme est là, plus que partout ailleurs,
la cheville ouvrière de toutes les rivalités, de toutes les
jalousies, de toutes les discordes. Habituée à singer la
passion sur les tréteaux, elle continue son rôle entre
deux portants, au foyer des artistes, dans sa loge et
dans son alcôve. Versatile, fantasque, nerveuse, terrible
dans ses emportements et bébête dans ses gaietés for-

cées, l'actrice s'amourachera, quelquefois, pendant trois
mois, d'un camarade, sans s'inquiéter s'il a du talent
ou des ressources personnelles; un cabotin vulgaire
sera souvent préféré à l'un de ces comédiens de premier ordre qui élèvent leur métier au niveau du grand
art. Elle sera la petite femme de ce pitre glabre et mal
embouché, elle le dorlotera, lui raccommodera ses
chaussettes et lui brodera une blague à tabac avec son
chiffre; tous deux ils vivront dans une maisonnette
d'Asnières ou de Bois-Colombes, en bordure sur le
chemin de fer, pour ne pas rater le train, les soirs de
représentation. La passionnette émoussée, on se lâchera
en amis, et chacun ira chercher ailleurs un autre
oreiller. — Le secrétaire du théâtre succèdera au cabotin, dans les faveurs de sa pensionnaire, à moins qu'un
auteur en vogue ne frête la galère et ne compose,
pour l'actrice, un rôle spécial la mettant en vedette.
Cette liaison a bien des chances encore pour ne pas
tenir l'affiche plus longtemps que la pièce, le littérateur ayant des concurrents redoutables, dans l'avant-
scène de gauche et au deuxième rang des fauteuils
d'orchestre. L'amant type de l'actrice doit avoir plus
de billets de mille que d'imagination, moins de flamme
à lui dépeindre que de feux à lui compter. Ce majestueux banquier à favoris jaunes venant flirter, chaque
soir, dans les coulisses, a des droits suffisants inscrits
au grand livre, pour se faire agréer par elle; ce jeune

prince étranger qui la lorgne avec tant d'insistance, accoudé sur le velours rouge d'une loge, n'a qu'à faire passer sa carte par l'ouvreuse, et il peut être certain d'être accueilli. Que de changements à vue, au théâtre; que de reprises aussi! Le cabotin d'Asnières, le secrétaire de la direction, l'auteur dramatique le savent mieux que personne, et comptent bien là-dessus.

Voulez-vous me suivre dans les coulisses, voulez-vous examiner l'envers de ce théâtre qui sait éveiller toutes les concupiscences des voluptés visuelles et toutes les convoitises de la curiosité masculine. Je vous

préviens qu'avant d'y entrer, il est nécessaire de déposer vos illusions au vestiaire. Ces décors aux fuyantes
perspectives, aussi brillants que les panoramas de nos
plus belles contrées, ne sont, vus de près, que de
grossiers barbouillages aux couleurs conventionnelles;
ces figurantes, dont le sourire et la grâce ont peut-être
fait tressaillir votre cœur, ne forment plus qu'un troupeau de poupées maquillées, fardées, emperruquées et
rembourrées sur toutes les faces, s'interpellant entre
elles avec des expressions canailles et des gestes de
carrefours. — Pénétrons dans le foyer des artistes :
sur le velours rouge des banquettes qui entourent la
salle, toutes ces dames se vautrent, affalées, en attendant le moment de leur entrée en scène; par habitude,
elles marivaudent avec leurs camarades ou quelques
gommeux de l'abonnement, éternels rabâcheurs de
banalités grivoises. Sur le seuil de la porte, Mme Cardinal est en grande discussion avec un garde-chiourme
armé d'un énorme bâton, le régisseur; elle se plaint
vivement à lui d'une amende qu'on a infligée à Dédèle,
pour avoir manqué son entrée. L'homme au bâton
l'envoie promener, en lui répondant que Dédèle est une
petite sa... boche, qu'il faut toujours aller la chercher
dans les coins où elle débauche les figurants et les garçons de service. « Notre théâtre n'est pas un b... azar,
après tout, madame Cardinal! » ajoute-t-il avec une
fureur jouée.

Montons, maintenant, dans la loge de Fridoline; nous
la trouvons au milieu d'un fouillis de jupons, de corsages et d'oripeaux jetés pêle-mêle sur les fauteuils et
sur le sopha. Assise devant sa psyché, elle procède au
rechampissage de ses lèvres avec du carmin; à côté
d'elle, sur la toilette, tout un arsenal de fioles, de
cosmétiques et de menus objets : boîte à poudre de
riz, rouge végétal, rouge liquide, bleu d'azur pour
simuler les veines, k'hol pour allonger les yeux, encre
de chine pour noircir les sourcils, houpes en duvet de
cygne, pattes de lièvres et pinceaux. La plupart du
temps, elle est d'une humeur de chien, crie après son
directeur qui lui a donné *une panne*, se plaint « d'être
éreintée par la vie qu'elle mène, d'être obligée de
jouer, tous les soirs et encore le dimanche dans la
journée; quelle galère! Avec ça, elle est brouillée avec
ce vieux mufle de père noble; elle l'a envoyé à la
balançoire, fallait voir sa tête! Et son banquier qui a
filé en Belgique! Décidément, cette vie-là est guigno-
lante, et pour deux sous elle entrerait au... couvent.
Mais on ne voudrait pas d'elle, elle est fichue, et ses
camarades lui feront bientôt la conduite, n'est-ce pas,
docteur? » — Le médecin du théâtre sourit doucement à
la péroraison de ce monologue peu nouveau, aussi
classique dans les coulisses que le récit de Théramène :
d'un mot, il rassure la chère enfant, en lui proposant
malicieusement de l'ausculter. Fridoline le regarde de

travers, avec une moue significative, elle la connaît
encore sa manière d'ausculter à celui-là : « il vient vous
faire le régisseur sous l'épaule gauche, et croit qu'il ne
s'agit que de frapper les trois coups pour vous faire
lever la toile. »

Redescendons sur la scène, l'entr'acte
touche à sa fin ; on a disposé le dernier
praticable, les bandes d'air flottent à
leurs places, l'arbre de premier plan
vacille bien un peu, on le recale. L'élec-
tricien est à son poste, dans la troisième

H. Gerbault

loge du manteau d'arlequin, et se prépare à faire scin-
tiller, sous les rayons de l'appareil, une étoile du corps
de ballet. Tout le monde est prêt.

Rentrons dans les coulisses... Au rideau !... Les spectateurs applaudissent le décor. — Ne vous avancez pas
tant, on vous verrait de la salle. — Les acteurs arpentent les planches, l'un d'eux fredonne le couplet de la
scène IV, un autre raconte une bonne blague de sa vie
d'artiste à un groupe de journalistes, ils pouffent
mezza voce, c'est très drôle, paraît-il, et lui-même se
tord avec des contorsions burlesques, mais... *pfuut !*
en hâte il se précipite sur la scène, et vocifère en
faisant feu du pied : « Misérrrable ! misérrrable assassin !
tu croyais échapper à ma *vingince,* mais je veillais,
l'heure de l'expiation a sonné. Gardes, emparez-vous de
cet homme ! — Et maintenant, que la fête commence ! »

Le bataillon des ballerines se groupe en un clin
d'œil, de pauvres mioches sommeillant, accroupis sur
le plancher, se lèvent pour la figuration ; un brouhaha
confus emplit l'escalier d'où dégringolent les retardataires ; une danseuse rattache son *tutu ;* des figurantes,
qui se donnent le maintien de faire du crochet, inter-
calent leur étui dans l'entre-deux du corsage ; l'orchestre
lance ses fanfares. Gare la bousculade ! — Toute la
palette des colorations voyantes emplit alors la scène ;
les jupes roses et bleu-turquoise, les jupes vert-éme-
raude et jaune d'or, les armures de toutes formes, les

soieries de toutes nuances s'entassent, s'entremêlent,
s'enchevêtrent; les tyrses, les palmes, les guirlandes
de fleurs, les oriflammes, les drapeaux, les tambours
de basque, les chapeaux chinois, les lances orientales,
les croix, les bannières, tous les accessoires les plus
disparates et les plus hétéroclites défilent les uns après
les autres; les notes vibrantes des cuivres, les étincelan-
tes paillettes des costumes, le tam-tam et le clinquant,
la grosse caisse et les pluies de feu se coalisent pour
arracher à la salle des trépignements d'enthousiasme
et des salves de bravos sans fin. — Dzing! un coup de
cymbale! Fendant la foule des comparses, la Rosita
accourt devant la logette du souffleur, comme un
cheval échappé, — net, elle s'arrête, — à reculons,
sur les pointes, elle s'éloigne, puis distribue de droite
et de gauche les jetés battus, les entrechats succèdent
aux entrechats; sous le scintillement du rayon électrique, la danseuse blanche court après son ombre
noire, elle tourne, elle valse, elle s'enfuit, elle revient.
Bravo! Bravo! bis! bis! — Le maître de ballet paraît
à son tour, cambré comme un toréador : l'éternelle
chasse à courre de l'homme lancé sur la femme
commence, celui-ci croit la saisir, celle-là se dérobe;
la mimique des feintes résistances se dessine, celle des
persuasions voluptueuses s'accentue, et, en fin de
compte, le chasseur saisit son gibier féminin, il l'enlève de terre, le fait tourner comme une toupie

hollandaise, le projette de son bras gauche sur son bras droit. Harcelée, pâmée, enivrée, les seins bondissants, prêts à s'élancer hors du corsage, la Rosita se renverse dans les bras de son vainqueur, en menaçant les frises de la pointe de sa mule rose. De l'orchestre

au paradis, du cinquième amphithéâtre au parterre, la joie déborde et les exclamations ravies partent en fusées. Des bouquets sont projetés aux pieds de la danseuse exténuée, mais triomphante. Les messieurs chauves s'épongent le crâne avec leurs mouchoirs de batiste, et Polyte, le critique influent du poulailler,

s'écrie avec conviction, en tapant sa casquette de soie
sur sa jambe : « Elle est rudement épatante, la particulière ! »

Les théâtres où l'on joue le drame et la comédie, ceux
où le chant et la danse sont associés, pour le plaisir de
nos oreilles et de nos yeux, ont des annexes d'un genre
moins littéraire et moins artiste, je veux parler des
cirques, des édens et des cafés-concerts. — Les uns et
les autres ne désemplissent pas. Les jeux des acrobates,
les exercices équestres, la haute voltige, les équili-
bristes, les grosses farces des clowns, les audaces des
gymnastes sur le trapèze, avec l'*alea* d'une chute dans
le filet, les exhibitions de monstres ou de bêtes féroces,
de sauvages civilisés ou de chiens savants forment,
chaque soir, le menu d'un programme varié et coupé,
très apprécié de celui qui ne veut pas s'astreindre à
écouter de la prose ou des vers, et très recherché de
celui qui aime à circuler en fumant sa cigarette et en
flirtant avec les irrégulières.

Le café-concert offre des avantages analogues, et, en
plus, des refrains ineptes sur les belles-mères, les
rosières de banlieue, les maris cocus et le brav' général.
Que l'orchestre de ces beuglants tintamarre, l'hiver,
dans des salles fermées où l'on étouffe, qu'il bourdonne
l'été, en plein air, sous les ombrages des Champs-
Élysées, il attire, avec le même succès, la foule des oisifs
sans idéal, foule plus nombreuse que celle des lettrés.

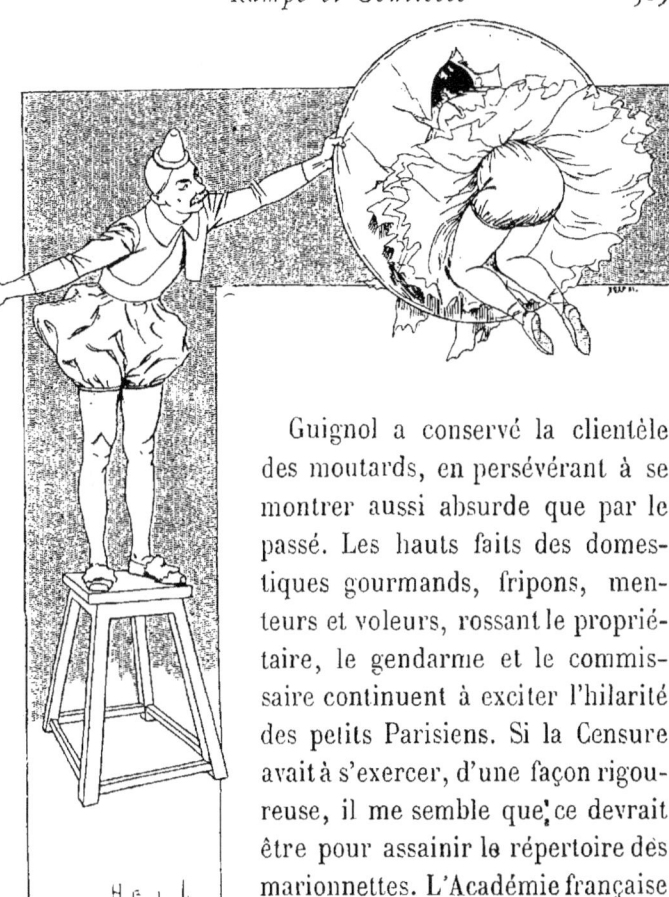

H. Gerbault

Guignol a conservé la clientèle
des moutards, en persévérant à se
montrer aussi absurde que par le
passé. Les hauts faits des domestiques gourmands, fripons, men-
teurs et voleurs, rossant le propriétaire, le gendarme et le commis-
saire continuent à exciter l'hilarité
des petits Parisiens. Si la Censure
avait à s'exercer, d'une façon rigou-
reuse, il me semble que ce devrait
être pour assainir le répertoire des
marionnettes. L'Académie française
aurait une belle occasion d'encourager la vertu, en créant un prix
spécial pour l'auteur dramatique
qui créerait des pièces morales et

amusantes, destinées à ces théatricules en plein vent.

Pour compléter le tableau des distractions offertes aux Parisiens, ajoutons à notre nomenclature, les musées de cire, les montagnes russes, les panoramas et les fêtes foraines. Rien de plus curieux que la foire au pain d'épice et que la fête de Neuilly ; au milieu de la masse grouillante des blouses et des vestons populaires, quelques jeunes éreintés de la vie affectent de se montrer en habit de bal et en cravate blanche, donnant le bras à des filles de concierge nippées comme des duchesses. Ils entrent dans toutes les baraques, dans toutes les ménageries, montent sur les chevaux de bois, sur les balançoires, rendent visite aux lutteurs, aux femmes colosses, et croient de bon goût de faire du boucan chez Cocherie. En sortant, l'autre soir, d'un théâtre forain, le petit de Z... fut absolument stupéfait de voir sa jeune amie dire amicalement bonjour à une affreuse mégère, coiffée d'un bonnet de linge. « Quelle est donc cette vieille baudruche à qui tu faisais tant de mamours? » lui demanda-t-il; et Fifine de répondre : « Impoli! cette vieille baudruche, c'est maman! »

XVI

LE CONFORTABLE ET LA TABLE

Sans mener le train d'un prince ou d'un ambassadeur, combien faut-il posséder de revenu pour vivre à
Paris, d'une façon convenable? — La question serait
au moins embarrassante, si l'on voulait y répondre par
un chiffre exact; qu'il me suffise de dire qu'il y a
quarante ans, on était presque riche, avec douze mille
livres de rente, et qu'à l'heure actuelle, avec le double,
on est bien près d'être pauvre. Beaucoup de gens vivent
à moins, sans doute, et trouvent encore moyen de
satisfaire leurs fantaisies, en dehors des besoins quotidiens de l'existence; n'allez pas leur demander, par
exemple, ce qu'ils économisent sur le nécessaire, pour
se procurer le superflu. Les loyers, l'habillement,
l'ameublement et les dépenses de la table, obèrent
l'avoir des plus riches; le besoin du confortable, pour

21

soi-même, s'augmente des exigences de la parade, pour
faire figure au milieu des autres ; les notes à payer
s'épinglent bien vite sur les notes à payer, et le budget
de chaque ménage n'a pas la facilité de s'équilibrer,
comme celui de la Ville ou de l'État, en imposant la
fortune du voisin. Dans la classe moyenne, ainsi que
dans la classe la plus aisée, on va généralement au-
dessus de ses ressources, bien plus par entraînement
que par imprévoyance ou par négligence. Les occa-
sions exceptionnelles, les rabais fabuleux et les bons
marchés incroyables ruinent surtout ceux qui en profitent.

Les grands magasins sont les véritables entrepôts du
confortable parisien, en même temps que les temples
du gaspillage. La somptuosité de leurs étalages et la
mise en scène de leurs comptoirs de vente, attirent
irrésistiblement. Il faut avouer que l'on s'entend, mieux
que jamais, à grouper, d'une façon pittoresque et fasci-
natrice, les soieries brillantes, les lingeries fines, les
fleurs artificielles, les flots de rubans et de dentelles ;
aucun décor de féerie ne peut rivaliser avec celui de
ces halls vitrés, où se déploient les doubles rampes des
escaliers en fer à cheval, où se superposent les galeries
ajourées et les balustrades ornées de tapis d'Orient et
d'étoffes brochées d'or.

Dans ce labyrinthe de salons et de galeries, chaque
rayon a son arome particulier, aussi bien celui des

toiles écrues que celui des tapis, aussi bien celui de la maroquinerie que celui de la cordonnerie ; montez au rayon de l'ameublement, des odeurs de vernis et d'essence s'exhaleront sur votre passage ; allez voir les japonaiseries, de pénétrantes senteurs poivrées vous chatouilleront la gorge. De ce mélange odoriférant nourri encore par le parfum des savons fins, des sachets d'iris, de violette et de verveine ; de cet amalgame d'émanations diverses, surchauffées par le calorique de milliers de respirations, se dégage une sorte de griserie tournant à la névrose, s'emparant de toutes les cases du cerveau de la femme, et l'incitant à la dépense.

Les Parisiennes partagent leurs journées entre le Louvre, le Bon Marché et le Printemps, et suivent, avec assiduité, les expositions mensuelles de ces établissements. Chaque saison a son exposition spéciale : en janvier, ce sont les confections ; en février, le blanc et les toiles ; en mars, les gants, les dentelles, les fleurs, les plumes et les rubans ; en avril, les robes printanières, les chapeaux et les chaussures ; en mai, les toilettes d'été, les costumes de voyage et les ombrelles ; en septembre, les tapis, les objets de la Chine et du Japon ; en octobre et en novembre, les manteaux d'hiver, les lainages, les velours, les draperies, les fourrures. Enfin, en décembre, a lieu la grande exposition des étrennes, où les fanfares éclatantes d'un orgue alternent avec les musiquettes des jouets enfantins. Voici des armées de polichinelles aux bosses multicolores, se dandinant au bout de leur ficelle, des pensionnats de poupées aux yeux câlins, vêtues comme des princesses; voici des livres dorés sur le dos, sur les plats, sur les tranches, des vases de toutes formes, en porcelaine de Chine, en verre irisé, en faïence de Gien; voilà des hottes, des paniers et des brouettes en vannerie ornée de rubans et de velours peluche; voilà des étagères aux plateaux de laque, des paravents, sur lesquels s'envolent de fantastiques oiseaux, au milieu d'une floraison en soie rose. Plus loin, toute la série des jouets qui font tourner la tête à nos chers mioches : les panoplies de cuirassiers, les navires de guerre, les voitures de pompiers, les moutons frisés aux cornes d'or, les passe-boule, les chevaux mécaniques, les lampascopes...

Il faut voir la foule compacte qui emplit les grands magasins, pendant ces journées d'exhibition exceptionnelle, on s'y bouscule comme à la Bourse, depuis midi jusqu'à sept heures. Cependant, malgré ces poussées furieuses d'êtres humains marchant en sens contraire, allant de droite et de gauche, marchandant à tort et à travers des objets qu'ils manient et retournent en tous sens, la vente s'effectue sans désordre, les débits se font régulièrement aux différentes caisses; on inscrit les noms et adresse de l'acheteur, on enveloppe, on ficelle, on expédie, on salue le client, on lui indique son chemin; les ascenseurs fonctionnent sans relâche,

les ballons-réclames sont distribués, les échanges ont
lieu. — Des légions de vendeurs et de vendeuses répondent à chacun, sollicitent les uns, convainquent les
autres, entortillent tout le monde : « Vous n'avez pas
besoin d'autre chose, nous avons une véritable occasion, une fin de coupon. » — « Je vous assure, made-

moiselle, ce chapeau
vous sied à ravir, te-
nez, voyez dans cette
glace ; il ne vous con-
vient pas, essayons-en
un autre. » — « Excel-
lente qualité, madame,
tout soie. » Et l'employé
fait claquer l'étoffe en-
tre ses doigts. — « Irré-
trécissables, ces bas, et
souples ; oh ! l'on peut
tirer dessus. » — « Des
gants, quelle pointure ?
Six et quart ? Des gants mousquetaires à six boutons ;
bien, madame ; désirez-vous que je vous les essaye ? » Je
crois bien qu'elle le désire ; M. Félix est un si gracieux
essayeur, il caresse si doucement les phalanges, appuie,
avec tant de persuasion, sur l'annulaire, il introduit
ses deux doigts, avec tant de discrétion, entre le che-
vreau et la paume de la main.

Grâce à la centralisation de tous les objets du luxe et de l'ameublement dans les grands magasins, le confortable de nos intérieurs parisiens tend chaque jour à s'uniformiser. Les rideaux, les tentures, les tapis, les sièges, la literie, les services de table, et jusqu'à la batterie de cuisine, tout cela vient de ces prodigieux bazars qui absorbent, à eux seuls, la superficie d'un ancien quartier. Le petit commerce s'en plaint, mais l'acheteur n'a cure de ces lamentations et le peintre d'enseigne s'en frotte les mains, car il ne se passe pas de jours où il n'ait à tracer, en grosses lettres noires, sur des bandes de calicot, la formule consacrée : LIQUIDATION POUR CAUSE DE CESSATION DE COMMERCE.

Le confortable de la vie parisienne ne se borne pas à la décoration du petit hôtel ou de l'appartement qu'on habite, il se manifeste, surtout, dans la somptuosité du service de table et dans la recherche des mets qu'on y sert. Bien recevoir ne consiste pas seulement à faire asseoir ses amis et ses parents dans des sièges capitonnés, au milieu d'un salon aux tapis moelleux, garni de glaces, de tableaux et de fleurs naturelles, à payer en salamalecs polonais, en eau bénite de cour et en poignées de main à l'anglaise, les avances des gens avec lesquels on entretient des relations ; bien recevoir signifie, avant tout, donner de bons dîners ou de succulents déjeuners. Demandez plutôt aux hommes politiques et aux gens du monde financier, leur avis à

ce sujet; ils vous répondront que la table est la meilleure des tribunes et la plus substantielle des réclames.
« Bouche pleine, bouche close; estomac content, cœur
sur la main! » disait, avec cynisme, un de ces derniers qui avait besoin, pour la réussite de ses transactions, du silence des uns et de la bourse des autres.

Pour rendre hommage à la vérité, et, aussi, pour

qu'on ne croie pas que la vénalité des intérêts
particuliers dirige seule nos modernes amphytrions, je me
hâte d'affirmer que, dans la société parisienne, la salle
à manger est encore le vrai cénacle des amitiés les plus
franches et les plus solides. Notre vie est trop prise
par les affaires ou par le travail, pour que nous pas-
sions notre temps à rendre des visites, ce soin échoit
à nos femmes et à nos filles, et la meilleure manière

que nous ayons pour échanger nos idées, avec ceux
que nous estimons et 'que nous aimons, est, certainement, de les faire asseoir à notre table. — Les banquets, les repas de corps, les dîners de sociétés littéraires, artistiques et amicales, prennent une grande
place dans la vie parisienne. Nous citerons les dîners
des *Gens de Lettres*, de *la Cigale*, des *Spartiates*, de *la
Marmite*, de *la Vrille*, des *Gaudes*, des *Vilains Bonshommes*, des *Têtes de Bois*, des *Parisiens de Paris*, de
l'Alouette, de la *Soupe aux Choux,* du *Bon Bock,* des
Rabelaisiens, des *Bourguignons,* de la *Pomme,* du
Bœuf Nature... Manger chaud, boire frais et causer
gaîment, en oubliant, momentanément, les tracas du
jour et les préoccupations du lendemain, n'est-ce pas
le fait des sages? — Méfiez-vous des gens qui boivent
seuls et rongent leur os dans un coin, ils appartiennent
à l'espèce des chiens hargneux, et sont, presque tous,
des disciples de Schopenhauer. Vive la philosophie de
Brillat-Savarin!

Paris à table, quelle curieuse et fructueuse étude à
faire pour les physionomistes et les anecdotiers! Pour
que l'étude soit complète, il faudrait décrire les dîners
du grand monde, ceux de la bourgeoisie et les repas
du peuple; entrer dans les grands et petits restaurants,
dans les bouillons, les pensions bourgeoises, les réfec-
toires, les crémeries, les arrière-boutiques de marchands de vin ou de fruitières, dans les guinguettes et

les gargottes; il faudrait pénétrer aussi dans les cui-
sines, voir tourner la broche, soulever le couvercle
des casseroles et suivre la cuisinière au marché.

Quand on pense que, tous les matins, plus de deux
millions d'individus se réveillent à Paris, la bouche
ouverte, les dents aiguisées et l'estomac creux; quand
on réfléchit qu'il faut alimenter cette formidable agglo-
mération de carnassiers, dotés d'une âme immortelle
et d'un appétit dévorant, on se demande par quel prodige d'organisation, la nourriture peut affluer, en quantité suffisante, pour rassasier tous
ces affamés. De tous les coins de la
France, et même de l'étranger,
arrivent des convois de denrées
destinées à ravitailler le Gargantua
parisien. Chaque nuit, pendant que
nous sommeillons paisiblement dans
nos demeures, on s'occupe de pour-
voir aux besoins de notre consom-
mation. Si vous êtes curieux, je
vous donne le conseil de passer aux
Halles, vers une heure du matin
et d'y venir aussi dès l'aube. Les
Halles centrales présentent bien un
des spectacles les plus intéressants
qu'il soit donné de voir à Paris;
plus d'un littérateur s'est essayé à

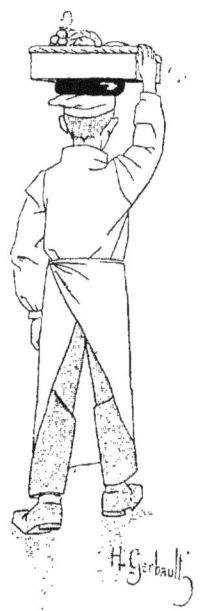

la description de ce pittoresque tableau, mais aucun ne l'a dépeint avec plus d'exactitude et sous une couleur plus éclatante que Zola, dans son roman du *Ventre de Paris*.

Dix gigantesques pavillons, qui servent de prototype d'architecture métallique pour la construction des nouveaux marchés, couvrent une superficie de trente-six mille mètres; deux nouveaux pavillons y seront adjoints bientôt, dès que la Bourse du Commerce sera achevée. Le quadrilatère compris entre les rues Vauvilliers et Baltard comprend quatre pavillons : ceux de la viande, de la triperie, des volailles en gros et des fruits en gros. Le second quadrilatère, entre les rues Baltard et Pierre Lescot, comprend six pavillons, affectés à la vente des fruits, des légumes, du poisson, de la volaille et du beurre en gros et en détail. Ce qu'on nomme vulgairement le *Carreau de la Halle* se compose de tous les emplacements de la voie publique avoisinant les pavillons, et affectés au dépôt des marchandises qui sont apportées, directement, par leurs producteurs. C'est là

que viennent s'installer, de onze heures du soir à neuf heures du matin, les cargaisons de légumes cultivés par les maraîchers des environs de Paris. Chaque rue du Carreau de la Halle a sa spécialité : dans la rue

Baltard, on ne voit que des cubes de carottes, de
navets, de choux-fleurs, de poireaux et de choux verts;
dans la rue Pierre-Lescot, se tient le marché des
pommes de terre; les artichauts et le cresson mettent
un tapis de verdure, sur le trottoir de la rue Rambuteau, en face Saint-Eustache; les fruits et les légumes
de saison s'étalent de l'autre côté de la rue Rambuteau,
devant le pâté de maisons, où se trouvent les derniers
vestiges des vieilles et étroites rues Montdétour, Pirouette
et de la Truanderie.

L'agitation de la foule dans les Halles est tout à fait
caractéristique, elle oscille lentement, méthodiquement,
patiemment, campagnardement;
on s'y pousse sans se bousculer,
on s'y coudoie sans se heurter
violemment, seuls les paniers, ces
boucliers des ménagères, reçoivent
quelques horions. Un bruit confus,
monotone, uniforme, s'élève de la
multitude bigarrée des blouses
bleuâtres, des canezous blancs,
des marmottes rougeâtres et des
chapeaux de feutre des *forts de
la Halle;* le bruit devient plus
intense, du côté de la criée; ne
cherchez pas à comprendre le
fonctionnement des enchères, vous

y perdriez votre temps, on n'est pas à l'hôtel Drouot, et les adjudications se font ici d'une manière plus expéditive.

Voulez-vous des fleurs fraîches ; à toute époque, vous en trouverez aux Halles ; elles abondent sur le Carreau, dans la belle saison. Êtes-vous désireux de savoir où vont les reliefs des tables d'hôte, des restaurants et des maisons bourgeoises, dirigez-vous vers le pavillon de la volaille à l'angle de la rue Rambuteau et de la rue Pierre-Lescot ; dans un coin, vous distinguerez une dizaine de boutiques, où s'étalent des débris de gigots, de biftecks, de volailles, de légumes, de fromages, de pâtisseries et des piles de croûtes de pain. Ces menus déchets sont vendus, sous le nom d'*arlequins,* à de malheureux déguenillés ou à de pauvres diables vêtus de redingotes râpées. — Parmi ceux-ci, on rencontre, quelquefois, un ex-gentilhomme, qui, tout en mâchonnant ces tristes restes, se souvient du confortable de sa vie passée et des splendeurs de sa table entourée de femmes blondes et rieuses.

XVII

TOUT LE LONG DE LA SEINE

De l'est à l'ouest, de Bercy au Point-du-Jour, la Seine déploie, sur Paris, la courbe de son écharpe aux changeantes couleurs ; calme, elle s'écoule entre les quais de pierre, sous les cent vingt arches des vingt-huit ponts qui mettent ses rives en communication. De véritables flottilles de bateaux parcourent le fleuve, et lui donnent une animation égale à celle des plus importants boulevards. Les *mouches,* les *express,* les *hirondelles* servent au transport des voyageurs ; les péniches à celui des marchandises. Pour remonter le fleuve ou pour le descendre, les péniches se font traîner par les toueurs, les remorqueurs ou par les porteurs, qui sont eux-mêmes des bateaux de commerce. De plus, des yachts de plaisance, des canots, des youyoux, des périssoires, des barques de pêcheurs sillonnent la Seine, en tous

sens, se garant des gros bateaux, comme les voitures
de maître et les fiacres se garent, dans la rue, des
omnibus et des tramways.

Au point de vue du pittoresque, la traversée de Paris,
d'amont en aval et *vice-versa,* nous réserve mille surprises : entre un pont et un autre le décor varie ses
séductions ; les perspectives qui se prolongent ou se
resserrent, les silhouettes des monuments, qui s'agran-
dissent ou diminuent, procurent au regard de l'artiste
des émotions sans cesse renouvelées ; aussi, plus d'un
peintre installe-t-il son chevalet sur les berges, à toute
heure du jour et en toutes saisons. Certains aspects
des bords de la Seine sont devenus, pour ainsi dire,
classiques, à force d'être reproduits ; le grand paysagiste
Harpignies est un de ceux qui ont le plus contribué à
mettre en relief la poésie des grands arbres tordant
leurs noirs branchages sur les pâleurs de nos ciels
parisiens ; d'autres, comme Jacquemart, ont interprété,
d'une façon merveilleuse, les grands bouquets de verdure ensoleillée du terre-plein du Pont-Neuf ; d'autres
ont célébré la magie des couchants empourprés auréo-
lant les tours massives et la svelte flèche de Notre-
Dame ; d'autres, enfin, ont su rendre, comme ce pauvre
Daliphard, la mélancolie des eaux jaunâtres, charriant
des blocs de glace entre des berges couvertes de neige.

Le vrai Parisien de Paris préfère la Seine au boulevard ; enfermé, tout le jour, dans son atelier ou son

bureau, il descend, dès qu'il peut, au bord de l'eau; il aime à naviguer sur ce fleuve qui apporte à ses poumons les effluves salubres des campagnes, il se complaît à la vue de l'imposant panorama des palais et des grands monuments, qui se déroule sur chaque rive.

Il fait un temps superbe, ce matin, profitons-en, voulez-vous, pour descendre la Seine, du pont National au viaduc d'Auteuil. — Nous allons prendre, ensemble, des notes de voyage.

Le bateau express venant de Charenton est signalé; gare! il va heurter le ponton; si vous n'avez pas le pied marin, vous ferez mieux de vous asseoir. — « Les voyageurs pour Auteuil! Allons Messieurs, dépêchez-vous..... Quand vous *voudrais*!..... » — Ces vastes bâtiments de pierre, à droite, ce sont les entrepôts de Bercy; par les fortes crues de la Seine, ils sont transformés en véritables naumachies; les marchands de vin ne peuvent pas plus se défendre contre l'inondation, que les consommateurs contre le mouillage. Fort belles, sans doute, ces constructions; mais ce que ça nous a coûté! Combien était plus pittoresque le vieux quai de Bercy avec sa colonie de restaurants, où l'on dînait, l'été, sous les tonnelles. Les *Marronniers,* les *Peupliers* étaient les rendez-vous habituels du canotage parisien; rasés les grands arbres! Les matelottes et les fritures ont passé la barrière. — A gauche, le quai de la gare, morne et désert.

Nous sommes au pont d'Austerlitz, voici la gare d'Orléans, les arbres du Jardin des Plantes; en avant le port Saint-Bernard, près duquel stationnent des *mouches,* des péniches, des remorqueurs. Vous me demandez quels sont ces bateaux si propres, si luisants, avec ces maisonnettes peintes en rose tendre, ornées de volets vert véronèse et entourées de pots de fleurs; ce sont les bateaux de la compagnie Lesage. — Ces élégantes péniches garnies d'un mât, que vous voyez stationner plus loin, appartiennent, chacune, à un particulier faisant le transport des marchandises à son compte personnel. Très bien entretenues aussi; elles viennent du nord de la France, entrent dans la Seine, par l'Oise et se font remorquer jusqu'à Paris. Ce mât, qui vous intrigue, sert à fixer les cordages sur lesquels tirent les haleurs ou les chevaux, le long des canaux. Très intéressant à visiter l'intérieur des péniches; d'une propreté exemplaire; elles abritent la famille des péni-chiens qui passent là toute leur existence; ils y naissent, y vivent et y meurent, peu soucieux de connaître les plaisirs de la terre ferme; ils ont de beaux enfants qu'ils aiment et dorlotent, et dont ils font des mariniers comme eux.

Regardez-les courir sur le pont, les marmots; ils sont frais et gaillards. Ils pourraient tomber à l'eau me dites-vous; est-ce qu'on tombe à l'eau? Défense leur est faite, par exemple, d'aller gaminer sur les berges, où l'on peut se faire écraser par les chariots et les grosses voitures.

Voyez ces autres bateaux, ce sont les *Montluçons;* ils viennent du centre de la France. Beaucoup moins soigneux que les pénichiens du Nord, leurs propriétaires, et moins fortunés aussi. « Hi, han! hi, han! » un âne brait par ici. Un âne dans un bateau, pourquoi faire? Pour le tirer donc, quand on navigue le long des étroits canaux; dès que le bourriquet est fatigué, on le fait remonter à bord, et l'on attelle sa femme à la place : « *Aide ton âne, le ciel t'aidera.* »

Au port Saint-Bernard, des tonneaux, beaucoup de tonneaux sur la berge, devant la Halle aux Vins. Sur la rive droite, le Port Louviers, un des plus importants de Paris; on y entrepose des marchandises de prix, des bois de placage, des huiles, du coton. Les hommes employés à décharger les cargaisons sont appelés les *collineurs;* le long du canal Saint-Martin et du canal Saint-Denis, ils ont pris le nom fantaisiste de *Carapata.*

— Devant nous, le pont de Sully, le seul pont biais qui traverse la Seine; puis l'île Saint-Louis avec ses maisons à balcons et à terrasses; un établissement de bains froids d'où partent de joyeux cris de collégiens acclamant les piqueurs de tête. — Près du pont de la Tournelle des matelassières cardent les laines jaunâtres de couchettes douteuses; des frotteurs battent des tapis.

— Pourquoi tout ce monde accoudé sur le parapet?

22

Des badauds; ils regardent fonctionner la grue tour-
nante qui décharge le sable ou les cailloux.

Au fond, l'imposante masse de Notre-Dame, étalant
les gris contreforts de son abside, sur la verdure des
marronniers. Juste à la pointe de l'île, des bâtiments
semblables à ceux d'un poste de police; à quoi servent-ils?
Écoutez, le renseignement est donné par un facétieux
gavroche à une fillette en cheveux : « C'te boîte qui
perche là, t'y es jamais entrée, vas-y, c'est rigolo tout
plein, t'y verras l'exposition universelle des Machabés.
Vas-y! si, par hasard, j'y piquais un chien sur une dalle,
tu m'pincerais le bout du nez et je m'réveillerais pour
t'embrasser. » — Un train de bois de construction va
s'engager sous le pont d'Arcole. — Du côté de l'Hôtel-
de-Ville, le Mail, autrement dit le marché aux pommes,
pendant la saison d'hiver.

Nous passons devant l'Hôtel-Dieu; sur le quai des
arbustes; des bourriches de géraniums, de giroflées et
de verveines sont posées sur le parapet, c'est le jour
du marché aux fleurs. — A dextre le Châtelet, ses deux
théâtres en forme de malles et sa fontaine décorée de
sphinx; à senestre le Palais-de-Justice, la tour de
l'Horloge, est la première, puis viennent ensuite : les
tours de César, du Trésor et la tour Bonbec couronnée
de créneaux.

Bonjour, vieux Pont-Neuf, Comptoir d'Escompte des
ponts! Rien de plus solide dans le genre; il s'affaisse

comme une simple maison de crédit, il a fallu le
reprendre en sous-œuvre. Dernièrement, les pilotiers
battaient les pieux autour d'un pilier. Huit ou dix
hommes tiraient sur les ficelles d'un mouton en fonte,
qu'ils laissaient retomber sur les pièces de bois. Écoutez
leur mélopée; j'ai pu en saisir le sens :

> Allons, ho! hiss!
> En n'en v'là une,
> Hardi bien! ça va bien!
>
> . . . .
> En n'en v'là deux,
> En n'en v'là deux.
> Elle s'en va, ça va bien!
>
> . . . .
> V'là la troisième,
> Hardi là! ça ira!
> Elle s'en va, ça va bien!
>
> . . . .
> En n'en v'là quatre,
> La jolie quatre.
> Hardi là! ça ira!
> Elle s'en va, ça va bien!

Et ainsi de suite, jusqu'à dix coups de mouton.

Le terre-plein du Pont-Neuf, maintenant; l'écluse de
la Monnaie, le point de démarcation entre la haute et
basse Seine. Beaucoup de monde sur le pont des Arts;
on regarde baigner les chiens dans l'abreuvoir du quai
des Écoles. Des bateaux lavoirs à la suite les uns des
autres, des bains de dames à fond de bois. — Saluez

l'Institut et l'École des Beaux-Arts. Au port St-Nicolas vient d'arriver l'*Émilie*, l'unique vapeur faisant le service des marchandises entre Londres et Paris.

Le pont des Saints-Pères construit tout en fonte, par l'ingénieur Polonceau, en 1834, est intéressant à examiner, dans le jour, à cause de sa construction; il est plus curieux encore à considérer, au crépuscule, pour la représentation d'ombres chinoises qui s'y donne, quand le couchant flamboie.

Très beau, splendide, à droite : le Louvre et le Jardin des Tuileries. — Beaucoup de pêcheurs sur les berges; prennent-ils quelque chose, je n'en sais rien, ils espèrent, et ceux qui les regardent croient que ça peut arriver. — Du côté du quai d'Orsay, la ruine calcinée de la Cour des Comptes, prise d'assaut par les plantes parasites. Un vrai château de la *Belle au Bois dormant!*

H. Gerbault

Nous allons passer sous le pont de la Concorde, bâti par Perronet; des colonnes doriques à chaque pilier lui donnent l'aspect d'un temple submergé. A l'abreuvoir des chevaux, des gars, torses nus, entrent dans l'eau avec leurs montures; des mendiants, couchés sur le ventre, font les lézards contre les murs des quais. — Encore des pêcheurs; encore des badauds. — Les arbres des Champs-Élysées, gris de poussière. L'esplanade des Invalides, la tour Eiffel, le Trocadéro... .!!!

Nous sommes au Point du Jour. Des airs de beuglants, des fanfares d'orgue de Barbarie, des relents écœurants venant des bateaux chargés de *gadoue;* des joueurs de bonneteau sur les berges. Devant nous, le merveilleux viaduc d'Auteuil dessine la succession de ses élégantes arcades, et laisse entrevoir, dans l'encadrement de ses arches, les pimpantes collines de Sèvres et de Meudon. Un train passe là-haut, empanachant, d'un blanc plumet, la plaine céruléenne où flottent de roses nuées; le remorqueur *Robuste* passe en bas, avec un beuglement terrible, et couvre, d'une longue traînée de fumée noire, l'eau verdâtre de la Seine... Sur les rives, plus loin, encore des pêcheurs, toujours des pêcheurs et des badauds derrière eux. Prennent-ils quelque chose, je ne sais, ils espèrent et ceux qui les regardent croient que ça peut arriver.

XVIII

LA BANLIEUE ET LES ENVIRONS DE PARIS

La verte ceinture de gazon qui entoure Paris a perdu
le nom héroïque de *rempart*, dont on l'avait dotée,
pendant le siège; elle a repris son nom de *fortifica-*
tions, dont les syllabes traînent comme le langage des
faubouriens qui viennent s'y vautrer. Déserte et mélancolique promenade que celle des boulevards avoisinant
la ligne d'enceinte, triste chemin où l'on ne rencontre
que des êtres hâves et souffreteux, des mendiants
déguenillés aux yeux sanguinolents, des marchands de
verre cassé attelés à leur charrette, des Alphonses à
casquette de soie, des pierreuses à la marche avinée,
des croque-morts mâchonnant un brûle-gueule, des
toutous galeux... De place en place, la présence d'un
poste-caserne, ou la coupure d'une grande voie abou-
tissant à la barrière, rassure le piéton isolé qui s'est

aventuré, pendant la semaine, entre chien et loup, sur cette route perdue. — Chaque dimanche, des familles d'ouvriers viennent flâner par là; sur les talus, sommeillent, étendus en manches de chemise, les philosophes de l'atelier; des fillettes courent comme des folles, en riant et criant, ou bien jouent aux grâces et au volant.

De l'autre côté des fortifications, en bordure des fossés, la zone militaire, dont le terrain ressemble à une moquette fanée et usée; quelques rares coquelicots, poussés entre des tessons de faïence et des culs de bouteilles, piquent de rouge les verdures étiolées; de vieilles savates trouées et des chapeaux de feutre recroquevillés, croupissent dans des flaques jaunâtres; une maison roulante de bohémiens stationne, sinistre, au milieu de cette plaine maladive.

Quelques centaines de mètres au delà, apparaissent les premières maisons de la banlieue et des cheminées d'usines, des bicoques croulantes, des guinguettes entourées d'arbres rabougris, une clôture de cimetière où s'entassent les croix noires coiffées de couronnes d'immortelles, un pignon de bâtisse, plus haute que les autres, illustré d'un diable vert distribuant des culottes et des vestons.

Plus loin, des jardins de maraîchers d'où s'exhalent des vapeurs de purin; suspendus aux fils télégraphiques de la route, oscillent des cadavres de cerfs-volants.

Plus loin encore, des maisonnettes blanches, couvertes en tuile, se détachent brillantes sur le velours
vert des bois prochains. — Les grelots d'une carriole,
les saccades sonores d'un binard de terrassiers cahotant
dans les ornières, des coups de fouet stridents, la voix
dolente d'une cloche ponctuent, de temps à autre, le
silence de ce mélancolique paysage, Puis, au galop
pressé de deux chevaux vigoureux, passe, rapide comme
un éclair de luxe, la luisante voiture d'un grand magasin de nouveautés, où flamboie, en lettres d'or, la
suscription commerciale : *Livraison à domicile, dans
Paris et dans les environs*. On songe, alors, qu'on a
laissé la grande ville derrière soi, on se retourne, et,
dans la brume de fumées bleuâtres, l'on aperçoit
émerger les dômes et les tours, au-dessus d'une immense
forêt de souches de cheminées.

La banlieue ne suffit plus, comme jadis, aux besoins
champêtres du Parisien; grâce aux chemins de fer, il
peut aller chercher ailleurs, en quelques minutes, un
air plus pur et des sites plus réjouissants. Pour les gens
riches, la villégiature est une mode autant qu'un plaisir;
pour les moins fortunés, elle est un besoin et même
une ressource. Beaucoup d'employés, trouvant que
leurs appointements ne suffisent pas aux exigences de
la vie, se résignent à habiter *extra muros;* esclaves de
l'heure des trains, ils font, matin et soir, la navette
entre leur bicoque et leur bureau; l'été, cela va bien;

mais l'hiver !... Les bottines trempées racontent, aux poêles et aux cheminées, les charmes des chemins défoncés et des sentiers aux boues grasses et grises.

Par pose, l'homme de Bourse s'installe, pendant la chaude saison, dans une jolie villa située à trente ou quarante minutes de Paris ; éreinté par la vie qu'il mène, il ne rentre, le soir, chez lui, que pour somnoler devant son assiette. Parfois, il erre, sous la lune, à travers

son jardin, en fumant un cigare ; les mille voix poétiques de la nuit n'arrivent pas jusqu'à lui, le cricri des grillons, le brékéké de la grenouille, l'aboiement des chiens de ferme, la fanfare lointaine du cor de chasse, tous ces bruits disparaissent devant le bourdonnement du palais monstrueux qui emplit encore ses oreilles. Les jours de fête, il reçoit ses amis, avec faste, il leur montre ses variétés de rosiers, son Montreuil, ses treilles. Il fait le châtelain, invite le curé à déjeuner, donne des prix aux enfants des écoles, couronne les rosières, baptise les cloches, jusqu'à l'heure où il sera obligé de *bazarder,* à vil prix, sa maison de campagne, après une malheureuse spéculation à terme ou en report.

Le petit commerçant, lui, n'a que le dimanche pour jouir de sa maisonnette ; il y part, le samedi soir, et transforme le repos dominical en corvée de nettoyage ; il arrache les mauvaises herbes, ratisse, sable les allées, déterre les vers blancs, échenille la gloire de Dijon, arrose sa pelouse, fait fonctionner le jet d'eau ; il siffle aux merles, dit des blagues à sa femme, et se sonne la cloche à lui-même, pour s'avertir qu'il va dîner.

Dès que le commerçant s'est retiré des affaires, il habite, été comme hiver, sa propriété champêtre : il ajoute deux tourelles en brique et pierre à la façade de sa maison, pour laquelle il cherche la plus gracieuse appellation. « J'ai trouvé ! » se dit-il, un beau matin, et il fait poser sur la grille d'entrée, les lettres d'or du nom de baptême : *La Mignonnette*. Ingénieuse idée ! il a vendu du poivre, toute sa vie. — Il devient, alors un enragé pêcheur ; se lève, avant l'aurore,. pour amorcer, passe, des journées entières, en contemplation devant les bouchons flottants de quatre ou cinq lignes posées à ses pieds. Son épouse l'accompagne, quelquefois, au bord de l'eau ; assise sur un pliant, le dos appuyé contre un arbre sans feuilles, elle *pionce* ferme, malgré les moustiques qui l'assiègent. — Quand elle ronfle trop fort, notre

pêcheur se retourne furieux : « Léocadie ! tais-toi donc,
tu effrayes le goujon ! »

Tous les dimanches, les gares de Paris sont encombrées, dès la première heure ; petits bourgeois, commis
et demoiselles de magasins, étudiants et grisettes,
s'empilent dans les secondes, dans les troisièmes ou sur
l'impériale des trains. Asnières, Bougival, le Pecq ont
leur public de canotiers, de cocottes, de crevés et de
cabotins ; à Saint-Mandé, Nogent et Champigny affluent
les épiciers, les merciers, les ferblantiers et les sculpteurs sur bois ; du côté de Sceaux, de Robinson et de
Châtenay, les chefs de rayons, les commis-voyageurs,
les courtiers en vins ; Meudon, Chaville, Velizy sont
préférés par les artistes et la jeunesse des Écoles ; les
bois ont leurs mystères, leurs tendresses, leurs persuasions... — Les uns déjeunent sur l'herbe ; d'autres au
cabaret, sous la tonnelle ; d'autres au bord de l'eau
au Bas-Meudon, chez les Conteseine. La friture, la
matelotte et le vin blanc rendent Ninie expansive, et
décident le cœur de Suzette à faire son choix. Une fête
de village déploie-t-elle quelques misérables baraques
de forains, ces demoiselles se précipitent sur les chevaux de bois, font grincer les tourniquets, gagnent des
coquetiers dorés, des roses en papiers et des mirlitons.
Ensuite, on gravit les côtes, en chantonnant des refrains
de café-concert ; on s'égare dans les taillis, on coupe
des badines...

Le soir, vers dix heures, il faut regagner, à tâtons,
la gare la plus proche; tout le monde est éreinté,
fourbu et heureux. Les trains défilent, les uns après les
autres, et vous brûlent la politesse. Plus de deux cents
personnes sont entassées, anxieuses, dans l'étroite salle
d'attente, se demandant si elles pourront revenir chez
elles, et s'en prennent au chef de gare, qui n'en peut
mais. Quelques altercations se produisent, étouffées
bientôt par des rires et des chansons grivoises. — Le

sifflet d'une locomotive retentit, annonçant l'arrivée d'un train supplémentaire. Des *Ah ! Ah* ! de satisfaction sortent de toutes les bouches. On se précipite à l'assaut des wagons, sans s'inquiéter de la classe du comparti- ment; il n'y a plus de classe, à cette heure, il n'y a que des gens pressés de rentrer. Les amis ou parents, qui ont fait, aux Parisiens, la conduite jusqu'à la gare, ne tarissent pas en recommandations. « Bien le bonjour à Clément. — Au revoir, Justine, à dimanche prochain, amène les enfants. — Ohé! Sidonie, ohé! — Par ici, père Bougon ! » — Une grosse dame, les bras chargés de bouquets, court haletante sur le quai et appelle : « Armand! Armand ! » — Les loustics de l'impériale la blaguent, en répétant : Armand! mon Armand, où est mon Armand! — « Allons, madame, il faut monter, nous allons partir; dépêchez-vous ! » crie un employé. — « Mais le compartiment est plein. » — « Ça ne fait rien, montez tout de même. » Et il pousse la femme aux bouquets, qui écrase les pieds des voya- geurs, plus qu'en nombre déjà dans l'étroite case. Le signal du départ est donné, le train s'ébranle avec un rugissement de bête féroce. A l'une des portières s'agite un mouchoir au bout d'un bras, et l'on entend encore : Armand, ous' que t'es! Armand, mon Armand!

Lui, essouflé, baigné de sueur, paraît en brandissant l'ombrelle de sa femme qu'elle avait oubliée chez les cousins. « Trop tard, monsieur, le dernier vient de partir!... »

Cependant le train file, emportant la cargaison des promeneurs; dans chaque compartiment, l'atmosphère est saturée du parfum des fleurs; la fatigue clot les yeux des hommes et des femmes. Ninie dort sur l'épaule de Lucien, Suzette sur l'épaule de René...

« Paris! Paris!... » Chacun s'éveille et chacun s'écrie : « Enfin, voici Paris! »

FIN

TABLE

Pages.

Préface. V

  I. La Rue. 1

 II. Salons et Soirées. 34

III. Au Quartier latin. 62

IV. Le Bois et les Courses 99

 V. Au Palais-Bourbon 123

VI. Chez nos Édiles 137

VII. Tous Immortels! 148

VIII. Au Palais 164

IX. Autour de la Corbeille 180

 X. Paris religieux 193

XI. Les Artistes chez eux 212

XII. Les Expositions 232

23

354   *Table*

XIII. L'Hôtel des Ventes. 253

XIV. Les Journaux et les Livres 268

XV. Rampe et Coulisses. 297

XVI. Le Confortable et la Table. 321

XVII. Tout le long de la Seine 333

XVIII. La Banlieue et les Environs de Paris. . . . 342

Paris. — Charles Unsinger, imprimeur, 83, rue du Bac.

Paris. — Typ. Ch. Unsinger, 83, rue du Bac.

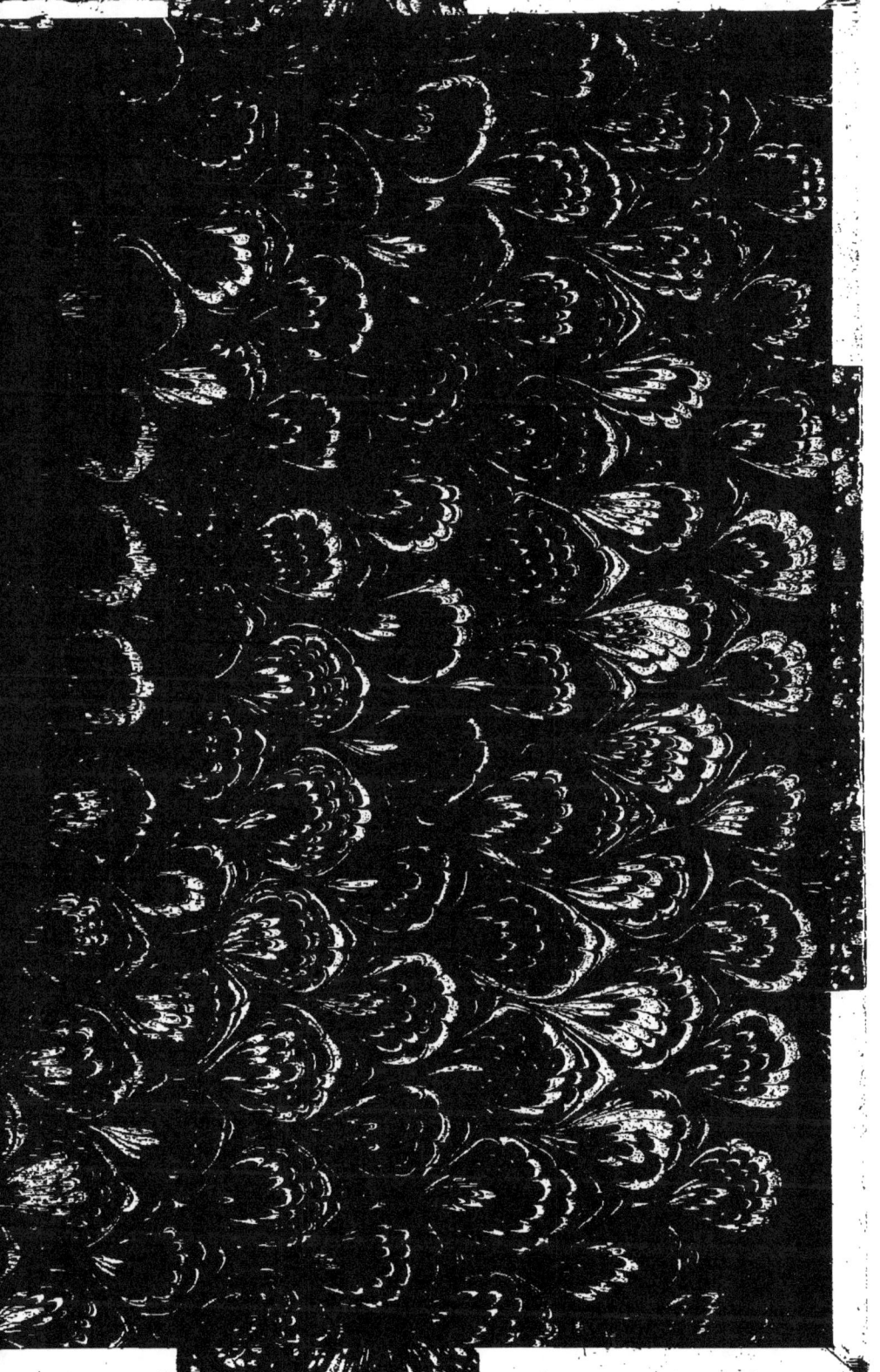

www.ingramcontent.com/pod-product-compliance
Lightning Source LLC
Chambersburg PA
CBHW050317030726
47505CB00003B/748